新무협 판타지 소설

[금강金剛 作]

대풍운연의

大風雲演義

7

대풍운연의 7

금강 新무협 판타지 소설

초판 1쇄 찍은 날 § 2002년 4월 1일
초판 1쇄 펴낸 날 § 2002년 4월 10일

지은이 § 금강
펴낸이 § 서경석

편집장 § 문혜영
편집 § 장상수 · 박영주 · 김회정 · 권민정 · 이종민
마케팅 § 정필 · 강양원 · 김규진 · 안진원

펴낸곳 § 도서출판 청어람
등록번호 § 제1081-1-89호
등록일자 § 1999. 5. 31
어람번호 § 제2-0075호

주소 § 경기도 부천시 원미구 심곡1동 350-1 남성B/D 3F (우) 420-011
전화 § 032-656-4452 팩스 § 032-656-4453
E-mail § eoram99@chollian.net

ⓒ 금강, 2001

값 7,500원

ISBN 89-5505-228-6 (SET)
ISBN 89-5505-338-X 04810

新무협 판타지 소설

[금강 金剛 作]

대풍운연의

大風雲演義

魔女 각성하다 □ 7

도서출판
청어람

목차

고려검왕(高麗劒王)

—비명에 가다
염원은 미궁(迷宮) 속에 잠들다

고려검왕(高麗劍王)

밤바람이 인다.

무심한 바람은 능자미의 옷자락을 쥐어 흔든다.

그녀의 나이 마흔을 넘긴 지 이미 오래. 그럼에도 그녀의 차가운 얼굴에는 세월이 지난 흔적이 별로 없다. 갓 서른은 되었을까 싶을 정도로 여전한 미모가 그녀와 함께하고 있었다.

조금 떨어진 곳에 한효월이 서 있다.

그들이 서 있는 곳은 선심제가 바라보이는 뒤뜰이다. 어제만 하더라도 아름다웠을 이곳 또한 이제는 쓸쓸하기만 하다.

그들의 머리 위 별빛은 아스라이 차고 선명했다.

"주원…… 태조께서 할아버님이란 말씀이십니까?"

한효월이 놀란 빛으로 그녀를 보았다.

문득 쓸쓸한 웃음이 그녀의 얼굴 위로 달려간다.

"내 원래 성은 주(朱)이고, 당금 황상은 바로 내 백부이시오."

아들이라면 군왕(郡王)이라 불리겠지만 친왕의 딸이라면 군주(郡主)가 된다. 태조의 손녀라면 그야말로 황실의 직계다. 그러한 신분의 여인이니 성정이 차갑다기보다는 평생을 통해서 교오(驕傲)하게 살아왔음이 오히려 자연스럽다고 할 일이다.

지난 세월, 그녀의 주변에서 벌어진 많은 일들은 바로 그러한 그녀의 신분에서 비롯한 성품과 무관하지 않았다.

어둠에 잠긴 주위는 고요하기만 하다.

불타다 남은 잔해가 아직도 연기를 뿜어내고 있는 화산파의 본전 건물들이 이곳에서는 잘 보이지 않는다. 싸아한 탄 내음이 바람을 타고 풍겨오긴 하지만 갑자기 나타났던 금의위들마저 물러가 버린 지금 일대는 조용하기만 했다.

그 어둠 속에 표연히 선 여인.

스스로를 황제의 조카라 밝힌 존귀한 신분의 여인, 능자미. 아니, 주자미의 얼굴에는 어딘지 모를 쓸쓸함이 베어나는 듯 보인다.

고오(高傲)하고 차가운 성품으로 인해 누구에게도 자신의 속내를 드러내 보인 적이 없었다.

그러하였기에 그처럼 사랑했던 독고해를 떠나 훌쩍 남해로 가버릴 수 있었고, 출가를 하면서까지 독고해가 그녀의 앞에 무릎을 꿇고 빌기를 바랬었다. 아니, 당연히 그럴 줄 알았었다.

그러나 일세의 영웅 독고해를 그렇게 잡아둘 수는 없었다.

그것을 배신으로 생각한 그녀의 마음은 더욱 독고해를 향한 원망으로 굳어졌다. 그로 인해 곁에 온 딸을 보고서도 아는 척하지 않았다.

그를 원망하였기에.

하지만 그가 남긴 유서를 보고서 그녀는 스스로를 돌이켜 보지 않을 수가 없었다. 단순한 자존심 싸움을 하기에는 너무도 컸던 가슴을 가진 사람, 그 사람을 생각하면 그처럼 당당하던, 당당했던 그녀 스스로가 한없이 왜소해짐을 느껴야만 했다.

'바보 같으니…….'

그까짓 정의(正義)가 무엇인가?

세상 사람을 위해 자신을 버리고 가족을 버리고 사랑을 버리고 가진 모든 것을 버려 얻는 것이 무엇이란 말인가?

그것을 누가 알아준다는 말이던가…….

스스로의 시신마저 강시화하여 천하를 지켜달라는 그의 유서를 보면서 그녀는 절규하였었다.

몸부림치는 남해 바다, 그 철썩이는 파도를 보면서 그를 원망하였었다.

그러나 어찌할 것인가?

그를 원망하는 마음만큼 그를 사랑하는 마음이 깊었음을, 그것을 부인할 수 없음을…….

거기에 황제가 보낸 사신이 당도했다.

황제의 부름까지 거역할 수는 없었다. 더구나 그것이 그녀를 부르는 것이었음에는.

"군주 마마이심을 몰라 뵙고 초민(草民)이 감히……."

한효월이 부복(俯伏)하려 하자 주자미는 상념에서 깨어났다.

"지금 이 자리에 있는 나는 강호인 능자미이니 예를 갖출 필요가 없소. 황실을 떠나온 지 이미 오래. 보구회 또한 망부(亡父)의 유지(遺志)를 받들어 만들어진 강호의 조직일 뿐, 황실과는 관계가 없소."

그녀는 고개를 저었다.

"그러시다면 한 가지 묻고 싶습니다만……."

"말씀하시오."

"좀 전 금의위의 천호는 금의위 지휘사가 직접 맹의 조 당주를 나포해 오도록 명령했고, 그것은 역모와 관련이 되어 있다고 하였습니다. 군주 마마께서 황상의 명을 받으신 것과 관련이 있습니까?"

"……."

그의 물음에 주자미는 한효월을 보았다.

물끄러미 한효월을 바라보던 주자미가 입을 열었다.

"황상께서 수신호위들을 내게 보내주시고 당부한 말이 있었던 것은 사실이오. 하지만 구체적인 역모에 관한 이야기는 아니었소. 강호상에 불순한 세력이 준동하고 있으며, 그 움직임이 심상치 않단 말씀만 하셨고 이 몸에게 그것을 조사해 보라고만 하셨을 뿐이오."

"그게 제천교였습니까?"

"지금으로써는 그렇게 생각하고 있는 중이오."

"그렇다면 금의위에서 주목하고 있는 대상도 제천교라고 생각하십니까?"

"무엇을 확인하고 싶은 것이오?"

다시 한효월을 바라보던 능자미가 이윽고 입을 열어 물었다.

그들 사형제는 모두 뛰어났다.

과감하고 패도적인 성품의 독고해와는 달리 한효월은 심산의 호수와 같이 고요하면서도 상대로 하여금 그가 비범함을 인정하지 않을 수 없게 하는 특이한 힘을 가지고 있었다.

한효월이 입을 열려는 순간이었다.

"공자! 빠, 빨리……."

유성의 다급한 외침이 들려왔다.

두 사람의 눈빛이 마주쳤다.

그리곤 그 자리에서 꺼지듯 두 사람의 신형이 사라졌다.

"끄, 끄으으……."

신안금조 조건의 전신이 부들부들 떨리고 있었다.

나무토막과 같이 굳었던 그의 몸에서는 경련이 일고 있다.

감긴 채 영원히 떠지지 않을 듯 보였던 그 눈을 부릅뜬 채 입에서 거품을 게워내면서 그는 전신으로 경련하고 있었다.

"언제부터냐?"

"방금, 갑자기 경련을 일으키면서……."

유성의 대답을 귓전으로 흘리면서 한효월은 조건의 맥을 짚었다.

"끄으으…… 그, 그를 찾……."

알아듣기 힘든 음성이 조건의 입에서 흘러나왔다.

흰자위만 보이게 부릅뜬 두 눈이 고통으로 희번덕거렸다.

"누구를 찾으란 겁니까?"

한효월이 그의 귀에다 소리쳤다.

"끄으…… 제(齊)…… 천(天)…… 기(機)…… 크으으……."

연결되지 않는 단속적인 말들이 이어졌다.

그리고 그의 몸에서 떨림이 멎었다.

부릅뜬 눈.

보기 흉하게 일그러진 얼굴. 전신의 모공으로 핏방울이 스며 나올 듯이 그렇게 그의 전신은 격렬한 고통으로 부풀어 있었다. 단 몇 마디, 그 알아듣기조차 힘든 말을 하기 위해서 신안금조 조건이 얼마나 안간힘을 썼는지 너무도 선연한 모습이다.

한줄기, 검붉은 핏물이 그의 입에서 흘러 베개를 적신다.

"당신의 염원을 저버리지 않겠습니다, 조 당주……."

한효월은 길게 한숨을 내쉬면서 그의 부릅뜬 눈을 쓸어 감겼다.

"그가 무슨 말을 했는지 알아들을 수 있던가요?"

주자미가 물었다.

쓴웃음이 한효월의 입가에 스쳐 갔다.

"단어도 아닌, 의미를 알 수 없는 말로 무엇을 알 수 있겠습니까?"

"그런데……?"

"작은 몇 가지로 유추가 가능한 모든 것을 따져 봐야겠지요. 먼저 알아봐야 할 것은 조 당주에게 금제(禁制)를 베푼 사람이 누군지 하는 것입니다."

"금제라니?"

주자미의 눈에 의혹의 빛이 드러났다.

"누군가가 손을 써서 조 당주가 혼수상태에서 깨어나지 못하게 한 것 같습니다. 그런데 그를 옮기면서 그 금제에 차질이 발생하여 조 당주의 의지가 그를 깨웠고, 그 과정에서 금제가 발동하여 그의 목숨을 앗아간 듯 보입니다."

"그런……?"

주자미는 믿기 힘든 듯 조건을 유심히 내려다보았다.

"제 추측이 맞다면 그의 뒷머리에서 단서를 찾을 수 있겠지요."

한효월은 말하면서 한 손으로 그의 머리를 받쳐 든 채로 천천히 그의 뒷머리를 만지작거렸다.

그리고 손을 떼자, 그 집게손가락 끝에 반짝이는 물건 하나가 달라붙어 천천히 올라왔다. 너무 가늘어 언뜻 실처럼 보이지만 그것은 놀랍게도 금침(金針)이었다. 그 길이는 한 치가 훨씬 넘었다.

"맙소사……"

주자미의 입에서 낮은 신음성이 흘러나왔다.

"알아보시겠습니까?"

한효월의 물음에 잠시 침묵하던 그녀의 눈에서 갑자기 경악의 빛이 튀어 올랐다. 그리고 그 놀람은 이내 그녀의 입으로 흘러나왔다.

"설마…… 마교의 금침정혼(金針定魂)?"

"제 생각에는 그렇습니다."

"도대체 무슨 일인지 모르겠군! 또다시 마교의 흔적이라니……"

"금침정혼이란 사람을 꼭두각시로 만들어 자신의 의지대로 움직이도록 하기 위해 사용되는 섭혼술(攝魂術)의 일종입니다. 그러나 조 당주는 이미 혼수상태에 빠져 다시 깨어나기 힘든 사람이었습니다. 과연 누가 무슨 의도로 이런 일을 한 것일까요?"

한효월의 음성에도 의혹이 감돌고 있었다.

신안금조 조건은 영민한 사람이었다.

독고해가 생존해 있는 동안 그의 능력은 유감없이 발휘되어 천하무림은 그의 눈과 귀를 벗어날 수 없었다. 독고해가 친위대만을 이끌고 출정했을 때에도 그만은 그가 어디로 간 것인지 알고 있다고 하였었다.

그런 그가 그 모든 것을 털어놓지 못하고 이렇듯 비명에 가고 만 것이다. 가슴속 가득, 하고픈 모든 말을 담아둔 채로.

과연 누가 무슨 의미로 그에게 금침정혼지법을 시술한 것일까?

누구도 한효월의 의문에 답할 수 없었다.

시술을 한 당사자를 제외하고는.

의혹은 생각할수록 깊어진다.

그는 이미 혼수상태에 빠진 사람이었다. 그런 그를 제압하기 위해서 고심하기 이를 데 없는 금침정혼지술을 펼친다는 것도 괴이할 뿐더러, 이치에 맞지 않았다. 그의 입을 막아야 한다면 차라리 그를 죽이는 것이 훨씬 쉬운 일이었을 것이기 때문이다.

침묵이 괴괴하게 실내를 누른다.

"한 가지 묻고 싶은 것이 있습니다만……."

침묵을 깨뜨린 것은 한효월이었다.

"……."

말없이 주자미가 그를 바라보았다.

"지난날 소생은 조 당주가 한 말을 따라 용문석굴의 빈양동으로 간 적이 있었습니다. 그 자리에서 처음 군주 마마를 뵈었습니다."

한효월의 말에 주자미의 눈에 미미한 떨림이 흘러갔다.

"당시 조 당주는 무엇인가를 빈양동에 남겨두었다고 하였는데 찾지를 못하였습니다. 대신 그 자리에서 혼수상태에 빠진 독고 질녀와 군주 마마를 처음 만나뵐 수 있었습니다."

말을 끝으로 한효월은 그녀를 바라보았다.

대답을 재촉하는 눈빛이다.

"그럼 그때 조 당주가 남겨둔 것을 내가 얻었다는 말씀이오?"

주자미의 눈빛이 날카로워졌다.

반면 한효월의 얼굴은 여전히 고요할 따름이다.

"그런 말씀은 드린 적이 없습니다. 그 자리에서 발견한 것이 질녀와 군주 마마이시니…… 혹여 보신 것이 없는지 물어보는 것뿐이지요."

"없소."

말을 하던 주자미가 돌연 날카롭게 소리쳤다.

"누가 엿보고 있는 것이냐?"

그것과 함께 갑자기 질풍이 일며 그녀의 곁에 서 있던 용천성이 창밖으로 뛰쳐나갔다. 이미 발검을 하여 어둠 속으로 검광이 번갯불처럼 번뜩이고 있었다.

"앗! 살려주세요!"

밖에서 다급한 비명이 터져 나왔다.

"사정을 봐주시지요."

한효월이 그 음성을 알아듣고서 소리쳤다.

"아이고오…… 하마터면 시집도 못 가보고 클 날 뻔했네……."

한 사람이 죽는시늉을 한다.

"거지 주제에 시집은……."

뒤이어 뛰어나간 유성이 어이없다는 듯 혀를 찼다.

나타난 것은 다름이 아니라 교호 심소옥이었던 것이다.

한효월의 음성에 주자미의 수신호위 용천성은 이미 검을 거둔 다음이었다. 개방은 보구회와 화산에서 행동을 같이하여 그 또한 그녀를 본 적이 있기 때문이다.

"무슨 일로 여기까지 쫓아온 거야?"

유성이 못마땅한 표정으로 그녀를 쏘아보았다.

심소옥의 미간에 내 천 자가 그려졌다.

"쫓아오다니? 내가 너 같은 애들을 쫓아서 여기 왔을 거 같아? 이 누나는 어디까지나 오빠가 보이지 않아서 걱정이 되어 찾아다니는 중이란 말이야."

그녀는 고개를 빼 밀고 불빛조차 없는 실내를 굽어보다 슬그머니 안으로 들어가려고 했다.

하지만 그녀는 한 걸음도 떼어놓지 못했다.

막 한 걸음을 앞으로 내딛는 순간, 뼈를 깎는 검기가 엄습해 왔기 때문이다. 무표정한 얼굴로 용천성이 그녀를 쏘아보고 있었다. 검자루를 움켜잡은 채로. 그의 몸 전체가 한 자루 거대한 검이 되어 금방이라도 그녀를 후려칠 것만 같았다.

심소옥은 바보가 아니었고 상당한 수준의 무공을 지녔다.

그렇기에 지금 이 상태가 검기가 충일(充溢)하여 발동하기 직전의 살기임을 직감할 수 있었다. 만에 하나라도 그녀가 한 걸음이라도 나선다면 그 검기는 바로 발동하여 그녀의 목을 베어버릴 것이었다.

그는 심소옥을 알아보고 검을 거두었지만 살기까지 거둔 것은 아니었다.

'지독한 검기…….'

심소옥은 내심 가슴이 섬뜩해졌다.

이러한 검기는 단순히 검을 수련하기만 해서 얻어지는 것은 아니다. 수많은 대련을 거치고 결투를 하면서 사람을 베어본 검수만이 가질 수 있는 기세인 것이다. 그 말은 언제라도 필요하다면 주저하지 않고 그녀를 벨 수 있다는 의미이기도 하였다.

"아, 알았어요. 안 들어가면 될 거 아니에요?"

그녀는 어색하게 웃으면서 손을 저어대며 슬그머니 엉덩이를 뒤로 뺐다.

용천성의 안색은 미동도 없었다.

하지만 그녀가 꼬리를 말고 물러서자 살기는 사라졌다.

물러서게 하는 것이 목적이지, 굳이 그녀를 죽이려는 것은 아니었기 때문이다.

그것이야말로 그녀가 노리던 바였다.

'흥! 네가 그런다구 내가 포기하고 말 것 같아?'

심소옥은 내심 코웃음을 치고 있었다.

살기가 걷히는 순간, 심소옥은 발끝으로 땅을 박찼다.

그 발짓에 땅바닥의 흙먼지가 긁혀 안개처럼 일며 용천성을 덮쳐 갔다. 소매를 젓는 순간에 휘휘 소리와 함께 십여 매의 섬광이 그 흙먼지에 묻혀 같이 날았다. 어둠 속에서 창졸간에 허를 노리고 벌어진 일이라 결코 쉽게 볼 수 없는 급습이었다.

그래 놓고 그녀는 뒤도 돌아보지 않고 선심제 안으로 내달았다.

"무슨 짓이야?"

그 광경에 유성이 놀라 소리쳤다.

용천성의 얼굴에 놀람과 동시에 살기가 드러났다.

쨍!

검이 발동했다.

검명(劍鳴)은 고막을 찢고 대기가 그 서슬에 진탕한다.

검을 뽑는 기세에 그를 향해 날아들던 흙먼지가 폭풍에 휘말린 듯 흩어졌고 십여 매의 암기는 찰나간에 가루가 되어 흩어졌다.

그리고 그의 검은 검기를 흘리며 심소옥의 등을 향해 덮쳐 갔다.

그것은 마치 강력한 자석에 끌리는 쇠붙이와 같았다.

섬뜩한 느낌에 힐끗 뒤를 돌아본 심소옥의 눈에 공포의 빛이 떠올랐다. 그래도 한 편인데 설마 죽이기야 하겠느냐고 내심 생각했었기에 지금에서야 그것이 큰 착각임을 알게 된 것이다.

상승의 검도를 연수(練修)한 사람은 검기를 적에게 동조(同調)시킬 수가 있다.

적이 움직이면 이쪽도 따라서 같이 움직인다는 의미다. 그것은 한 줄에 꿴 실과 바늘과 같아 일단 그 범위에 들게 되면 상대의 능력이 발군이 아닌 다음에야 벗어날 수가 없다.

심소옥은 상대가 살기를 지우자 착각을 한 것이다.

용천성과 같은 고수라면 언제라도 살기를 다시 뿜어낼 수 있음을.

바로 그 순간이다.

"사정을 봐주시오."

한 가닥 침중한 음성이 들려왔다.

동시에, 심소옥의 등을 가르는 용천성의 검 앞에 한 사람이 나타났다.

심소옥과 연동된 검기가 그로 인해 끊어졌고 대신 그 검기는 그에게 그대로 직사(直射)되었다.

절대절명의 순간, 그 사람은 막강한 잠경(潛勁)을 뿜어냈다.

웡웡—

검이 마치 갈대 잎과 같이 흔들리며 섬뜩한 외침을 토해냈다.

검이 상대의 잠경을 이기지 못함을 보자 용천성의 눈에서 진한 살기가 일었다.

동시에 검끝에서 검광이 퍽퍽! 폭죽처럼 튀었다.

승부를 결할 생각인 것이다.

그때.

"물러나거라."

차가운 음성이 들려왔다.

그러자 용천성은 잔뜩 끌어올렸던 공력을 풀면서 뒤로 물러났다. 어둠 속을 밝히며 일던 검광이 씻은 듯이 사라졌다.

"사정을 봐주어 감사하오."

나타난 사람이 담담한 미소를 머금은 채로 용천성을 향해 고개를 끄덕여 보였다.

황엽이었다.

"……."

용천성은 황엽을 보자 묵묵히 고개를 끄덕여 보였다.

황엽의 뒤쪽으로 주자미의 모습이 보인다. 그를 저지한 것은 용천성의 뒤를 따라 밖으로 나온 주자미였다. 용천성을 저지한 것은 그녀였고, 그녀의 명이 아니었다면 용천성은 결코 손을 멈추지 않았을 터였다. 그녀를 제외하고는 누구의 명도 듣지 않는 그이기에.

"방주!"

심소옥이 반가워 소리쳤다.

"어서 사과하지 않고 뭘 하느냐? 자칫했다면 넌 다시 세상을 보지 못했을 것이다."

황엽이 그녀를 꾸짖었다.

"흥! 그랬다가는 그도 살아남지 못할걸요? 감히 천하제일의 대방인 개방의 중요 인물을 살해하고 그가 발 뻗고 잘 수가 있을까요? 아마 삼대(三代)를 두고 골머리를 썩여야 했을 거고……."

종알거리던 그녀는 문득 씨익 웃었다. 눈빛이 장난스레 빛난다.

"나를 죽이려면 그도 대가를 치러야 했을걸요?"

그녀는 주먹을 들어 보였다.

그 주먹에는 뭔가 들어 있는 듯 보이는데 일부러 보여주진 않았다.

황엽은 머리를 저었다.

"천둥벌거숭이 같은 녀석…… 당장 돌아가지 못할까!"

"방주님, 저는……."

뭔가 말을 하려던 심소옥은 황엽의 눈빛이 굳어짐을 보자 입이 얼어붙었다.

늘 자상하던 황엽이다.

누구도 화를 내는 것을 본 적이 없다는 사람이다.

그런 그가 안색을 굳히고 자신을 쏘아보자 심소옥은 감히 더 이상 입을 놀릴 수가 없었다.

"가요! 가면 되잖아요. 간다구요……."

그녀는 머리를 긁어대면서 일그러진 얼굴로 몸을 돌렸다.

그러면서도 원망스러운 빛으로 안을 쳐다보는 것은 잊지 않았다.

"사랑스런 동생이 왔는데 내다보지도 않다니……."

픽!

그 형상을 보면서 유성이 참지 못하고 웃음을 터뜨렸다.

사납게 유성을 쏘아본 심소옥은 그래도 안 나오네라며 씩씩거리더니, 난감한 황엽의 시선을 뒤로하고서 활개를 치며 그 자리를 떠났다.

막 용천성의 옆을 스쳐 가던 그녀는 문득 그를 보면서 씩 웃어 보였다. 어둠 속에서 흰 이가 드러났다.

"한 삼 일만 고생하면 살 수 있을랑가?"

그녀의 괴이한 웃음과 말투에 용천성의 얼굴이 묘해졌다.

저게 무슨 소리란 말인가?

그녀의 태도는 꼭 그 소리가 자신을 두고 한 것만 같다.

삼 일만 고생하면 살 수는 있을랑가?

그 말을 되뇌이는 순간, 갑자기 괴이한 느낌이 전신으로 번지기 시작한다.

"이, 이건……."

돌연 용천성의 얼굴이 괴이하게 일그러진다.

가려운 느낌이 이는가 싶더니 이내 그 가려움은 삽시간에 전신으로 번져 갔다. 처음에는 개미 한 마리가 기어가는 느낌이었다. 하나 채 숨 한번 내쉴 시간이 지나지 않아 거의 미칠 지경이 되었다.

오죽하면 무표정하던 그의 얼굴이 일그러지랴.

참지 못하고 무심결에 한 번을 긁자 미칠 듯 가려워져 그야말로 환장을 할 지경이 되고 말았다.

"으으……."

용천성이 입술을 깨물었다.

얼굴이 흉하게 일그러졌다. 손을 어디다 어떻게 둬야 할지를 모르는 모습이다. 차마 주자미의 앞에서 벅벅 긁어대지도 못하고 그렇다고 그냥 참기에는 너무 끔찍했다.

살기에 찬 눈으로 심소옥을 찾았다.

하지만 그녀의 모습은 이미 숲 속으로 사라져 보이지 않았다.

그의 괴기하기 이를 데 없는 모습에 주자미의 눈빛이 굳어졌고, 그녀의 곁에 있던 다른 호위가 물었다.

"무슨 일인가? 왜 그래?"

"가, 가려워서……."

입을 열자 더 가렵다.

말을 채 맺지 못하고 전신을 부들부들 떨고 있음을 보자 상황을 짐작한 황엽이 당황하여 소리쳤다.

"당장 이리 나오지 못할까!"

……

이를 갈아대는 용천성의 신음 가운데 숲 속에서 심소옥이 머리를 내밀었다.

"가라고 하시곤……."

"무슨 짓을 한 게냐?"

심소옥이 씩, 웃으며 머리를 긁었다.

"아무 짓도…… 그저 슬조산(蝨蚤散)을 조금 뿌렸을 뿐예요. 좀 가렵겠지만 죽진 않아요."

"슬조산?"

"말 그대로 이하고 벼룩이를 섞어 만든 거라 헤헤…… 좀 지저분하죠. 참는 게 중요해요! 못 참고 일단 긁기 시작하면 미친 듯이 가려워져서 살을 파내고 뼈를 긁게 되죠. 그래도 가려운 게 멈추진 않지만……."

의기양양한 심소옥의 말에 황엽은 어이가 없어 절로 입이 벌어졌다.

그것은 유성을 비롯한 다른 사람들도 마찬가지였다.

바깥의 소란을 뒤로하고 한효월은 굳은 얼굴로 눈을 감은 신안금조 조건의 얼굴을 바라보고 있었다.

일세를 풍미했던 사람.

한때, 제갈량과 같은 지모를 가졌다 일컬어졌던 사람.

그는 죽음과 싸우면서까지 자신에게 대체 무엇을 말하려고 했었을까?

"크으으…… 제(齊)…… 천(天)…… 기(機)……."

'제천교라는 말이었을까?'

단순히 그렇게만 생각할 수는 없었다.

왜냐하면 한효월은 거의 들릴 듯 말 듯한 몇 마디를, 그 사이에 끼인 단어 몇 마디를 더 들었기 때문이다. 그것은 거의 입만 벙긋거려서 누구도 듣지 못했고 오로지 정면에서 그를 바라보고 있던 한효월만 보았었다. 들은 것이 아니라…….

"열쇠는……."

생각을 정리하던 한효월의 눈이 빛났다.

한 생각이 스쳐 갔기 때문이다.

시간이 그리 많지 않았다.

그때였다.

"그는 죽었나?"

묵직한 음성이 들려왔다.

한효월의 안색이 돌변했다.

시선을 돌리자 창문으로 한 사람이 안을 들여다보고 있었다.

어둠 속이라 잘 보이지 않지만 백의를 입은 그는 40대 후반의 나이, 모습이 청수하고 눈빛이 맑았다.

그는 눈을 감은 신안금조 조건의 모습을 바라보면서 한숨을 쉬었다.

"이미 생기(生機)가 끊어졌군. 조금 늦어 천추의 한을 남기게 되었구나. 이제 어떻게 한단 말인가?"

"뉘십니까?"

그의 기품이 평범하지 않음을 직감한 한효월이 정중히 물었다.

기품 이전에 그가 창밖에서 자신을 보고 있음에도 자신이 채 느끼지 못했다는 것은 그의 능력을 대변하는 것이라 하지 않을 수가 없었다.

"듣던 대로 뛰어난 친구로군……."

한효월을 바라본 백의인은 대답 대신 중얼거렸다.

"내가 누군지 궁금하거든 막풍에게 물어보게. 옛친구를 기억하고 있는지……."

말과 함께 그의 신형이 그 자리에서 홀쩍 사라졌다.

"잠시만!"

한효월이 다급히 소리치면서 창밖으로 뛰쳐나갔다.

정말 한순간이었다.

그가 백의인을 따라 창문 밖으로 뛰쳐나간 것은.

그러나 어디에서도 그의 모습은 발견할 수가 없었다.

앞쪽에서 황엽과 주자미 등이 모여 무엇인가 이야기를 하고 있음이 보였지만 그들도 발견한 것은 없는 듯했다.

"정말 뭐라고 사죄의 말씀을 드려야 할는지……."

황엽은 난감한 표정으로 연신 사과를 하고 있었다.

그 옆에는 심소옥이 퉁퉁 불어서 서 있다가 한효월이 나오는 걸 보고 반색했다.

"대가! 나……."

"가서 대죄(待罪)하고 있거라!"

그녀는 채 입도 열기 전에 준엄한 황엽의 꾸짖음에 찌그러지고 말았다. 뭔가 중얼중얼거리면서 그녀는 슬금슬금 그 자리를 벗어났다. 못내 아쉬운 듯…….

그런 그녀를 보고 어이없어하던 주자미는 한효월의 훤칠한 모습을 보고는 문득 묘한 빛이 되었다.

한효월의 출중한 모습, 반면 길거리에서라면 쳐다보지도 않을 거지 소녀의 어깨를 늘어뜨린 뒷모습은 뜻밖에도 매우 처량해 보였다.

'네가 정말 한 공자를 좋아한다면 한 공자가 어떤 모습을 좋아하는 지 가서 깊이 한번 생각해 보거라.'

못내 떨어지지 않는 발걸음을 옮기고 있던 심소옥의 귓전으로 모깃소리와 같은 전음이 전달되었다.

뜻밖의 소리에 어리둥절하여 고개를 돌린 심소옥은 주자미와 눈이 마주치자 어떻게 된 영문인지 깨닫고 갑자기 활짝, 웃었다. 그리곤 넙죽 이마가 땅에 닿을 듯 절을 했다.

"감사해요!"

이어 그녀는 팔짝 뛰더니 냅다 달려서 어둠 속으로 사라졌다.

기뻐 어쩔 줄 모르겠다는 돌변한 그 모습에 황엽이 얼떨떨해 눈을 꿈벅인 것은 물론, 부지간에 마음이 동해 전음을 보낸 주자미조차 실소를 금치 못했다.

그 자리에 있던 모든 사람들이 마찬가지였다. 심소옥이 알려준 처방대로 목욕을 하러 간 시위 용천성만을 제외하곤.

그녀가 사라지자 마치 폭풍이 쓸고 지나간 듯하다.

"사숙께서 늦게 거둔 막내라서 귀여워만 했더니 버릇이 없어져서……."

황엽이 난감한 듯 머리를 저었다.

"혹…… 누구 본 사람이 없었습니까?"

"누구 말이오?"

한효월의 말에 황엽이 그를 바라보았다.

그의 태도나 주자미의 태도를 보건대 아무도 보지 못했음이 분명하다.

"아닙니다. 그냥……."

답을 한 한효월의 얼굴에는 숨길 수 없는 의혹이 깃든다.

'대체 어떤 사람이길래 이들 모두가 기척도 느끼지 못했다는 것일까?'

그가 적이라면 정말 보통 일이 아니었다.

그러나 요동권왕 막풍을 일러 옛친구 운운한 것을 보면 적이 아닐는지도 몰랐다. 하나 그 나이에 막풍과 친구란 말인가?

"누구라구?"

"모르십니까? 옛친구라고 하던데……."

"옛친구라고? 어떻게 생겼던가?"

한효월과 만난 막풍이 의아한 표정으로 되물었다.

"백의를 입었습니다. 그러고 보니 백의 형상이 조금 이상했습니다. 늘상 보던 형태가 아니라 옷깃이 검고……."

"학창의(鶴氅衣)처럼 생겼던가?"

"비슷합니다만 조금 다른 형태인 것 같았습니다. 중원 사람의 형태가 아닌 것처럼 보인다고 할까, 어딘지 모르게 묘한 느낌……."

"중년인이라고 했나?"

"그렇게 보였습니다."

문득 경악의 빛이 요동권왕 막풍의 얼굴에 떠오른다.

"설마 고려검왕(高麗劍王), 그 친구란 말인가?"

"고려검왕이라니? 혹시 천하십왕 중 한 분인, 검도제일(劍道第一)이라는 그분을 말씀하시는 겁니까?"

"그렇네. 바로 그 사람이지."

막풍이 고개를 끄덕였다.

"그분이 성명(盛名)하신 지가 언제이길래 그런 나이에……."

"해동(海東)의 선도(仙道)를 수련하여 청춘을 유지하는 것이지, 실제의 나이는 나보다 적지 않네. 어쩌면 더 많을런지도 모르지."

"아……."

한효월의 입에서 나직한 탄성이 흐른다.

얼핏 보기에도 단순한 무부(武夫)라기보다는 탈속(脫俗)한 느낌이 드는 사람이었었다.

그런데, 그런 그가 천하십왕 중 한 사람이었다는 것인가.

또 한 사람의 천하십왕이 모습을 드러냈다.

과연 그는 누구를 찾아, 무엇을 위하여 그 머나먼 곳에서 이곳까지 온 것인가?

요동도 먼 곳이다.

하지만 고려검왕의 근거라 할 수 있는 해동(海東)은 더욱 멀다.

'그 먼 곳에서 그가 어떻게 조 당주를 알고 찾아온 것일까?

상황은 그가 생각했던 것보다 더욱 복잡해지는 듯하였다.

그가 그 먼 곳에 우연히 신안금조 조건을 찾아왔을 리는 만무(萬無).

"그가 이곳까지 왔다면 필시 심상치 않은 일이 있을 텐데…… 무슨 일인지 모르겠군."

요동권왕 막풍은 자리에서 일어났다. 심각한 얼굴.

"찾아보시렵니까?"

"아무래도."

밖으로 나와 사라지는 요동권왕 막풍을 배웅하면서 한효월은 깊은 생각에 잠겼다.

아무리 생각해도 이해가 가지 않았다.

신안금조 조건이 갑자기 왜 그렇듯 중요 인물이 된 것일까?

그가 어떤, 무엇을 알고 있기에?

역모(逆謀)?

황궁에서까지 그를 찾았다.

그는 과연 무엇을 알고 있었던 것일까.

생각에 잠겨 있던 한효월은 문득 길게 한숨을 내쉬었다.

사태의 심각함은 이미 그의 예상을 뛰어넘었고, 그 진전도 괴이하기 이를 데 없었다. 조금씩 전진한다 싶으면 모든 것은 더 더욱 미궁(迷宮)으로 빠져드는 것만 같아 아무것도 알아낸 것이 없었다.

"과연 누가 제천교를 만들어낸 것이란 말인가?"

답답함을 참지 못하고 중얼거리던 한효월의 눈에 돌연 광채가 돌았다.

한 생각이 스쳐 간 것이다.

신안금조 조건.

그는 실종된 사형 건곤무적 독고해를 찾아 나섰었다.

그가 알아낸 것이 제천교와 무관하지 않을 것임은 철부지 아이라도 짐작할 수 있는 일. 그런데 그런 그를 역모 운운하면서 무소불능(無所不能)의 권한을 가졌다는 금의위까지 찾아 나섰다.

하지만 그의 생각은 거기서 끝이었다.

더 생각할 수 없음이 아니라, 변고가 발생한 까닭이다.

"으악!"

난데없이 들려온 비명.

부지중에 고개를 돌린 한효월의 눈에 긴장이 튀어 올랐다.

비명이 들려온 곳이 바로 감천형과 독고경이 있는 곳이었기 때문.

슉!

그의 신형이 어둠을 뚫고 날았다.

명옥마녀(冥玉魔女)

—마성이 드러나다
찾아든 인연(因緣)의 끈에 마음은 착잡하고

명옥마녀(冥玉魔女)

"으으……."

식은땀이 절로 흘러내린다.

주춤, 뒤로 물러난다.

차가운 눈빛.

얼음처럼 차고 냉정한 눈빛이 그를 노려보고 있다.

얼음 조각처럼 투명한 손.

그 손이 천천히 그의 가슴을 향해 뻗어오고 있었다.

그것을 보면서도 피할 수가 없다.

마치 거미줄에 걸린 파리와 같이, 보면서도 피할 수가 없었다. 전신을 지배하는 것은 처절한 공포(恐怖)! 그 공포는 그의 정신을 묶고 발을 묶어버렸다. 아니, 전신을 묶어버려서 꼼짝도 할 수가 없어 그는 그저 저 아름다운 죽음의 손을 바라보고만 있어야 했다.

"멈춰라!"

호통과 함께 강력한 힘이 날아들었다.

펑!

가죽 북이 터지는 굉음.

일진 회오리바람이 일며 검은 옷자락이 휘날린다.

무심함을 담은 투명한 눈동자에 묘한 빛이 스친다. 그 시선이 향하고 있는 곳에는 한 사람이 눈을 부릅뜬 채로 비틀거리고 있음이 보인다.

"경아…… 이게 무슨 짓이냐?"

그 사람은 좌백이었다.

그리고 그의 앞에 선 흑의여인은 바로 독고경이다.

독고경은 밤바람에 표표히 옷자락을 날리고 있었다.

얼굴은 옥을 깎은 듯 투명하다. 마치 어둠 속에서 투명한 빛을 뿜는 것만 같아 기괴하기까지 했다.

파라락…….

날아든 바람이 그녀의 치마를 휘감아 올린다.

땅을 딛은 맨발이 그대로 드러난다.

그녀는 누워 있던 방의 방문을 막 나선 상태였다.

문짝은 종잇장처럼 터져 나갔다.

그녀를 막아섰던 무림맹의 위사는 피를 토해낸 채로 널브러졌다. 가슴이 으스러져 살 수 있는 사람이 없음을 감안한다면 그는 아마도 살아 있지 못할 터이다.

그 좌우로 꿈틀거리는 무사 두 사람.

그 앞에 거의 혼단백절(魂斷魄絶)한 모습으로 위사가 겁에 질려 주춤

거린다. 그의 앞을 막으며 나타난 사람이 바로 좌백이었다. 그는 방금 독고경의 일장을 막아내면서 충격을 받고서 경악한 빛으로 자신의 앞에 선 독고경을 바라보고 있었다.

"비켜요."

그런 그를 보는 독고경의 얼굴에는 미동도 없다. 차가운 음성뿐.

"무슨 짓이야? 이 사람들은 너를 지켜주던 사람들이다. 그런데 이 사람들을……."

"비켜요."

간단한 말.

그것과 함께 독고경은 다시 옥장(玉掌)을 쳐들었다.

아무런 음향도 기운도 일지 않는다.

하지만 그녀가 손을 쳐들자 좌백은 좀 전에 그 무사가 왜 그렇게 꼼짝도 하지 못하고 멍청히 바라보고만 있었는지를 알게 되었다.

그녀의 그 투명한 손만 시야에 가득 차는 것 같았다.

주위의 모든 사물이 그 투명한 손에 빨려 들어가는 것 같다. 아니, 시야에 그 손 외에는 아무것도 보이지를 않았다.

"마공(魔功)!"

돌연 좌백이 놀라 부르짖었다.

동시에 그는 그녀의 장세를 향해 일장을 쳐냈다.

하지만 장세가 마주치는 순간에 좌백은 심상치 않음을 느껴야 했다. 그가 쳐낸 힘이 소리없이 흩어지면서 그녀의 옥장이 투명한 빛을 뿜는 것을 보았던 것이다.

가슴이 답답해져 왔다.

"경아, 멈춰라……. 그는 네 사형이다! 경아!"

다급한 부르짖음이 들려왔다.

막 좌백의 가슴을 치려던 독고경의 손이 멈칫했다.

"으윽!"

그것만으로도 좌백은 비틀거리면서 뒤로 튕겨져 나가야 했다.

독고경이 무심한 눈길을 소리가 들려온 곳으로 돌렸다.

감천형이었다.

그는 부서진 문틀을 부여잡은 채 독고경을 바라보고 있었다.

"정신 차려, 경아. 여기 네 적은 없다. 함부로 손을 쓰면 안 돼. 경아…… 나를 모르겠느냐?"

그녀와 눈이 마주치자 감천형이 이를 악물고 소리쳤다.

다리가 후들거린다.

혼수상태에서 겨우 정신을 차린 건 단말마의 비명 소리 때문이었다.

그리고 눈을 떠보니 이 지경이다.

"……."

독고경은 무심히 그를 바라보았다.

둘의 거리는 손만 뻗으면 닿을 정도로 가까웠다.

같은 방에 있었던 두 사람이었고, 독고경은 이제 막 그 방을 벗어나려던 참이라 가까울 수밖에 없었다.

독고경의 투명한 입술이 열렸다.

"사형……."

"그래! 나다. 이제 정신이 드느냐?"

감천형이 반색을 한다.

하나, 그 순간 갑자기 독고경의 눈빛이 변했다.

그리고 그 눈에 떠오른 것은 투명하리만큼 서늘한 살기.

"경아!"

감천형이 놀라 소리쳤다.

그러나 독고경은 미간을 찡그릴 뿐, 천천히 손을 쳐들었다. 아름다운 손이 빛을 뿜는 것 같았다.

죽음의 너울이 독고경의 손을 타고서 너울너울 감천형을 덮어갔다.

"경아, 안 돼!"

좌백이 부르짖으며 달려들었다.

하지만 그녀가 손을 뿌리치자 좌백은 외마디 비명과 함께 피를 토하며 나가떨어졌다. 그는 이미 앞서의 부딪침에서 심한 내상을 입은 상태였던 것이다. 원래부터 정상이 아닌 그였었다.

"대체……."

자신을 향해 다가오는 독고경의 옥장을 보면서 감천형은 신음한다.

이제 누구도 그를 구할 수가 없었다.

독고경의 옥수가 그의 가슴을 짚으려는 순간이었다.

"경아!"

맑고 힘있는 음성이 주위의 참혹을 깨뜨렸다.

부르르…….

그 소리에 독고경의 옥수가 마치 거짓말처럼 감천형의 가슴 앞에서 멎었다. 거대한 힘이 그 손을 낚아챈 듯한 형상이었다.

"그는 네 사형이다. 그를 해칠 수는 없어. 그를 해쳐서는 안 된다."

맑은 음성이 다시 들려왔다.

독고경은 그 말소리에 홀린 듯 감천형의 얼굴을 훑었다.

그리고 그녀는 그 음성이 들려온 곳으로 눈길을 돌렸다.

한 사람이 우뚝 서 있었다.

관옥 같은 얼굴. 별빛 같은 눈동자.

"시숙……."

그를 본 독고경이 홀린 듯 중얼거렸다.

한효월이었다.

…….

불현듯 침묵이 세찬 강물처럼 그들 사이를 흘렀다.

"그래, 나다. 알아보겠느냐?"

한효월이 그녀를 향해 다가오면서 말했다.

땅바닥에서 반쯤 몸을 일으킨 좌백이 긴장된 표정으로 그 광경을 바라보고 있었다. 아직 그녀는 감천형을 향해 쳐든 손을 거두지 않은 상태였다. 자칫 한순간이라도 삐끗하면 천추지한이 생길 판이었다.

얼음처럼 차디찼던 독고경의 눈빛이 달라졌다.

그처럼 무심했던 그 눈빛에 감정의 물결이 출렁이며 차 올랐다. 마치 마른 갈대밭에 불길이 번져 가는 느낌.

"왜 이제야……."

말과 함께 그녀는 한 걸음을 앞으로 나서려다가 그만 힘을 잃고 쓰러졌다.

그러나 그녀는 쓰러지지 않았다.

푹신한 힘이 그녀를 받쳐 주었다. 어느새 다가온 한효월이 그녀를 부축한 것이다.

"시숙……."

그의 품에 안긴 채 독고경이 중얼거렸다.

그를 올려다보는 그녀의 눈빛이 까마득히 일렁이고 있었다.

"기다렸어요…… 많이……. 나를…… 나를 지켜……."

말소리가 잦아들었다.

그녀의 눈이 감겼다. 감지 않으려고 애를 쓰는 듯했지만 천근처럼 내리 감기는 눈까풀의 무게를 이기지 못하고 눈을 감고 말았다. 그것이 못내 안타까운 듯 그녀는 한효월의 옷자락을 움켜잡고 놓지 않았다. 얼마나 바짝 움켜잡은 것인지 손에 핏기가 보이지 않았다.

그 손을 본 한효월의 안색이 조금 달라졌다.

"명옥수(冥玉手)……."

낮게 중얼거린 그는 나직이 한숨을 내쉬고는 감천형을 바라보았다.

"괜찮은가?"

"아직은."

감천형이 맥없이 쓴웃음을 지었다.

"좌 사질은?"

"견딜 만합니다."

좌백도 창백한 얼굴에 쓴웃음을 머금었다.

입가에서는 아직 선혈이 흘러내리고 있었지만 이 마당에 무슨 말을 또 어떻게 하겠는가.

동녘이 밝아오고 있었다.

그야말로 파란만장했던 하루였다.

단 한 순간도 쉴 틈이 없었던 날. 눈을 붙이기는커녕 잠시라도 쉴 틈을 얻지 못한 악몽의 날이 지나갔다. 어제가 악몽이라 하지만 오늘 또한 그 영향에서 벗어난 것은 아니다.

잠든 듯 혼수상태에 빠진 독고경을 내려다보는 한효월의 안색은 무거웠다.

깎은 듯 반듯한 선을 가진 독고경의 얼굴은 투명해 보였다.

"어떤 소리였나?"

한효월은 그녀에게서 시선을 돌려 감천형을 보았다.

"뭐라고 형용키는 조금 어렵습니다. 꿈결처럼 비몽간에 들은 것이라 무슨 메아리처럼 누구를 부르는 것 같기도 했습니다만…… 그 소리에 정신을 차리고 보니 사매가 밖으로 나가고 있었습니다."

"좌 사질은?"

"전 아무 소리도 듣지 못했습니다. 갑자기 비명이 들려와서 쫓아왔더니……."

창백한 얼굴의 좌백이 굳은 표정으로 답했다.

"그런가……."

한효월이 곤혹스러운 안색으로 신음했다.

"대체 이게 무슨 일입니까? 사매는 점점 이상해지는 것 같습니다. 이런 식이라면 저나 사형이라면 몰라도 다른 사람들에게 폐가 되어 면목이 없게 됩니다."

좌백이 입술을 깨물고서 말했다.

무슨 일이 있더라도 그녀를 보호해야 한다. 그러나 정신만 차리면 사람을 죽인다면 이야기가 다르다. 아무리 전 맹주의 딸이라고 할지라도.

…….

무거운 분위기가 실내를 흘러간다.

"격리를 시켜야겠다. 그리고……."

"무슨 일이오?"

한효월의 말이 채 끝나기 전에 한 음성이 들려왔다.

주자미가 옷자락을 펄럭이면서 안으로 들어서고 있었다. 용천성의 모습이 보이지 않는 것으로 보아 심소옥의 슬조산 때문에 수행을 하지 못한 듯했다.

한효월의 설명을 들은 주자미의 안색이 굳어졌다.

"설마……."

"이미 마공이 경지에 들어서고 있습니다. 본인이 내부의 변화를 깨닫고 갈등을 겪고 있어서 혼수상태와 깨어나는 것이 교차되고 있지만 이대로 두면 기하급수적으로 진행이 될 겁니다."

한효월은 말과 함께 독고경의 손을 가리켰다.

"저 손을 한번 보시겠습니까?"

가슴에 올려진 독고경의 손은 아름다웠다. 아니, 아름답다 못해서 투명했다. 너무도 투명하여 핏줄이 드러나고 뼈까지 보일 듯하였다.

"이 손은……?"

그 손을 만져 본 주자미의 눈에 놀람의 빛이 떠오른다.

마치 옥을 만진 듯했던 것이다. 부드러운 듯하지만 또 매끄럽기 한량이 없다. 아무리 빙기옥골(氷肌玉骨)이라는 말이 있다고는 하지만 사람의 살이 이런 느낌이라니.

"명옥수입니다."

한효월의 말에 주자미는 경악한다.

"명옥……. 설마 이 아이가 벌써 명옥마녀가 되었다는 말이오?"

"아직은 아닌 듯합니다. 명옥마녀가 되면 성정(性情)이 완전히 바뀌어서 육친조차 몰라본다고 하는데 경아는 사형제들을 알아보았고, 저도 알아보았으니…… 하지만……."

한효월이 말끝을 흐린다.

"하지만?"

"언제 어떻게 될런지는 누구도 장담할 수 없습니다."

그 말에 주자미에게서 나직한 한숨이 새어 나온다.

시선을 돌리자 마치 잠든 듯 고요히 누운 독고경의 모습이 눈에 들어온다. 아리따운 자태이고 뭇 사내들의 가슴을 설레게 할 미모. 그야말로 처녀 시절의 그녀를 빼닮은 모습이다. 그 모습을 보자 문득 가슴이 더욱 아려온다.

"사질들이 사질녀를 돌보기 힘든 상태이니, 소생이 돌아올 때까지 사질녀를 회주께서 맡아주십시오."

"어디를 가실 생각이시오?"

"군웅들 해독과 사질녀의 상태 등을 알아보기 위해서 잠시 다녀올 곳이 있습니다. 시간이 없으니 지금 바로 떠나고자 합니다."

"사숙, 사숙께서 이곳을 떠나시면……."

"곧 돌아오지. 회주께 부탁이 하나 있습니다."

한효월이 말머리를 자신에게 돌리자 주자미가 그를 본다.

"회주의 심정이 어떠신지는 잘 압니다. 그러나 지금 상황은 보시다시피 적아난분(敵我難分)의 혼돈 상태라…… 여기 있는 구대문파의 고수들이 구대문파의 전부가 아닐지라도 그들이 무너지면 힘의 공백이 생겨날 겁니다. 모든 게 명확해질 때까지만 이곳을 지켜주십시오. 막 선배께서 계신다면 그나마 힘이 되겠지만, 아무래도 곧 이곳을 떠나실 것 같으니 개방이 홀로 이곳을 지키라는 건 무리일 겁니다."

"……."

주자미는 답하지 않았다.

그러나 즉각 반발하지 않는 것은 그녀의 심경이 전보다는 많이 달라지고 있음을 의미한다.

한효월은 그것을 기정사실화하듯이 좌백과 감천형을 보았다.

"내가 돌아올 때까지 사모님을 잘 도와드리게."

"알겠습니다."

"그럼……."

한효월은 주자미를 향해 포권을 해 보였다.

대명이 헐떡이며 화산에 당도한 것은 한효월이 화산을 떠난 직후였다. 그 또한 매복에 걸려 순탄하게 화산에 이르지 못했던 것이다.

두 사람은 그렇게 길이 어긋나기 시작했다.

*   *   *

그렇지 않아도 험준한 화산.

새벽 안개가 온통 세상을 덮었다.

이렇듯 안개가 서린 날은 그야말로 구름 속을 노니는 신선이 따로 없다. 눈을 들어도 몇 장 밖을 볼 수 없고 짙은 안개가 서린 곳에서는 그야말로 손을 뻗어 닿을 거리에 있는 사람도 찾기가 어렵다.

산속에서 자란 한효월조차도 마찬가지였다.

현재의 화산파는 고립된 섬과도 같았다.

제천교가 철수했으리라는 보장은 없다. 분명히 어디선가 호시탐탐 기회를 노리고 있을 터였다. 특히 혼자 떠나는 사람이 있다면 그냥 둘리가 만무, 화산의 길은 험준절학(險峻絕壑)하여 출입할 수 있는 통로가 너무 뻔한 까닭이다.

그런 상황이 너무 자명하여 떠나는 그를 향해 주자미조차도 화산 어귀까지는 독고해와 동행을 하라고 하였었다.

하지만 굳이 그럴 필요가 없다 사양하고 떠나온 참이다.

소림사에서부터 이곳까지 조금도 쉬지 않고 달려왔었다.

그리고는 잠시도 쉴 틈이 없었다. 눈을 붙이기는커녕, 제대로 쉰 적도 없었던 지난 삼 일 간이었다.

철인이 아닌 이상, 피곤하지 않을 리 없다. 하지만 그는 굳이 쉬지 않고 그곳을 떠났다. 조금도 피곤한 모습을 보이지 않은 채.

그를 배웅하던 사람들은 그의 그런 굳건한 모습을 보면서 한 가닥 희망을 가질 수 있을런지도 모르기에.

화산파의 경내를 벗어나자 한효월은 길이 아닌 산자락을 택해서 홀홀 날아올랐다. 혹시라도 있을지 모를 감시자의 눈을 피하기 위해서였다. 지리에 대해서는 이미 들어둔 터라 그의 행보에는 거침이 없었다.

화산파의 경내를 벗어나자 한효월은 절벽 틈에 몸을 감춘 채 눈을 감았다.

잠시 조식하여 피로를 풀려는 것이다.

고수는 굳이 잠을 자지 않아도 운기조식으로 잠을 잔 것과 같은 효과를 얻을 수 있게 된다. 그렇게 눈을 감고 조식을 하고 있던 한효월의 코끝에 묘한 냄새가 스쳤다.

눈을 떠보니 이미 해가 떠오른 뒤다.

시야를 가렸던 안개가 제법 흩어져 시야가 넓어졌다.

'고기 냄새?'

문득 격심한 공복감이 엄습한다.

잠시 생각에 잠겼던 한효월은 냄새가 풍기는 곳을 향해 몸을 날렸다.

맑은 계류가 흘러가는 계곡.

산자락에서 토끼 한 마리가 불길에 올려졌다.

그 앞에는 회삼을 걸친 노인 한 사람이 토끼 한 마리를 모닥불 위에다 올려놓고 있음이 보인다.

냄새는 바로 거기에서 풍기고 있었다.

'저 노인은……!'

그를 발견한 한효월이 놀라 그 자리에 굳어졌다.

그럴 수밖에 없었다.

그 사람이야말로 활염라 조과였기에.

흰 수염이 가슴을 덮고 얼굴 모습도 청수하다. 얼핏 보면 신선이 하범(下凡)한 듯한 모습이다. 하나 자세히 본다면 광대뼈가 조금 나온 노인의 얼굴에서는 괴팍한 느낌이 한눈에 느껴지는…… 그 모습은 서문운하와 같이 움직이는 활염라 조과에 분명했다.

'저 노인이 여기에 있다면?'

한효월은 부지중에 주위를 두리번거렸다.

그들 강호삼괴는 늘 같이 붙어 다닌다. 그리고 그들이 왔다면 서문운하도 같이 왔을 것이 분명하지 않은가.

탁탁…….

나뭇가지로 토끼를 뒤집으며 활염라 조과는 미간을 찡그렸다.

"망할 놈의 토끼를 다시 잡아야 할라나? 나올 때가 되었는데 아직도 숨어서 머리만 처박고 있다니……."

한효월의 안색에 묘한 빛이 스쳐 갔다.

그의 말투로는 그가 이곳에 왔음을 안다는 뜻, 게다가 그를 기다리고 있다는 것 같기도 하지 않은가.

"음…… 시간이 다 되었는데?"

얼핏 하늘을 올려다본 활염라 조과가 다시 중얼거렸다.

"해독을 하지 않아도 괜찮은 모양이로군……. 그렇다면 토끼는 버리고 갈밖에."

말과 함께 그는 손을 털면서 일어섰다.

몸을 돌리던 그는 눈앞에 선 한효월을 보고 일순 놀란 빛을 떠올린다.

"너로군……."

그가 중얼거렸다. 눈을 부릅뜨고서 그를 보고 있는 모습이 그를 보면서도 지금 상황이 믿기지 않는다는 듯한 태도.

"저를 기다리고 계신 게 아니었습니까?"

"맞아. 그 녀석…… 정말 신통하군! 네가 이곳을 지날 줄 어떻게 알고 널 기다리라고 했는지…… 배고픈가?"

그가 불쑥 물었다.

"그런 것 같습니다."

한효월이 미미한 웃음을 머금었다.

활염라 조과는 그가 토끼 한 마리를 해치우는 걸 물끄러미 바라보고 있었다. 가타부타 아무 말도 하지 않고 있다가 불쑥 호로병 하나를 내밀었다.

"물이다. 술이 좋을 것 같은데 하아가 굳이 술보다 물을 주라고 하더군."

우물우물 토끼 다리를 뜯고 있던 한효월의 안색이 굳어졌다.

눈앞에 아름다운 그녀, 서문운하의 얼굴이 선연히 떠올랐다.

그는 손을 내밀어 호리병을 받아 들고는 잠시 머뭇거리다가 입을 열었다.

"그녀는…… 잘 있습니까?"

"빨리도 물어보는군……."

"죄송합니다."

"하아가 그처럼 부탁을 하지 않았다면 네게 토끼를 구워주기는커녕, 토끼 속에다 염왕지독에 또 다른 독으로 양념을 더해서 줬을 게다."

쓴웃음이 한효월의 얼굴에 번졌다.

"여긴 어떻게 오셨습니까? 제가 여길 지날 것은 어떻게 아시고?"

"그걸 내가 어떻게 알겠느냐? 하아가 여기에서 고기를 굽고 있으면 네가 나타날 거라고 해서 시킨 대로 하고 있었을 뿐이다."

"그렇습니까?"

한효월이 고개를 끄덕였다.

뜻밖이라는 표정도, 놀라는 표정도 아니었다.

"놀랍지 않으냐?"

그의 태도로 오히려 뜨악해진 활염라 조과가 물었다.

"그녀라면 가능한 일일 겁니다. 선천역수(先天易數)를 보는 데에는 체력이 많이 필요한데, 건강이 회복되면서 신지(神志)가 맑아진 데다가 체력이 뒷받침되니…… 하긴, 제가 이리 지날 것을 알아내는 것은 사실 선천역수를 빌릴 필요도 없이 조금만 생각해 보면 알 수 있는 일이기도 합니다만……."

"무슨 귀신 씨나락 까먹는 소린지……."

활염라 조과는 머리를 흔들며 혀를 찼다.

그의 머리로서는 이 젊은 남녀들의 생각을 짐작하기란 쉽지 않았다.

잠시 머뭇거리던 한효월이 입을 열었다.

"그녀는 지금 어디 있습니까?"

한효월의 물음에 활염라 조과는 코웃음을 쳤다.

"궁금하긴 한 거냐?"

"……."

한효월은 미미하게 쓴웃음을 머금을 뿐, 답하지 않았다.

"말해 봐. 대체 왜 도망친 거냐?"

활염라 조과가 정색을 하고서 다그쳤다.

"두 늙은이들이 널 잡기만 하면 아주 포를 떠버리겠다고 작정을 하고 있다. 그렇게 도망치다니…… 하아가 간곡하게 부탁하지 않았더라면 노부도 널 그냥 두지 않았을 게다."

"죄송합니다."

그때 활염라 조과가 손을 불쑥 내밀었다.

"진맥해 보게 해주겠느냐?"

"……."

한효월은 물끄러미 그를 바라보았다.

그의 늙은 눈에 감정의 눈빛이 일렁이고 있었다.

그것은 안타까움이었다.

말없이 한효월은 손을 내밀었다.

그 손목을 잡은 채로 활염라 조과는 신중히 눈을 감았다.

한 식경이나 지나서 그는 눈을 떴다.

그 눈빛은 암울했다.

"이런 상태에서 이렇게 무리를 해야만 하나? 절대 안정을 하면서 섭생을 하면 방법을 찾을 수 있을런지도 모른다."

한효월의 얼굴에 미미한 웃음이 떠올랐다.

그 얼굴은 마침 떠오르는 햇살을 받아 환하게 빛을 발하는 듯했다.

"그녀를 잘 돌봐주십시오."

"대체 왜 이래야 하는 게냐?"

이해할 수 없다는 듯 머리를 젓고 있던 활염라 조과가 갑자기 눈을 부릅뜬 채로 머리를 디밀었다. 눈빛이 사납게 희번덕이고 있었다.

"그 빌어먹을 정의고 나발이고…… 내가 알아봤더니 넌 강호에 나오기 전까지는 세상과 아무런 관련도 없었다. 그런 네가 군이 목숨을 걸고 칼날 위에서 춤을 춰야만 하는 이유가 뭐냐? 무엇 때문에? 왜 그래야 하는 게지?"

"의미가 있을 것 같아서입니다."

"의미? 무슨 의미?"

"세상 모든 사람이 남이 어떻게 되든 혼자 조용히, 편안하게 사는 것만 바란다면 힘없고 약한 사람들은 어떻게 되겠습니까? 강자가 모든 것을 지배하면서 약자를 돌보지 않는다면…… 능력을 지닌 사람들이 스스로의 안일(安逸)만을 추구한다면 사람들은 과연 무엇을 믿고, 무엇을 하기 위해서 살아가게 되겠습니까?"

"공자님 말씀이군! 세상에 자기를 위하지 않고 살아가는 자들이 몇이나 된단 말이냐? 모든 사람들이 다 자신이 살아가기 위해서 살아가고 있다. 그런데……."

"죽음을 눈앞에 둔 자가 뭘 더 바라겠습니까?"

"그……."

갑자기 활염라 조과의 말문이 막혔다.

사람이 죽는다면 아무것도 소용이 없다.

세상을 덮는 학문도, 재물도, 능력도……

모든 것이 다 무(無)로 돌아가고 만다. 그렇기에 죽음을 눈앞에 둔 사람은 모든 것을 버릴 수 있었다. 탐욕에 가득 찬 사람이 재물을 움켜쥐고서 죽음을 맞이할 때까지 그것을 버리지 못한다면 추하기 짝이 없다.

"그렇다고 할지라도…… 얼굴도 모르는 자들의 안위가 네 여자보다 중하단 말이냐? 마지막 순간까지 그녀와 같이 있을 수 있음에도, 그것이 그 아이에게 얼마나 소중한 시간이 될는지 모르는데도?"

괴로운 빛이 한효월의 얼굴에 스쳐 간다.

"죄송합니다."

그는 고개를 숙였다. 깊이.

"……"

잡아먹을 듯 불길이 이글거리는 눈빛으로 한효월을 지켜보던 활염라 조과는 이를 악물더니 마침내 길게 한숨을 내쉬었다.

"도무지 이해할 수 없는 아이들이로다……"

…….

잠시 침묵이 흘러갔다.

역시 먼저 입을 연 것은 활염라 조과다.

"어디로 가는 길이냐?"

"처리할 일이 있어서 잠시 이곳을 떠나던 중이었습니다."

"그게 떨거지들이 중독된 것과 관련된 게냐?"

그 말에 한효월의 안색이 조금 달라졌다.

"그녀가…… 그 때문에 노선배를 보낸 겁니까?"

　　　　　　*　　　　　*　　　　　*

　화산은 바쁘게 돌아가고 있었다.

　평소라면 사람들이 일어나면서 일과를 위하여 분주할 시간이다. 하지만 지금은 사태의 수습을 위한 회의가 아침부터 열리고 있었고, 곳곳에서 부상자들의 신음이 이어져 어수선한 분위기가 역연하다.

　그 와중에도 그것과는 전혀 상관없는 분위기도 있었다.

　"말 안 해?"

　심소옥은 눈을 치켜떴다.

　"자꾸 말시킬 거야? 나도 여기 혼자 떨어져서 열받는 판이란 말이야."

　유성이 하품을 하면서 마주 인상을 썼다.

　"친형제 같다면서 왜 너 혼자 떨어진 건데?"

　"사내의 깊고 넓은 속을 한낱 아녀자가 뭘 일일이 다 알려구 해?"

　유성의 말에 심소옥은 픽 웃음을 터뜨렸다.

　"쬐그만 게 꼴에 사내라구······."

　"뭐야? 난 이래 봬도 여자와······!"

　말을 하던 유성이 갑자기 입을 다물었다.

　"여자와 뭘?"

　문득 심소옥의 눈이 빛난다.

　"오호? 그러니까 여자랑······ 그랬다는 그런 이야기지?"

　"누, 누가 그랬대?"

　유성이 당황하는 걸 보고 심소옥의 얼굴에는 짓궂은 빛이 떠올랐다.

힐끔힐끔 아랫도리를 훑어보면서 아래로 위로 자신을 살펴보자 유성의 얼굴은 더욱 붉어졌다.

"뭐 하는 거야?"

"대가리에 피도 안 마른 것이 까져 가지구……!"

혀를 차던 심소옥의 눈빛이 갑자기 묘해졌다.

"가만, 그럼 혹 오빠도?"

"에라이, 대가리에 피도 안 마른 계집애가 뭔 소릴 하는 거야?"

마침내 유성이 참지 못하고 심소옥을 후려쳤다.

거기에 맞을 심소옥이 아니다. 그렇다고 유성이 사생결단하고서 덤빈 것도 아니니 애초에 무슨 험악한 일이 날 것도 아니었다.

그 소동이 벌어지고 있는 곳은 다른 곳이 아닌 감천형과 좌백이 조섭(調攝)을 하고 있는 방 앞이었다.

운기조식을 하던 두 사람은 그 소동에 쓴웃음을 머금었다.

누가 봐도 말이 안 되는 일인데, 심소옥이 저처럼 집요하니 웃지 않을 수가 없는 것이다. 그렇다고 허허거릴 상황도 아니니 쓴웃음이 나올밖에.

"정말 사숙을 찾아 떠날 모양이군요."

밖에서 들려오는 소리에 좌백이 머리를 저었다.

"찾아 나서고도 남을 것 같군. 그보다……."

문득 감천형의 안색이 무거워졌다.

"내가 이처럼 무기력하니, 사부님을 생각할 때마다 참괴(慙愧)하기 이를 데가 없군. 후우…… 무슨 낯으로 사부님을 뵈올지……."

자신의 주검마저도 세상을 위해 내놓은 사부.

그를 생각할 때마다 감천형은 무력한 자신을 되돌아보지 않을 수 없었다. 그리고 그때마다 가슴이 터질 듯 답답했다. 몸을 돌보려 해도 가슴속에서 불이 나는 것 같아 스스로를 주체할 수가 없었다.

"상황이 많이 달라졌습니다. 지난 일보다는 이제부터 닥쳐올 일을 생각하고 준비해야 하지 않겠습니까?"

좌백이 말했다.

그의 얼굴은 창백했지만 눈빛은 여전히 살아 있었다.

"사제답군……. 언제라도 냉정할 수 있으니……."

감천형의 말에 좌백이 답한다.

"사부님께서 말씀하셨지요. 저는 매사를 냉철히 살필 수 있지만 너무 주저함이 많아 대업을 이룰 수는 없을 거라고. 하지만 사형은 다릅니다. 과감하고 호방하니 물을 만나면 뜻을 이룰 수 있으리라 하셨지 않았습니까?"

"지난날의 이야기일 뿐이야."

"그렇지 않습니다, 사형!"

좌백이 손을 내밀어 감천형의 손을 잡았다.

"우리는 이제 시작입니다. 비록 사숙과 같은 나이를 초월한 천재도 있지만 세상 사람 모두가 그런 천재는 아니지 않습니까? 군이 따지자면 사숙이 너무 뛰어나서 그런 거지, 우리도 사실 둔재는 아니니…… 우리의 노력 여하에 따라서는 충분히 사부님의 유지를 이을 수 있을 겁니다."

"……."

물끄러미 좌백을 보고 있던 감천형의 얼굴에 훈훈한 웃음이 피어 올랐다.

"그래. 다시 시작해 볼 수 있겠지. 우린 아직 젊으니까."

바로 그 순간이다.

"이제야 비로소 사내다운 소리를 하는군……."

칼칼한 음성이 밖에서 들려왔다.

감천형과 좌백이 놀라 창문 쪽을 바라보았다.

"거 누구요?"

유성의 외침 소리가 바깥에서 터져 나왔다.

감천형과 좌백은 서로를 마주 보고는 급히 밖으로 나왔다.

심소옥은 그새 어디로 갔는지 유성 혼자 눈빛이 날카로운 회의노인 한 사람 앞에서 그를 노려보고 있었다.

"네가 유성인 게로군."

유성을 본 노인이 말했다.

"어? 어떻게 날?"

한효월에게서 감천형과 좌백을 지키라는 명을 받았기에, 문 앞에서 지키고 있었던 유성은 노인의 말에 눈이 휘둥그레졌다.

"나? 네 주인인 한 공자의 부탁을 받고 온 사람이다."

"무슨…… 부탁인데요?"

한효월을 들먹이자 유성의 말투가 묘하게 물러선다.

"이곳에서 해독할 사람을 찾는다고 해서……."

말과 함께 활염라 조과는 감천형을 바라보았다.

남해용왕(南海龍王)

－고수를 만나다
절세고수의 회동에는 거대한 비밀이 숨 쉬다

남해용왕(南海龍王)

황하는 중원의 젖줄과도 같다.

황하의 역사는 곧 중국의 역사라고 해도 과언이 아니었다.

저 멀리 청해(靑海)에서 시작한 황하는 사천을 스쳐 감숙(甘肅)을 거친 다음에 다시금 청해로 들어간다. 내몽고에서 다시 산서(山西) 남부를 통과, 황토고원(黃土高原)을 지나 산동성의 발해만(渤海灣)으로 흘러들어가는 이 황하는 사시사철 싯누런 황톳물이 넘실거린다.

황토 고원에서 씻겨 내려오는 이 황톳물은 물 1말에 진흙이 6되라고 하는 지독한 흙탕물이다. 그런 까닭에 식수가 부족하여 물을 끓여 먹어야 했고, 그로 인해 다도(茶道)가 발달한 것은 또 하나의 부산물이라 할 수 있었다.

해가 중천으로 떠오를 무렵, 한효월은 황하 변에 도달해 있었다.

혹시라도 있을 제천교의 준동을 피해서 길이 없는 곳으로 질러왔다. 그 덕분인지 활염라 조과를 만난 것 외에는 여기까지 도달할 때까지 아무런 방해를 받지 않았다.

바로 강을 건너고자 했던 한효월은 나룻배를 발견하지 못해 잠시 갈대 숲에 의지하여 몸을 쉬게 되었다.

지금 그의 무공이라면 등평도수(登萍渡水)나 일위도강(一葦渡江)류의 경공을 전개하여 강을 건널 수도 있었다. 하지만 대낮에 그런 경공을 전개하여 시선을 끌게 된다면 기껏 숨겨온 그의 종적을 노출시키는 결과를 초래하게 될 터이니 전혀 바람직한 일이 아니었다.

그가 쉬게 된 가장 큰 이유는 몸의 이상 징후 때문이었다.

아침에 화산을 떠나오면서 잠시 운기조식으로 피로를 풀었음에도 황하에 도달하자 이상한 느낌이 들었던 것이다.

심상치 않음을 느낀 그가 갈대 숲에 몸을 숨기고서 얼마가 지나지 않아 과연 기혈이 용솟음치기 시작했다. 이렇듯 기혈이 엉기기 시작하면 잠시간 손을 쓸 수가 없게 된다.

말 그대로 반항할 힘을 잃어버리는 것이다.

'성아를 데리고 올 것을 그랬던가……'

눈을 감은 채로 한효월은 입술을 물었다.

발작이 일어난 지 얼마 되지 않았다.

그의 계산대로라면 이런 발작은 앞으로 최소 3개월, 아니라면 6개월은 있어야 일어날 수 있었다. 그런데 이렇게 빨리 오다니…….

설마, 설마…….

한효월은 굳이 결론을 생각하지 않았다.

아직은 시간이 남았으리라 믿고 싶었기에.

이대로 모든 것을 끝내기에는 너무 허무한 일이기에.

쏴! 쏴아아……

황하의 물살은 세차게 흘러간다.

마치 강물이 아니라 대해의 파도가 치듯 그렇듯 우렁찬 소리를 사방으로 토해내면서 누런 물결을 너울거리며……

반 시진가량이 그렇게 물결에 밀려 흘러갔다.

그 출렁이는 물결을 흔들며 우렁찬 웃음소리가 들려왔다.

"하하하…… 이제야 오시다니, 수룡신(水龍神) 곽 모(郭某)가 여기서 기다린 지 오래되었소이다!"

황하의 물을 출렁이게 할 우렁찬 웃음소리.

그 소리는 아주 가까운 것이 아님에도 고막을 울릴 만큼 굉량했다.

한효월은 갈대 숲 사이로 시선을 옮겨 소리가 난 곳을 바라보았다.

묘하게 생긴 배 한 척이 황하 변에서 조금 떨어진 곳에 떠 있었다.

뱃머리가 훌쩍 솟구쳐 나와 용의 형상을 했다. 크기도 작지 않아 용골(龍骨)의 길이만도 10장이 넘어 보였다. 그런 대선임에도 몸체가 다른 배에 비해서 좁다. 속도가 빠를 것임은 짐작하고도 남음이 있다.

그 선수(船首)에 폭이 좁은 남색 단삼을 입은 대한 하나가 우뚝 서 홍소(哄笑)를 터뜨리고 있음이 보인다. 흰 수염이 날리는 것으로 보아 나이가 5, 60은 족히 되어 보이지만 구릿빛 피부에 떡 벌어진 몸체는 쇠로 빚은 동신나한(銅身羅漢)을 보는 것 같다.

그의 옆으로는 웃통을 벗은 대한들 십여 명이 도열하듯 늘어서 있고, 제각기 장창을 짚고서 허리에는 분수아미자를 차고 있어 위세가 삼엄하다.

아마도 저 남색 단삼의 흰 수염 노인이 수룡신이라 자칭했으리라.

"용왕(龍王)은 어디 있나?"

반대쪽에서 맑은 음성이 들려왔다.

"하하…… 용왕께서는 잠시 일이 생기는 바람에 이 곽 모가 대신 영접을 하게 되었소이다. 그 점 오해없으시길……."

수룡신이 다시 껄껄 웃었다.

그는 공력을 과시하기 위함인지 그 웃음소리에 내력을 실어 황하의 파도가 출렁거렸다.

그런데.

'저 사람은……!'

수룡신이 바라보는 곳, 방금 맑은 음성이 들려온 곳을 보던 한효월의 눈에 놀람의 빛이 일었다.

백의를 입은 40대 중년인.

그 사람이야말로 신안금조 조건이 죽을 때 그 자리에 나타났던, 고려검왕이라던 바로 그 백의인이었던 것이다.

'저 사람이 어떻게?'

수룡신의 말에 백의인, 고려검왕은 미간을 찡그렸다.

"수룡신이 황하 유역을 주름잡고 있다는 소리는 일찍이 들었지. 하지만 그가 남해용왕을 대신할 수 있다는 소리는 내 아직 들은 바 없었는데……. 하하…… 그사이에 남해용왕은 이 김 모(金某)가 눈에 차지 않게 된 모양이군."

그가 냉소를 흘리자 수룡신의 안색이 조금 달라졌다.

"그런 뜻이 아니기에 본인이 직접 마중을 나온 것이 아니겠소? 검왕께선 본인의 체면을 봐서……."

"하하하…… 언제부터 수룡신 따위가 내 앞에서 체면 운운하게 되었더란 말인가?"

고려검왕이 크게 웃음을 터뜨렸다.

그의 웃음소리가 황하 변에 낭랑히 울려 퍼졌다.

그러한 태도는 방약무인함이 분명하다. 하지만 그러한 태도가 그에게서 나타나자 괴이하게도 그것은 오히려 당당해 보였다. 건방지다기보다는 그에게는 그런 태도가 더 자연스러워 보이기까지 하였다.

하나 수룡신의 얼굴은 그 말에 일그러졌다.

그의 굳어진 눈매에서 날카로운 빛이 쏟아져 나왔다.

"아무리 귀하가 고려검왕이라 할지라도 이곳은 중원 땅. 예의를 갖추라! 만약 그렇지 않다면……."

참지 못하고 그가 호통을 쳤다.

하나 그의 말이 채 끝나기도 전이다.

흥!

냉랭한 코웃음소리.

동시에 고려검왕은 서 있는 모습 그대로 손을 뻗어 수룡신을 가리켰다.

"감히 반딧불이 명월과 밝음을 다투려 하는가!"

일성 꾸짖음.

그와 함께 그의 손에서 가공할 섬광(閃光)이 빛을 뿌리며 날아간다.

"어검술(馭劍術)!"

그것을 보자 수룡신의 입에서 경악지성이 튀어나왔다.

고려검왕과 그가 있는 배와의 거리는 줄잡아 20장이 넘는다.

그가 일부러 배를 뭍으로 바짝 대지 않아서이기도 했다. 그 가운데에는 다시 갈대 숲이 있어 그는 자연히 고려검왕과 사이를 둔 채로 내려다볼 수가 있었다. 내심 많은 준비를 한 다음인 것이다.

그러나 고려검왕이 출수(出手)하자 그 모든 것이 만사휴의(萬事休矣).

가공할 섬광이 천지를 가르며 날아들자 그 거리는 아무런 의미가 없었다. 섬광은 찰나간에 20장을 가로질러 그의 눈앞에 도달했기에.

"으악!"

단말마의 비명이 터졌다.

거세무쌍(擧世無雙)한 그 검광에 수룡신이 바람처럼 뒤로 물러나자 미처 물러나지 못했던 그의 옆에 있던 수하 둘에게서 참담한 비명이 터져 나왔다. 놀라 부지중에 손에 들었던 창을 치켜들었음에도 불구하고 날아든 섬광은 그들의 창과 목을 한꺼번에 날려 버리고 말았던 것이다.

가공할 기세가 서릿발처럼 무서운 검기를 뿌려내면서 수룡신의 앞에서 윙윙 맴돌았다.

천지가 온통 검광으로 가득 차는 듯했다.

"으으……"

수룡신의 얼굴이 창백해졌다.

눈앞에서 소용돌이치는 가공할 검기에 눌려 감히 움직일 수가 없었다.

고려검왕의 음성이 전해진다.

"오늘 밤 삼경까지 이랑묘(二郞廟)에서 기다리기로 하지. 직접 와서 이야기하도록 용왕에게 가 전하라."

말과 함께 그는 손을 거두었다.

그러자 섬광은 기다렸다는 듯이 번쩍 하는 순간에 그의 허리춤으로 되돌아갔다.

검도 최강(劍道最强)!

사람들은 어검술을 일러 그렇게 이야기한다.

검을 느끼고, 검기(劍氣)를 불러일으키며 검과 내가 하나가 되는[身劍合一] 그 어려운 과정을 거쳐 마침내 검을 자유자재로 구사할 수 있게 된다. 검이 심령(心靈)과 연결되면 마침내 검을 쳐내어 적을 공격할 수가 있게 되니 그를 일러 어검술이라 한다.

이 어검에는 두 가지의 갈래가 있다.

하나가 바로 검을 말[馬] 부리듯 검을 내쏘아 조종하는 것이니 그 말대로 어검(馭劍)이라 하며, 다른 하나는 검과 내가 하나가 되어 검이 있는 곳에 내가 있어 검과 같이 날아가니 어검(御劍)이 바로 그것이다.

세간의 전설에는 검선(劍仙)이라고 하는 것이 있다.

검광(劍光)을 타고 날아 순식간에 백 장, 아니, 백 리가 아니라 천 리 밖으로 날아가는 사람의 경지를 벗어난 검술의 소유자. 그런 존재를 일러 검선이라 한다 하였다.

그 검선이 사용한다는 것이 바로 후자의 어검술(御劍術)인 것이다.

한효월도 어검(馭劍)을 한다.

그의 나이에 그런 경지에 이른 사람은 무림 사상 찾아보기 그리 쉽지 않을 터이다. 하지만 그런 그도 저렇듯 놀라운 위력을 자연스럽게 보여줄 수는 없었다.

자연 그 광경을 보는 한효월의 눈에는 경악의 빛이 떠오를 수밖에.

검을 손으로 부리는 경지를 지나 마음으로 부리는 심도어검(心道馭

劍)의 경지. 그것은 얼핏 보기에는 비슷한 것이지만 실제로는 차원이 다른 경지인 것이었다. 손으로 검을 던지는 것이 아니라 마음이 동(動)하자 검이 저절로 검집을 벗어나 날아갔다가 돌아오니 어찌 놀라지 않으랴.

게다가 그를 놀라게 한 것은 또 있다.

남해용왕(南海龍王)!

천하십왕 중 하나인 그의 존재가 이곳에서 처음으로 언급된 것이다.

'남해용왕이 여기에 나타난 것이란 말인가?'

한효월은 나타날 때와는 달리, 꽁지를 말고 사라져 가는 수룡신이 탄 배를 바라보면서 내심 침음했다.

듣건대 남해용왕은 남해에서 신과 같은 존재라 하였다.

그리고 평생 남해를 떠난 적이 없다 하였었다.

그런데, 그런 그가 남해를 떠나 이곳까지 와 있다는 것인가?

대체 무엇 때문에?

파라라락…….

세찬 바람이 분다.

황하가 출렁이고 갈대가 휘영청, 전신을 흔들어댄다.

"건방진 자들……."

나직한 중얼거림이 들리는 가운데, 고려검왕의 모습은 이미 그 자리에서 보이지 않았다.

한효월은 길게 한숨을 내쉬었다.

무력했던 전신에 천천히 힘이 돌고 있었다.

앉아 있던 널찍한 바위에서 몸을 일으키는 그의 얼굴은 어두웠다.

주먹을 쥤다 폈다 하는 그의 조용한 몸짓에서는 그런 어둠이 짙게 느껴졌다. 제아무리 죽음을 각오하고 마음을 다잡았다 할지라도, 죽음이 시시각각 다가오는 것을 느끼면서 어찌 아무렇지도 않을 수가 있겠는가. 그의 수양이 제아무리 깊다 할지라도 한창 활발하게 다가올 인생을 설계해야 할 그 젊은 나이에 죽음을 준비해야 한다면…….

"후우우……."

한효월은 다시금 길게 한숨을 내쉬면서 하늘을 바라보았다.

어지러운 마음을 다잡으려는 것이다.

책을 읽고 자연을 벗삼으며 마음을 다스렸었다.

다가오는 죽음을 고요히, 흔들림없이 맞을 수 있다고 생각했었다.

그러나 감천형이 사부인 경월선인을 찾아오면서 모든 것이 달라졌다. 그렇게 애써 외면했던 속진(俗塵)에 군이 스스로를 담았다. 남은 생의 의미를 사람들을 위해서 두자고 스스로를 다잡았었다. 그런데 언제인가부터 고요했던 그 마음이 조급해지고 어딘가 모르게 세속에 물드는 듯하다.

쓴웃음이 그의 얼굴을 스쳐 간다.

"부질없는 짓……."

의미 모를 말을 그가 중얼거린다.

문득 그의 얼굴에 갈등이 인다.

이랑묘라는 것은 찾자고 마음만 먹는다면 찾을 수 있을 터이다.

하지만 이곳에서 그렇게 우물거리고 있을 만큼 그의 행보는 한가로운 것이 아니었다. 지금 이 시간에도 그의 손길을 애타게 기다리고 있을 사람들이 있는 것이다.

그러나 그냥 이 자리를 떠나기 어렵도록 고려검왕과 남해용왕이란 이름이 가지는 의미는 컸다. 어쩌면 이 혼란스러운 정국에 관한 열쇠를, 단서를 그곳에서 얻을 수도 있지 않을까?

"그렇다. 그 떨거지들의 중독을 해소시켜 주라고…… 어디가 이쁜지 모르겠다만 널 도와주라고 나를 보냈다."

활염라 조과가 못마땅한 듯 툴툴 내뱉던 모습이 눈에 선하다.
그는 자신이 중독을 해소시킬 수 있으리라고 장담했었다. 그까짓 장독(瘴毒)이 무에 그리 대수냐고 하면서.
'그 노인이 갔으니 최소한 시간은 벌 수 있을 테지…….'
잠시 생각에 잠겼던 한효월은 생각을 정리했다.
그리고 그는 그 자리를 떠났다.

*　　　　*　　　　*

이랑(二郞)은 용을 죽인 자로 일컬어진다.
7세기 경 사천(四川)에서 현령을 지낸 조경(趙景)이란 사람이 그다. 주변의 강에 쇠[牛] 모양을 한 용이 살면서 홍수를 일으켜 사람들을 못살게 굴었다. 그러자 그는 용과 물속에서 일전을 벌여 그 용을 죽였다 한다. 그리고는 세상이 어지러워지자 관직을 내놓고 사라졌다. 이후, 강이 범람하거나 폭풍우가 치는 날이면 그가 백마를 타고서 물 위를 질주하는 모습이 보였고, 효천신견(哮天神犬)이라는 이름을 가진 천계(天界)의 매처럼 생긴 개를 데리고 가는 것이 보인다고 하였다.
이랑묘(二郞廟)는 바로 그를 모시는 사당이다.

그런 그가 개의 신으로 모셔진 것이 묘한 일이지만, 그가 마을을 돌보는 신의 하나임에는 분명하다.

이랑묘는 그곳에서 십여 리 떨어진 마을 어귀에 있었다.

전형적인 강촌(江村). 4, 50여 호가 모여 사는 그 마을 뒤편에 세워진 이랑묘는 세워진 지 제법 오래된 것 같았다. 하지만 강물을 누르고 마을을 지키는 개(犬)의 신답게 아직도 마을에서 돌보고 있는 듯했다.

한효월은 나룻배 하나를 맞춰놓고 밤이 되기를 기다렸다.

덕분에 길게 쉴 기회를 얻게 된 셈이다.

이 마을의 이랑묘에는 뱃사공의 신이라는 천비낭랑(天妃娘娘)이 같이 모셔져 있어 묘한 일이지만, 물어본 결과 근 백여 리 내에는 다른 이랑묘가 없으니 기다려 볼밖에.

이랑묘는 별로 크지 않았다.

그 말은 한효월이 그 속에 들어가 숨을 장소가 마땅치 않다는 의미이기도 하였다.

이경 무렵, 한효월은 황하를 등진 이랑묘의 뒤편에 숨었다.

비스듬한 언덕배기를 덮은 잡목림이 마을로 곧장 부는 바람을 막아주고 있는데, 이랑묘는 바로 그 숲을 등지고 자리한다.

어둠이 짙어지자 은은히 물결치는 소리만이 들릴 뿐, 사방은 고요하기만 했다.

한효월은 나무 사이에 숨은 채로 조용히 자신을 다스렸다.

조식(調息)을 하게 되면 숨이 가늘어진다. 그리고 힘을 비축하게 될뿐더러, 감각이 예민해져서 주변의 상황을 좀 더 잘 살필 수가 있었다.

얼마나 지났을까.

어둠 속에서 흰빛이 움직이더니 바람처럼 이랑묘의 앞으로 도달했다.

고려검왕이었다.

그는 오늘도 혼자인 듯했다.

이랑묘에 도착한 그는 주위를 둘러보더니 서슴치 않고 이랑묘에 들어가 자리를 잡고 앉았다.

그리곤 눈을 감더니 그만이다.

그저 고요히 눈을 감은 채로 정신을 가다듬는 듯하다.

'역시 남해용왕이란 간단한 상대는 아니겠지……'

한효월은 깊이 숨을 들이마시고 내식(內息)을 깊이 한다.

바로 그때 옷자락 스치는 소리가 어둠 속에서 들려오더니 십여 명의 대한이 달려오는 것이 보였다.

그들은 고려검왕과는 달리 마을 쪽이 아니라 강물 쪽에서 숲을 가로질러와 이랑묘에 도달했다. 이랑묘를 향해 달려오는 그들의 숫자는 금세 이십여 명으로 불었다. 주변을 수색하며 달려오는 그들의 움직임은 신속하기 이를 데 없다.

한효월이 그러한 상황을 짐작하고 장소를 선택하지 않았다면 낭패를 당했을 수도 있을 움직임이었다.

어느덧 밤은 깊어 삼경.

은은히 개가 짖는 소리가 마을 쪽에서 들린다.

그리고 황하의 물살 치는 소리가 고요를 깨뜨릴 뿐……

나타난 자들은 모두 푸른빛 경장을 했다. 그들 중 우두머리인 듯한 자가 잠시 이랑묘 안을 살펴보았을 뿐, 누구도 안으로 들어가지 않았다. 대신 사방으로 흩어져서 주위를 경계하였다.

시간이 흐르자 사람들은 더 많아졌다.

숫자는 불어났지만 그들의 움직임은 조용하기 이를 데 없어서 숨 쉬는 소리조차 들리지 않았다.

문득 그들 사이에 긴장이 흘렀다.

그와 동시에 숲 속에서 금삼(錦衫)의 청년 한 사람이 불쑥 나타났다.

사각진 얼굴에다 날카로운 눈매를 가진 20대 후반 정도의 청년. 그는 정교하게 용이 수놓여진 금삼을 입고 섭선 한 자루를 쥔 채로 주위를 둘러보았다.

"소용왕(少龍王)을 뵙습니다!"

그 자리에 있던 자들이 일제히 허리를 굽혔다.

"용왕께서 오신다. 모두 주위를 경계하라."

금삼청년의 말에 일대에 깔렸던 청의인들은 찰나간에 썰물이 빠지듯이 숲 속으로 사라졌다. 옷자락 스치는 소리도 들리지 않을 정도였다.

청의인들이 사라지자 금삼청년은 주위를 쓸어보곤 이랑묘를 향해 조금도 망설이지 않고 성큼성큼 다가갔다.

"남해(南海)의 부해교(浮海鮫)가 선배를 뵙고자 합니다."

…….

답이 들리지 않는다.

하지만 반쯤 열린 문을 통해 단정히 앉은 채로 눈을 감은 고려검왕의 모습이 보이니 사람이 없는 것일 리야 없다.

"선배님……."

금삼청년이 미간을 찡그렸다. 그가 다시 입을 열려고 하자 나직한 꾸짖음이 전해진다.

"내가 만나고자 한 사람은 네 할아버지다. 더 이상 번거로운 절차는 생략하도록 가서 전해라."

그 말이 채 끝나지 않아 나직한 웃음소리가 들려왔다.

"하하하…… 만나지 못한 지가 벌써 수십 년이건만 그 성미는 여전하군."

동시에 숲이 움직이며 수룡신이 십여 명의 수하들을 이끌고 나타났다. 그들은 나타나자마자 좌우로 갈라섰고, 그 뒤를 따라 숲 속 어둠 속에서 교자(轎子) 하나가 모습을 드러냈다.

네 사람의 웃통을 벗은 장한이 멘 그 교자 위에는 두 마리의 금룡(金龍)이 정교하게 수놓인 금포(錦袍)를 입은 긴 수염의 노인이 앉아 있다. 머리에는 은은한 금광이 번뜩이는 구량관(九樑冠)을 썼으며, 마른 체격이지만 눈빛은 날카롭기 이를 데 없어 사람을 압도하는 기풍이 있었다.

나이가 든 것은 분명하나 얼굴은 주톳빛이고 수염 또한 검어 생김만으로는 사오십 대에 불과한 것처럼 보였다.

"할아버님!"

금포노인이 나타나자 금삼의 청년이 그를 향해 허리를 굽혔다.

"김 형이 이 아이를 본 적이 없을 듯하여 데려왔소. 우리가 마지막 만난 다음 십여 년이 흐른 후에 비로소 얻은 내 손주라서 말이오. 하하하…… 김 형이 잘 돌봐주신다면 이 아이에겐 장차 큰 힘이 될 것이오."

순간, 이랑묘 안에 앉아 있던 고려검왕이 눈을 떴다.

어둠 속이지만 횃불과 같이 형형한 안광이 어둠을 뚫고 직사되어 나왔다. 그의 내공이 어느 정도의 경지에 이르렀는지 알고도 남음이 있는 대목이다.

그는 금포노인을 잠시 바라보더니 천천히 입을 열었다.

"나라를 잃은 유민(流民)이 무슨 힘이 될 수 있겠소?"

그 말에 멈칫하던 금포노인은 문득 껄껄 웃었다.

그의 웃음소리는 별로 크지 않은 듯했지만 실제로는 굉량(宏量)하기 이를 데 없어서 고막을 울릴 뿐 아니라 그 진동은 주변 전체가 떨려 한효월까지 느낄 수 있을 정도였다.

'공이 깊어 이미 안으로 갈무리되어 나타나지 않고, 나이를 짐작하기 어려울 정도에 이르렀군……'

그를 지켜본 한효월은 내심 머리를 끄덕였다.

지금까지 그가 만나본 천하십왕은 모두가 명불허전이었다.

누구도 천하십왕의 반열(班列)에 오르기에 부끄러운 사람은 없었다. 이 금포노인이 남해용왕이라면 그 또한 그렇게 불리기에 충분한 자격을 가진 듯 보였다.

웃음을 그친 금포노인은 여전히 웃음기를 지우지 않은 채로 말했다.

"김 형이 힘없는 유민이라? 겸손도 지나치면 듣기 거북하지. 김 형이 마음만 먹는다면 당대 조선의 우두머리라는 자의 목을 따기는 여반장이 아니겠소? 만약 그것이 귀찮다면 본왕이 대신해 드릴 수도 있소만."

"교만함은 예나 지금이나 여전하군……"

고려검왕이 나직이 말했다.

"교만이라? 핫하하…… 그……."

금포노인이 입을 열려는 순간 고려검왕이 다시 입을 열었다.

"만약 그런 짓을 하려 한다면 부 형(浮兄)은 남해용왕이란 자리를 보전하지 못하게 될런지도 모르지."

그 말에 금포노인, 남해용왕의 미간이 슬쩍 찌푸려졌다.

"호오…… 그렇다면 변방소국에 그렇듯 힘이 있다는 뜻이오?"

비꼬듯 말한 그는 이내 머리를 저었다.

"그런 힘이 있는 나라가 그런 소국으로 남아 있다는 것인가? 오랑캐는 오랑캐일 뿐…… 그들이 무슨 힘으로 본왕과 상대할 수가 있겠소? 오늘이라도 마음만 먹는다면 그런 나라 하나쯤은……."

순간, 나직한 웃음소리가 그의 말을 끊었다.

"이제서야 연 소저(淵小姐)가 귀하를 저버리고 출가(出家)를 한 까닭을 알겠소. 그러니 그녀가 당신의 구애를 받아들일 수가 없었겠지."

그 말에 남해용왕의 안색이 돌변했다.

"그건 무슨 뜻이오?"

남해용왕은 무서운 빛이 쏟아지는 눈빛으로 이랑묘 안의 고려검왕을 노려보았다.

…….

문득 기이한 정적이 일대를 누른다.

쏴! 쏴아아…….

물결 소리가 그 정적을 깨뜨릴 뿐 이랑묘 일대는 숨막히는 정적에 잠겼다.

"말해 보라! 김호민(金護民)!"

남해용왕이 교자의 손잡이를 두드렸다.

간단한 손짓임에도 그 교자를 메고 있던 네 명의 거한들이 고통스러운 빛으로 전신을 떨었다. 전신의 근육이 마치 파도가 치듯 꿈틀거림은 그들이 얼마나 힘을 쓰고 있는지를 말한다.

풀풀, 그들의 발 밑에서 흙먼지가 인다.

그런 그를 보고 있던 고려검왕이 천천히 입을 열었다.

"당신은 왜 이 나라를, 이 중원천하를 지배하지 않고 그 변방의 오랑캐들이 사는 남해바다에서 숨죽이고 있소?"

"말을 조심하라! 오랑캐들이 사는 곳이라니!"

남해용왕이 노호했다.

고려검왕이 낭랑히 웃었다.

"당신은 조선을 일러 오랑캐라고 했소. 그런데 남해를 일러 오랑캐라고 하지 못한단 말이오? 설마 고려에서 조선으로 이어지는 계통이 누구의 후예인지조차 모른다는 말을 할 생각이오?"

남해용왕의 안색이 조금 일그러졌다.

"동이(東夷)가 천손(天孫)임은 이미 오래전의 일! 그 일은 세상의 흐름에 이미 묻혀졌소. 천하의 형세가 그 일을 말하고 있지 않소?"

고려검왕은 정색을 한다.

"오래전의 일이라…… 아직도 깨닫지 못한다는 거요? 중원을 차지하고 스스로 중화(中華)라 그처럼 자존자대(自尊自大)하다가 몽고에 천하를 내어준 지가 언제라고…… 당신이 남해에서 왕 노릇 한다고 하여 세상이 달라졌다고 생각한다면 오산이지. 해가 뜨는 동쪽에는 여전히 신성(神聖)이 남아 있소. 그렇지 않다면 나와 같은 자가 홀로 떠돌 리가 있겠소?"

나와 같은 자가 홀로 떠돌 리가 있겠소?

그 말에는 많은 의미가 포함된다.

남해용왕이 그 말의 뜻을 알아듣지 못할 바보라면 천하십왕이란 우뚝한 자리에 설 수가 없었을 터이다.

그가 입을 다물고 있음을 보자 고려검왕은 다시 말했다.

"진인(眞人)은 모습을 드러내지 않는다 하였소. 모습을 드러낸 자는 이미 진인이 아니라 하였지. 하하…… 당신은 우리가 천하제일이라는 자리를 놓고 다툴 수 있다고 생각하오?"

남해용왕은 아주 간단하게 말을 받았다.

"못할 것도 없지!"

"호승심은 여전하군……."

가만히 남해용왕을 바라보던 고려검왕은 미미하게 웃었다.

그리고 그는 정색을 했다.

"사람들을 물리시오."

"여기 있는 자들은 모두 나의 손과 발이나 마찬가지요. 무슨 말이라도……."

그의 말은 채 끝나지 못했다.

"봉신(封神)의 서(誓)를 알게 되어도 말이오?"

그 말에 남해용왕의 안색이 돌변했다.

"봉…… 무슨 소리요? 그럼, 당신이 중원으로 나온 것이……."

"그냥 이야기하길 바라오?"

고려검왕의 말에 남해용왕은 잠시 그를 바라보다가 어깨를 움찔했다.

순간, 그의 신형은 소리도 없이 허공을 가로질러 날아 이미 이랑묘 안의 고려검왕 앞에 앉아 있었다. 세상이 놀라고도 남을 경공신법이었다.

"교아(鮫兒), 너는 수하들을 데리고 행선(行船)으로 돌아가 있도록 해라."

"할아버님!"

"염려할 것 없다. 당금 천하에 누가 우리 두 사람을 한꺼번에 해할 자가 있단 말이냐? 쓸데없이 접근하는 자가 없는지 감시만 하도록 하거라."

"알겠습니다."

남해용왕의 어조가 단호한 것을 보자 소용왕 부해교는 그에게 허리를 굽혔다.

남해용왕은 평소에 늦게 얻은 손자인 그를 끔찍이 사랑했다.

어릴 때부터 그가 하고자 하는 일은 모두 다 들어주었다고 해도 과언이 아니었다. 하지만 그가 이렇듯 단호한 어조로 말을 한다면 그 말은 거역할 수가 없는 것임을 소용왕 부해교는 잘 알고 있었다.

아무리 궁금해도, 못마땅하더라도 감히 드러낼 수가 없는 일이다.

그가 사라지는 것을 보고 있던 고려검왕이 말했다.

"당년의 당신을 그대로 빼닮았소."

굳어 있던 남해용왕의 얼굴에 미미한 웃음이 떠올랐다.

"저놈 하나를 얻기 위해 여자 일곱이 필요했소. 그 바람에 본왕은 팔자에 없이 손녀가 여덟이나 되오. 사내라곤 저놈 하나뿐이지. 본 가는 유난히 손이 귀하여……."

"아들은?"

"그놈은 남해를 지키고 있지. 모두 다 비울 수는 없는 일이 아니오? 교아는 이번에 세상 구경을 시켜줄 겸 해서 데리고 나왔소."

"부 형이 이번에 남해를 떠나온 이유는 어디 있소?"

고려검왕의 말에 남해용왕은 미간을 찡그렸다.

"그것을 묻는 의도가 뭐요?"

"평범한 일이라면 당신이 굳이 남해를 떠나 이곳까지 직접 올 리가 없지 않겠소? 더구나 그 일이 봉신방(封神榜)과 관련이 있다면⋯⋯."

고려검왕의 말에 남해용왕의 안색이 납덩이처럼 굳어졌다.

쏴아! 쏴아아⋯⋯.

철썩거리는 물소리가 귓전을 친다.

달빛조차 구름에 숨었다. 어둠은 짙어 물소리가 더욱 청승스럽다.

숨 막히는 정적을 깨고 다시 입을 연 것은 남해용왕이다.

"봉신방의 존재를 아는 것은 당금 천하에서 오직 우리 천하십왕뿐일 것이오. 그 전설을 아는 것만으로도 죽을 사유가 되니까!"

냉소가 고려검왕의 얼굴에 떠오른다.

"교만한 짓이지⋯⋯."

"교만? 자격이 없는 자가 어찌 감히 봉신방을 넘볼 수가 있단 말이오? 우리조차 그 비밀에서 밀려난 마당에⋯⋯."

"더 이야기하겠소? 그렇게 되면 스스로 맹세를 깨뜨리는 것이 될 텐데?"

고려검왕의 말에 남해용왕의 얼굴이 일그러졌다.

"그 맹세는 선대(先代)의 것이오! 본왕은⋯⋯."

"선대의 맹세이므로 그 맹세를 지키지 않겠다는 것이오? 봉신(封神)의 서(誓)를 지키지 않는 자가 그 비밀을 논할 자격이 있다고 생각하시오?"

"그건⋯⋯."

남해용왕은 일시지간 말을 잇지 못했다.

'대체 봉신의 서라는 것이 무엇일까?'

숨을 죽이고 그들의 말을 듣고 있던 한효월의 뇌리에는 의혹이 구름처럼 일고 있었다. 처음 사부가 남긴 서찰에서 봉신의 서라는 글을 접

했을 때에도 뭔가 의미가 있는 말이라고 생각은 했었다.

그러나 이렇게까지 그 의미가 커질 줄은 몰랐다.

어쩌면 당금 무림의 모든 사태는 거기에서 연유하고 있는지도…….

"말해 보시오, 부 형이 강호에 나온 것이 무엇 때문인지."

"그것을 본왕이 왜 김 형에게 말해야 하오?"

"부 형이 강호에 직접 나온 것이 제천교와 관련된 것이 맞다면, 그래서 나온 것이라면 알아야 할 일이기 때문이오."

"그건 또 무슨 뜻이오?"

남해용왕은 미간을 찡그린 채 그를 바라보았다.

"아직도 모르겠소? 제천교가 말하는 제천(齊天)! 하늘과 나란히 한다는 말의 뜻을?"

그 말에 남해용왕의 안색이 돌변했다.

부릅뜬 눈에서 신광이 폭출하고 수염이 절로 출렁인다. 그의 심중 격동을 말하듯 몸에서 뿜어져 나온 기파(氣波)로 이랑묘가 무너질 듯 흔들거렸다.

"서, 설마……?!"

"나도 알 수 없소. 하지만 그 일로 나는 여기에 왔소. 그것이 과연 사실인지를 알아보기 위해서."

"그럴 리가? 그럴 수가 있단 말이오? 누가 감히 서약(誓約)을 깨뜨리고 움직일 수가…… 세상의 권력, 그까짓 것이 항차 무엇이길래……."

남해용왕은 머리를 저었다.

아무래도 믿기지 않는다는 표정.

그러나 권력(權力)!

그까짓 것이 항차 무엇이길래…….

과연 권력을 두고 그렇게 말할 사람이 있을까?

천하의 주인이라는 황제의 힘도 그 권력에서 나온다.

바꾸어 말한다면 권력의 궁극에는 황제가 있다는 의미이기도 하다.

대체 봉신의 서약이란 것이 무엇이기에 그런 권력을 두고 그까짓 것이라고 말할 수 있다는 것일까. 더더구나 남해용왕과 같은 사람이 그까짓 권력이라고 치부할 수 있다면…….

"중원무왕 독고해가 왜 목숨을 걸고 제천교에 대항했는지 알고 있소?"

"그거야 그가 무림맹의 맹주였기 때문……!"

대꾸하던 남해용왕의 안색이 다시 달라졌다.

"그럼 그도 제천교가 봉신……."

남해용왕은 이내 머리를 저었다.

"그럴 수는 없을 게요. 누가 있어서 그런 짓을 한단 말이오? 누가 주체(主體)가 될 수가 있겠소? 기껏 세상을 휘어잡기 위해, 세상에 군림하기 위해서 약속을 깨뜨린단 말이오? 그러려면 누가 그 오랜 세월을 기다렸겠소?"

"기다리고 싶어서 기다린 사람은 아무도 없겠지……."

고려검왕의 말에 남해용왕도 고개를 끄덕여 긍정했다.

"당연한 일이지! 서약에 묶이고 봉신방이 전설로 화하는 바람에 어쩔 수 없어서 된 일이지, 누가 일부러 기다렸겠소?"

"나는 한 사람의 부탁을 받고 중원으로 왔소."

"……?"

"어쩌면 그는 부 형을 강호에 나오게 한 사람과 동일인일런지도 모르오."

"그게 무슨 소리요? 동일인이라니?"

"부 형의 재지(才智)라면 생각해 보면 짐작이 갈 수 있을 것이오. 내가 부 형을 보고자 한 것은."

고려검왕은 말을 끊고 잠시 남해용왕을 바라보았다.

"건곤무적 독고해가 제천교를 저지하려 했던 의미를 잘 생각해 보라는 말을 해주기 위해서였소."

말과 함께 그는 일어섰다.

"무슨 소리요? 기왕 말을 하려면 시원하게 해보시오!"

고려검왕은 이랑묘의 문 앞에서 남해용왕을 돌아보았다.

"어쩌면 그는 봉신의 서약이 깨지는 것을 막으려 한 것일지도 모르오. 아니면 봉신방에 대한 단서를 발견한 것인지도 모르고……."

그 말에 남해용왕의 얼굴에 격동의 빛이 일었다.

"그, 그런!"

"그 의미는 부 형도 잘 알 테니……."

말소리가 끝나기 전에 일진 바람이 일면서 고려검왕의 모습이 그 자리에서 사라졌다.

"김 형! 김 형……."

남해용왕이 발을 굴렀다.

그가 번개처럼 밖으로 뛰쳐나왔지만 고려검왕의 모습은 이미 어디에서도 찾을 수가 없었다.

"봉신방에 대한 단서라니!"

잠시 그 자리에 묵묵히 서 있던 남해용왕이 문득 중얼거렸다.

"있을 수 없는 일이야! 어떻게 그런 일이……."

말과 함께 그는 훌쩍 몸을 날려 그 자리에서 사라졌다. 그들의 움직임은 일반 무림인들과 달라 표홀(飄忽)하기 그지없다. 그야말로 오고 감이 자유롭기 그지없고 흔적이 남지 않았다.

그가 사라지자 이랑묘에는 이내 고요가 찾아들었다.

뒤이어 숲 여기저기에서 낮은 음향이 일었다.

매복하고 있던 자들이 떠나는 듯했다.

그리고 잠시 고즈넉한 달빛이 흐를 때, 그 자리에 한효월이 모습을 드러냈다.

그는 묵묵히 그들이 떠난 쪽을 바라보다가 등을 돌렸다.

당장 급한 일이 없다면 저들의 뒤를 쫓아갈 수도 있었다.

하지만 그에게는 처리할 일이 남아 있었다. 그것도 이 상황을 보기 위하여 미루었던…….

그때 몸을 돌리던 그의 신형이 흠칫 굳어졌다.

한 사람이 뒤에서 그를 노려보고 있었다.

사각 진 얼굴에 날카로운 눈매.

금삼의 그는 손에는 한 자루의 섭선을 들고서 폈다 접었다 하면서 한효월을 바라본다. 냉소를 눈에다 가득 담고서.

"어디선가 쥐새끼 냄새가 난다 싶었지……."

금삼청년, 소용왕 부해교는 천천히 다가오면서 말했다.

"무엇 하는 자이길래 감히 이 자리를 엿본 것인지 이실직고해라. 만약 그렇지 않다면 뜨거운 맛을 보게 될 것이다."

그의 움직임은 크지 않았다.

하지만 그가 다가오기 시작하자 강력한 예기가 그를 무찔러 오고 있었다.

숨이 막히는, 마치 칼끝을 곤두세워 놓은 듯한 기세였다. 손에 든 것이라고는 섭선 한 자루뿐이건만 그러한 기세를 쏟아낼 수 있는 것은 그가 과연 명가(名家)의 자제임을 말하는 듯하였다.

하나 한효월의 안색은 그저 고요할 뿐이다.

그리고 말.

"내가 이실직고한 다음에는 어찌할 생각이오?"

그의 반응이 뜻밖인지라 소용왕 부해교는 그를 다시 한 번 살펴보았다. 처음에는 별 볼일 없는 백면서생이라 생각했다. 그런데 지금 보니 물처럼 고요한 기도를 가졌다. 얕보는 마음이 사라졌다. 하긴 평범한 자라면 절대고수 두 사람이 어찌 그를 발견하지 못하였겠는가?

부해교는 그를 노려보면서 천천히 말했다.

"그건 나의 마음. 네가 이실직고한 다음의 일이다."

담담한 웃음이 한효월의 얼굴에 번져 갔다.

"대답을 하는 것은 나의 마음이오. 그것이 어찌 귀하의 마음이겠소?"

"네가 감히 본 소용왕의 명에 토를 달 작정이냐?"

갑자기 부해교가 노호를 터뜨렸다.

동시에 그는 손을 휘둘러 수중의 섭선으로 한효월을 쳐왔다.

소용왕 부해교의 섭선은 한 자 하고도 일곱 치나 된다.

펼치면 반신을 가릴 크기다. 그 정도라면 이미 단순히 모양을 내기 위해 가지고 다니는 것일 리가 없다. 정교하기 짝이 없는 세공에다 폭풍이 휘몰아치는 바다가 그려진 그 섭선의 겉면은 얼핏 금박을 입힌 듯 보인다. 하나 실제로는 천잠사(天蠶絲)에다 금정(金精)을 섞어 짠 것으로 도검으로도 흠집을 내기 힘든 것이었다. 섭선의 끝은 투명한 옥(玉)처럼 보인다. 그러나 거기에는 호신강기까지 파괴할 수 있는 만년강모(萬年鋼母)가 붙어 있어서 날카롭기 그지없다.

그 섭선 하나의 가치는 족히 만금(萬金)을 넘을 터였다.

한효월은 자신을 향해 짓쳐들어오는 섭선의 끝이 달빛을 받아 날카롭게 반짝임을 보고 나직이 중얼거렸다.

"성미가 급하군."

말과 함께 그는 옆으로 한 걸음 물러났다.

간단한 한 걸음이지만, 호리의 차이가 천 리의 차이인 것처럼 그의 신형은 상대의 섭선 공세에서 벗어나 있었다.

"과연 한 수가 있군!"

부해교가 냉소를 터뜨렸다.

그 정도는 이미 짐작하고 있었다는 듯이 그는 찔러오던 섭선을 쫘악 펼쳐서 비스듬히 쓸어왔다.

사나운 기세가 역력하다.

움직임에는 절도가 있고 손을 씀에는 전혀 사정이 없다.

일단 발동하자 섭선의 움직임에는 살기와 경풍이 깃들어 섬광이 번쩍이는 듯하다. 고수의 풍모가 역력했다. 하긴 남해용왕이란 일세의 고수가 후계자로 키우는 하나뿐인 손자이니 어찌 그가 호락호락할 것인가!

한효월은 다시 옆으로 물러나면서 말했다.

"나는 고려검왕을 따라왔던 것이니 당신이 상관할 일이 아니오."

"고려……?"

섭선을 쳐오던 부해교가 멈칫, 섭선을 멈추었다.

"그의 제자란 말이냐?"

"아니오."

"그럼?"

"그것을 굳이 당신에게 말해야 할 필요는 없을 것 같소."

말과 함께 한효월은 그 자리를 떠나려 했다.

상대가 방약무인(傍若無人)함을 느꼈기에 굳이 이 자리에서 그와 다투고 있을 필요가 없었기 때문이다.

"으핫하하…… 감히 네놈이 본 소왕(少王)을 능멸하려 하다니!"

소용왕 부해교는 한효월이 떠나려 함을 보자 노해 크게 웃었다.

동시에 그는 섭선을 폈다 접었다 하면서 한효월을 덮쳐 왔다.

원래 그가 한효월을 다짜고짜 공격했던 것은 그의 정체를 알아보기 위함이었다. 그런데 한효월이 자신의 공세를 대단치 않게 피해 버림을 보자 실제로 노하여 호승심이 치민 것이다.

남해에서 남해용왕이란 존재는 가히 전설과도 같다.

그런 가문에서 자란 그였다. 거기에 천부(天賦)의 자질이 범속하지 않았으니 그 배움 또한 실제로 약하지 않았다. 그런 그를 누가 감히 건드릴 수가 있었을 것인가.

사람을 눈 아래로 두는 것이 어쩌면 당연한 일.

그런데 자신보다 어려 보이는 한효월이 자신의 공세를 간단히 피하는 것을 보자 그냥 넘어갈 리가 없었다.

게다가 그 태도 또한 마음에 들지 않았다.

자신이 누군지 알면서도 그 따위 태도라니!

대노한 그는 본때를 보여주마 다짐하고는, 섭선을 쓸고 치는 사이에 가문의 벽해광도십이선(劈海狂濤十二扇)을 펼쳐 한효월을 핍박해 들어갔다. 선영(扇影)이 첩첩이 일자 먹구름이 몰려드는 듯하고 일어난 경풍(勁風)은 태풍이 몰아치는 듯했다.

가히 바다를 가르고 노한 파도가 천지를 삼킬 듯한 기세!

한효월의 미간이 굳어졌다.

그냥 공격해 오는 것이 아니었다.

일단 발동하자 소용왕 부해교는 조금도 사정을 두지 않았다. 살기가 등등하여 다시 피한다면 자칫 피동에 몰려 허둥거리게 될런지도 몰랐다.

여기서 굳이 그와 이렇게 싸우고 있을 이유가 없었다.

"손속이 과하군!"

낭랑한 꾸짖음 한 소리.

한효월은 둥실 몸을 띄웠다.

종잇장처럼 가벼워진 몸은 상대의 막강한 경력을 타고 오히려 숲으로 날아올랐다.

그런 절고(絶高)한 경신공부를 보자 소용왕 부해교의 안색이 돌변했다.

"감히 도주하려는 것이냐!"

외침과 함께 그가 섭선을 빙글 돌리며 한효월을 향해 찔러냈다.

이미 4장이 넘는 거리.

섭선의 끝에서 섬광이 번쩍! 한효월에게로 직사해 갔다.

"암기(暗器)?"

부풍탄신(扶風彈身)이란 절세의 경신공부로서 섭선의 경풍에 몸을 실어 그 자리를 벗어나려던 한효월은 섬광이 날아오는 것을 보자 나직이 소리쳤다.

소매가 쫙 펼쳐졌다. 그의 신형이 허공에서 선풍을 일으키면서 맴도는가 싶은 순간에 아래로 뚝 떨어졌다.

"핫하하…… 네놈이 아무리 그래도 천풍과해(穿風過海)……!"

득의한 웃음을 터뜨리던 소용왕 부해교의 말소리가 잦아들었다.

마치 살을 맞은 새처럼 뚝 떨어졌던 한효월이 천천히 신형을 바로 세우면서 그를 쏘아보고 있었기 때문이다.

"어, 어떻게?"

그의 형형한 눈빛을 보는 부해교의 눈은 경악으로 가득 차 있었다.

한효월이 손을 쳐들었다.

소매가 펼쳐지며 거기에 꽂힌 금빛 침들이 드러났다.

그의 소매에 꽂힌 금침의 생김은 매우 특이했다.

길이가 한 치가량인 금침 끝에는 좌우로 가시가 돋아 있다. 날아가는 데 균형을 유지하고 일단 사람의 몸속으로 파고들면 역린(逆鱗)이 되어 쉽게 뽑아낼 수 없는 형상이다.

"독(毒)까지……."

소매에서 시선을 들면서 한효월이 중얼거렸다.

"명가(名家)에서 배운 게 겨우 이런 것인가?"

부해교를 보는 한효월의 눈빛이 차가워졌다.

천풍과해자(穿風過海刺)!

그렇게 불리는 그 금빛침은 만보풍운선(萬寶風雲扇)이라 불리는 부해교의 섭선에서 기관 장치에 의해 발사된다. 속도는 질풍이고 속도가 빠른 만큼 바위라도 진흙처럼 파고든다. 사람이라면 맞는 순간에 반은 죽은 목숨이 된다. 천풍과해자의 위력 때문이기도 했고 거기 묻은 독이 그만큼 독한 까닭이다.

그런 천풍과해자를 겨우 소매를 펴서 받아낸 한효월의 무공에 소용왕 부해교는 내심 크게 놀랐다.

하지만 교오(驕傲)한 그의 기가 죽을 리 만무.

"과연 한 수 재간이 있긴 하군! 그렇다고 해서 감히 네가 본 소왕을 훈계하려 들다니…… 흐흐…… 눈에 뵈는 게 없는 놈이로구나!"

음침히 웃는 그의 눈에 살기가 돌았다.

하지만 그는 채 말을 맺지 못하고 급하게 섭선을 펴들면서 옆으로 튀었다.

한효월이 소매를 휘두르자 거기 박혀 있던 천풍과해자가 가공할 기세로 되날아왔기 때문이다.

그 위력이 어떤지 누구보다 잘 아는 그였다.

꽉! 파파파…….

요란한 소리가 들리면서 천풍과해자가 방금까지 그가 있던 자리를 지나 바로 뒤에 있는 아름드리 나무를 뚫고 들어갔다.

그처럼 급히 피했음에도 몇 개의 천풍과해자를 섭선으로 튕겨내야 했던 소용왕 부해교의 안색이 일그러졌다.

분명히 몇 장의 거리를 두고 있던 한효월의 신형이 불쑥 자신의 눈앞에서 솟아남을 보았던 까닭이다.

"이형환위(移形換位)!"

경호성이 그의 입에서 터져 나왔다.

이형환위라는 것은 신형을 움직여 위치를 바꾼다는 의미다.

그것이 상승의 신법으로 일컬어지는 이유는 보고 있는 가운데에서도 미처 알아보지 못할 정도의 속도로 이동하는 것에서 연유한다. 말은 쉽지만 정말 경지에 이른 이형환위는 보기 힘들다.

그런데 이처럼 자연스러운 사용이라니!

천풍과해자를 피한 그는 자신의 앞으로 불쑥 닥쳐든 한효월에 놀라 황급히 만보풍운선을 쳐냈다.

"감히!"

꽝!

일진 폭음.

"윽……."

소용왕 부해교의 얼굴이 일그러졌다.

마치 거짓말처럼 불쑥 앞에 나타난 한효월. 그가 손을 뻗어냄을 보고 황급히 만보풍운선을 휘둘러 그를 막았다.

일컬어 풍운도도(風雲滔滔)!

만보풍운선을 휘저어 잠경(潛勁)의 소용돌이를 만들어내는 구명절초(求命絶招). 어떠한 공세라도 이 일격이라면 정면으로 받아내지 않고 옆으로 흘려 버릴 수가 있었다.

그런데 이 막강한 충격이라니!

소용왕 부해교는 어깨를 부르르 떨면서 비척비척 뒤로 물러났다. 쿵쿵 소리와 함께 그의 앞에 발자국이 뚜렷이 생겨났다.

하지만 그것이 끝은 아니었다.

한효월은 전혀 충격을 받지 않은 듯 앞으로 한 걸음을 내딛는가 싶은 순간에 물러나고 있는 그의 앞으로 다시금 다가와 있었던 것이다. 그리고 조금도 쉴 틈 없이 뻗어오고 있는 그의 손.

'이런 개 같은 일이……!'

나이도 자신보다 어린 놈에게 이렇듯, 강호에 나오자마자 밀릴 것은 생각지도 못했다. 생각조차 해본 적이 없었다.

게다가 하필 뒤에는 거목 하나가 버티고 있다.

물러나기는커녕, 좌우 어디로도 피할 틈이 없었다. 어지간한 굵기의 나무라면 등으로 밀어내면서 물러날 수도 있었다. 하나 그럴 크기의 나무가 아니었다. 게다가 고수의 한순간은 바로 생사와 직결이다. 한효월의 저 신속무비한 일장에 그런 한가한 짓을 하다가는 죽음을 자초함에 다름이 아닐 터이다.

중심이 흐트러진 상태, 막아낼 수 있는 상황도 아니었다.

순간, 소용왕 부해교의 신형이 바람처럼 옆으로 빙글 뒹굴었다.

땅바닥을 뒹굴긴 했지만 한효월의 일장은 허탕을 쳤다.

소용왕 부해교의 얼굴이 회심의 미소가 떠올랐다.

이제 반격을 가할 여지가 생긴 것이다.

바람처럼 2장여를 뒹굴어 벌떡 일어나던 소용왕 부해교의 얼굴이 흉하게 일그러졌다.

한효월.

그는 회색 빛 옷자락을 강바람에 펄럭이면서 우뚝 서 있었다.

방금까지 그가 있던 그 자리에 조용히, 마침 구름 사이로 드러난 달빛을 받으며 조용히 서 부해교를 바라보고 있는 그 모습은 말 그대로 임풍옥수(臨風玉樹)에 다름이 아니었다.

한효월은 그저 위협을 했을 뿐인데 소용왕 부해교는 놀라 땅바닥을 뒹굴고 만 것이니, 그것을 깨달은 부해교의 얼굴이 일그러짐은 너무도 당연한 일이었다.

한효월이 그를 보면서 입을 열었다.

"힘을 믿고 아무에게나 시비를 거는 것은 진정한 강자가 할 짓이 아니지. 거리의 부랑자라면 몰라도."

"이놈……. 네놈이 감히 본 소왕에게 훈계를 할 참이냐!"

소용왕 부해교는 수치를 참지 못하고 노성을 질렀다.

그리고 그 말을 내뱉는 순간에 그는 전력을 다해서 한효월을 덮쳐 갔다.

처음에 그를 공격했던 것은 한효월의 내력을 알아보기 위해서였다. 물론 노한 듯 보였던 것도 짐짓 그렇게 보인 것일 뿐이었다.

하지만 지금은 달랐다.

이대로라면 피를 토하고 드러누워도 치욕을 씻을 수 없다.

내가 누구인데 너 따위 무명지배에게 당할쏘냐!

소용왕 부해교는 전력을 다했다.

남해에서는 한 번도 좌절을 겪어보지 못한 그였다.

누구도 그의 비위를 거스르지 못했다.

그런데 하필이면 강호에 나와 처음 만난 상대가 그로서는 정말 재수 없게도 한효월이었다.

그가 전력을 다해 덮쳐 감에도 한효월은 처음과 달리 미동도 하지 않았다. 그리곤 덮쳐 오는 그를 정면으로 마주쳐 갔다. 주먹을 쥔 듯 손을 편 듯 뭐라고 형용키 어려운 그의 장세는 일단 발동하자 거대한 경력이 천지를 덮을 듯 일어났다.

네까짓 것이 아무리 그래도 나보다 더 셀 것인가?

라는 생각으로 노한 김에 정면으로 덮쳐 갔던 소용왕 부해교는 심상 치 않음을 직감할 수 있었다.

그러나 이미 기호지세(騎虎之勢)!

이 마당에 뒤로 물러날 수는 없었다.

꽝!

폭음 일성.

"크악!"

참담한 비명이 터져 나왔다.

비틀비틀 허공에 뜬 듯 두어 걸음을 허우적거리며 물러나던 그가 결국 견디지 못하고 반 장가량이나 홀쩍 날아가 버린 것이다. 만약 그 뒤에 나무가 있어서 그를 받치지 않았다면 볼썽사납게 땅바닥에 나뒹구는 것을 면할 수 없었으리라.

우두둑! 세차게 나무에 등을 부딪고서야 신형을 추스른 그의 입에서 선혈이 주르르 흘러내렸다.

단 한 번의 부딪침에서 내상을 입고 만 것이다.

강약은 너무도 명백했다.

"진정한 강자는 스스로의 강함을 뽐내지 않지……."

한효월은 우뚝 선 채로 그를 바라보며 말했다.

그때였다.

요란한 소리와 함께 여기저기에서 푸른 그림자들이 바람처럼 장내로 날아들었다. 바로 남해용왕의 수하들. 소용왕 부해교가 돌아가지 않자 그를 찾아온 것이다.

"소왕 전하!"

우두머리가 놀라 소리쳤다.

"감히 이분이 뉘신지 알고…… 모두 놈을 쳐라!"

소용왕 부해교의 입가로 선혈이 흘러내림을 보고 놀란 청의인들의 우두머리가 대노하여 소리쳤다.

청의인들이 일제히 한효월에게로 달려들었다.

"멈춰!"

일그러진 음성이 그들을 잡아 묶었다.

소용왕 부해교였다.

그는 우두머리의 부축을 뿌리치고는 천천히 신형을 세웠다.

그 눈은 이글이글 불타고 있었다.

"네 이름을 알고 싶다."

"……."

한효월은 말없이 그를 바라보았다.

그리고 물음.

"무엇 때문에?"

소용왕 부해교는 천천히 손을 들어 손등으로 피가 흘러내리는 입가를 훔쳤다. 그 눈은 한효월에게서 떠나지 않았다.

"이름을 알아야 후일 찾을 수 있지 않겠느냐? 설마, 두려워서 알려주지 못하겠다는 것이냐?"

그의 충동질에 한효월의 얼굴에 미미한 웃음기가 스쳐 간다.

"복수를 하고 싶은가?"

"겁이 나나?"

그의 되받아침에 한효월의 미간에 살짝 그늘이 드리워졌다.

"우리에게 인연이 있다면 자연히 또 만나게 되겠지. 그까짓 이름이 무슨 의미가 있겠소? 하지만 아마도 귀하와 내가 다시 만날 가능성은 그리 크지 않을 것이오."

한효월의 말에는 많은 의미가 함축되어 있었다.

어차피 그의 생은 그리 오래 남지 않은 상태, 부해교가 설치(雪恥)하기 위해서 그를 찾아온다면 아마도 그때 그는 이 세상에 남아 있지 않을 가능성이 크기 때문이다.

그러나 그런 내용을 알 리가 없는 부해교의 얼굴은 일그러진다.

"이름조차 알려주지 못하겠다는 겐가?"

"사자는 결코 썩은 고기는 먹지 않는 법. 귀하가 정말 강자가 되고 싶다면 아무에게나 힘을 뽐내는 허세를 버리는 게 좋을 것이오. 이름 따위야 부질없는 일이지……."

말과 함께 일진 질풍이 일며 그의 신형이 그 자리에서 사라졌다.

새벽달 벽공(碧空)에 유유하니
그 노정(路程) 아는 사람 아무도 없어라.
아침 해 뜨면 스러지고 말 것을
새벽달이 어찌 밝음을 다툴 것인가.

한 수의 낭랑한 읊조림만이 메아리처럼 그곳에 남았다.

"건방진 노오옴……."

한효월이 사라지자 소용왕 부해교는 이를 갈았다. 격노로 인하여 머리카락이 곤두서는 것만 같았다.

남해를 떠나 중원으로 들어오면서 이런 상황은 생각조차 못했었다. 이름조차 알지 못하는 무명지배(無名之輩)에게 패배하여 이런 꼴이라니!

"뭣들 하느냐? 당장 놈을 쫓지 못하고!"

청의인들의 우두머리, 과성(過成)은 호통을 치는 일방 소용왕 부해교의 곁으로 와 그를 부축하려고 했다.

"괜찮으십니까? 제가 부축을……!"

그는 채 말을 끝맺지도 못한 채로 나가떨어져 버렸다.

소용왕 부해교가 그를 후려친 것이다.

"죄, 죄송합니다! 죽을죄를……."

황급히 일어난 과성의 입과 코에서 선혈이 쏟아지고 있었다. 눈에는 당황한 빛이 역력했다.

"무슨 죄를 지었나?"

소용왕 부해교가 냉랭히 물었다.

"그, 그건…… 하좌(下座)가 감히 옥체에 손을……."

뻑!

그는 채 말을 잇지 못하고 다시 나가떨어지고 말았다.

"당장 가서 놈의 정체를 알아내. 놈이 누군지 알아내지 못하면 돌아올 생각은 하지 않는 게 좋다……."

소용왕 부해교가 음산하게 말끝을 흐렸다.

"존명(尊命)!"

그 음성에 깃든 의미를 모를 리 없는 과성은 황급히 머리를 조아리고는 그 자리를 떠나갔다. 소용왕 부해교는 하고 싶은 것을 하지 못한 적이 없었다. 청의인의 우두머리 하나쯤은 언제라도 기분 내키는 대로 처리할 수 있는 존재가 바로 소용왕 부해교임을 잘 알고 있는 것이다.

"놈…… 반드시 이 빚은 갚아주고야 말겠다……."

수하들이 사라지는 것을 보고 있던 부해교는 다시금 이를 갈았다.

"새벽달이 어떻다고? 개자식…… 너는 떠오르는 아침 해고 나는 지는 새벽달이란 말이냐? 찢어 죽일 놈 같으니……."

그때였다.

"무식하긴…… 그걸 어떻게 그렇게 해석하니?"

난데없이 들려온 음성이 부해교의 얼굴이 다시 일그러졌다.

"어떤 놈이냐?"

"저 성미하곤, 누구긴 누구야? 나지."

음성과 함께 한 사람이 나타났다.

맑은 눈동자, 틀어 올린 머리. 타는 듯 붉은 홍의. 두 자루의 고색창연(古色蒼然)한 보검을 등에다 교차해 멨다. 부해교와 비슷해 보이는 나이지만 명백히 다른 점은 그녀가 여인이라는 것, 그리고 부해교와는 달리 그 눈에는 연신 생글거리는 웃음이 쉬질 않는다.

"넌?"

그녀를 본 부해교의 눈에 얼떨떨한 빛이 떠올랐다.

"어, 어떻게? 어떻게 여길 온 거야? 넌 남해에 있어야 하잖아?"

홍의여인을 발견한 부해교의 얼떨떨한 표정에 홍의여인은 교태롭게 깔깔 웃었다. 손으로 입을 가리는데 흰 이가 달빛에 선명하다.

한바탕 교소를 터뜨린 홍의여인은 옆머리를 쓸어 넘기며 눈을 흘긴다.

"이 누나가 어떻게 너 혼자 떠나보내고 마음이 놓이겠어? 그래서 널 보호하려고 여기까지 따라온 거야."

"말도 안 되는 소리 하지 마! 계집애가 어딜 함부로 나와! 당장 돌아가지 못해? 할아버님이 아시면 그냥 두지 않으실 게다."

부해교가 눈썹을 곤두세우며 소리쳤다.

"넌 내가 돌봐주지 않음 아무것도 못해. 그 빌어먹을 성미는 밖에 나와서도 조금도 고쳐지지 않으니 그래 가지고 수하들이 널 어떻게 따를 거야? 그런데도 이 누나보고 집에 있으라고?"

홍의여인은 다시 웃었다.

반대로 부해교의 얼굴은 다시 일그러졌다.

"닥치지 못해! 이 망할 계집애. 네가 어째서 누나야!"

부해교와는 달리 그녀는 여전히 웃는 얼굴이다. 눈에 서린 웃음기는 교태(嬌態)라 해도 모자랄 정도로 풍정(風情)이 넘친다.

"누나가 아니면? 일각이나 빨리 태어난 내가 누나가 아니면 네가 오빠니? 사내가 대범한 구석이 있어야지, 그렇게 옹졸하게 굴어서야……천세제일(千世第一) 남해부가(南海浮家)의 앞날이 걱정된다."

부해교는 어이가 없는 듯 그녀를 노려보았다.

운중연(雲中燕) 부해옥(浮海玉).

그와 그녀는 거의 같은 날 태어난 남매였다. 그렇다고 쌍둥이는 아니고 아버지는 같되, 어머니가 달랐다. 아들이 없는 집이었으니 딸을 낳은 어머니와 아들을 낳은 어머니의 희비가 엇갈렸음은 물론이다.

그들 둘은 같이 태어났으되, 한 배가 아니었던지라 누가 먼저라고 하기가 매우 애매했다. 세상에 태어나 고고의 성을 터뜨린 순간까지 거의 같아서 누가 먼저라고 아무도 단정 짓지 못했기 때문이다.

남해용왕은 증손자인 부해교의 손을 들어주어 그를 오빠로 인정했지만 부해교와는 달리 도무지 거침이 없는 성격인 부해옥은 그것을 한 번도 인정하지 않았다.

"빌어먹을!"

부해교는 내뱉듯 중얼거리면서 신형을 돌렸다.

순간.

"호오? 그가 누군지 궁금하지 않은 모양이구나?"

그의 발목을 잡아당기는 소리.

부해교가 흠칫, 그녀를 돌아보았다.

"놈이 누군지 안단 말이냐?"

"자신이 누군지 가면서 알려줬는데도 모르는 네가 바보지! 아직도 그걸 모르겠단 말이야? 쯧쯧…… 성질만 더러워 가지고…… 아무러면 널 한 방에 쓰러뜨릴 사람이 그렇게 많겠어?"

순간, 부해교의 눈에 빛이 일었다.

"새벽달[曉月]…… 그럼, 놈이 근자에 이름 높다는 그 한효월이란 말이냐?"

망혼괴노(亡魂怪老)

−노인을 만나다

마교의 전설(傳說)은 세월이 가도 끊임없다

망혼괴노(亡魂怪老)

그 자리를 떠난 한효월은 강변에 정박한 큰 배를 보았다.

낮에 보았던 배보다 더 크고 화려하게 생긴 범선(帆船). 아마도 남해 용왕이 타고 온 배였을 터이다. 그 배를 미련없이 뒤로한 한효월은 그곳에서 십여 리가량 벗어난 곳까지 갈대 위를 달려갔다.

얼핏 풀잎을 밟고 달린다는 초상비(草上飛)처럼 보인다.

하지만 그것과는 달랐다.

초상비는 낮게 깔린 풀잎을 딛고 그 탄력으로 몸을 날린다. 가볍고 빠를 수밖에 없고 경공의 대가가 아니라면 엄두도 낼 수 없는 상승의 신법절기다. 하나 갈대는 풀잎과 다르다. 훌쩍 큰 갈대의 끝은 자연히 낮게 깔린 풀잎보다는 더 하늘거릴 수밖에 없다. 그 갈대의 끝을 발끝으로 스치며 날아가는 경공은 자연히 초상비를 능가한다.

바로 전설의 육지비행(陸地飛行)의 일종이다.

그런 그를 소용왕 부해교의 수하들이 쫓아갈 수 있을 리 만무.

더구나 낮에 봐둔 강변에 이르자 한효월은 미련없이 강으로 뛰어들었다.

수영을 해서 강을 건너는 것이 아니었다.

넘실거리는 강물을 밟고 도강(渡江)을 하는 것이다.

황하는 보통의 강물과는 다르다.

아무리 폭이 좁다고 하더라도 보통의 강물과는 비교될 수 없는 너비를 가지고 있어 배로 건너는 것도 한참을 가야만 한다.

그런 황하를 달빛 아래, 옷자락을 펄럭이면서 건너가고 있는 한효월의 모습은 가히 장관(壯觀)이라 하지 않을 수 없었다.

하지만 그 모습도 이내 넘실거리는 황하에 묻혀 버렸다.

＊   ＊   ＊

화산(華山)과 중조산(中條山)은 원래 하나였다고 전해진다.

그로 인해 황하가 막혀 사방으로 범람하자 강신(江神)인 거령(巨靈)이 힘으로 그 두 산을 갈라놓았다 한다. 그렇게 양쪽으로 갈라 그 가운데로 황하를 흐르게 했다 하니 황하를 건너면 이미 중조산을 바라보게 되고 일단은 중조산 경내에 들어서게 되는 셈이다.

다음날 아침이 될 무렵.

한효월은 지난날 자신이 살던 무우곡 근처에 도달해 있었다.

남의 눈을 피하기 위하여 밤을 도와 달려온 덕분이었다.

눈에 익은 산세가 가슴을 가득 채운다.

고향(故鄕).

떠난 지 얼마 되지도 않았다.

그런데 고향을 찾는, 고향을 찾아온 사람들의 그 감흥을 느낄 수 있을 것만 같았다.

울멍줄멍한 산자락과 날카롭게 하늘을 찌르는 산봉. 산세를 따라 흐르는 새벽 안개. 그 안개와 어울린 산봉의 구름까지 모든 것들이 정겹다. 아침을 알리는 새소리가 이처럼 아름다울 수 있다는 것까지도 신기했다.

한효월은 눈이 부신 듯 안개 저편에서 밝아오는 아침 해를 본다.

부지중에 한숨이 새어 나온다.

나는 과연 이곳을 떠났어야 했을까?

지금이라도 이곳으로 돌아오는 것이 옳은 것은 아닐까…….

귓전을 울리는 아침의 숨소리.

더없이 너른 자연의 품은 한효월을 아낌없이 감싸 안는다.

거기에 취한 듯 묵묵히 서 있던 한효월은 길게 한숨을 내쉬었다.

그 얼굴에는 누구도 형용키 어려운 웃음이 떠올라 있었다. 자조(自嘲)인 듯도 하고 곤혹스러운 듯하기도 하다. 아니, 체념인 듯도 해 보이는 그런 웃음이다.

"어차피 결정한 일……."

나직한 읊조림이 그의 입에서 흘러나왔다.

그의 눈앞 저 멀리에는 아침 안개에 휘감긴 무우곡의 모습이 아련하다. 사물을 인지할 때부터 살았던 바로 그곳.

한효월은 몸을 날렸다.

그가 가고 있는 곳은 눈앞에 있는 무우곡이 아니었다.

쿠쿠쿠…….

지축을 울리는 음향이 점점 뚜렷해진다.

아침 해가 아침 안개를 갈라놓고 있음에도 이곳의 안개는 더욱 짙어지는 것만 같다. 산세가 급격하게 가팔라진다. 가파르다 못해서 절학(絕壑)하다. 삐쭉삐쭉 산봉이 하늘을 찌를 듯하고 안개에 휘감긴 산곡의 경치는 가히 절세(絕世)였다.

쿵쿵쿵······.

지축을 울리는 소리가 점점 가까워지더니 이내 그 정체를 드러냈다.

비류직하삼천척(飛流直下三千尺)!

까마득한 절벽에서 산산이 부서진 물줄기가 은 조각처럼 쏟아지고 있었다. 폭포의 높이만도 수십 장은 되어 보이는 장관(壯觀).

이렇게 물보라가 사방으로 튕겨 나가니 안개가 일지 않는다면 그것이 오히려 이상한 일일 터이다. 발 밑을 흐르는 구름에 안개가 뒤섞여 도무지 이곳이 선계인지 하계인지 분간하기가 힘들다.

낙락장송(落落長松)에 산자락을 덮은 숲, 그 사이를 감돌아 맴도는 이름 모를 새소리까지.

누구라도 넋을 잃기에 족한 절경이 불쑥 눈앞으로 뛰쳐 들어온다.

그 아름다운 경치를 보면서 한효월은 문득 기억 저편으로 밀어두었던 한 여인을 떠올린다.

현숙한 기품을 지닌 여인.

이심환(李尋環).

그녀를 떠올리자 한효월의 얼굴에는 묘한 빛이 인다.

추억인 듯도 하고 가슴 한쪽, 저 깊은 곳이 아려오는 것 같기도 하다.

그때였다.

계곡의 안쪽을 물끄러미 바라보던 한효월이 갑자기 폭포를 향해 몸을 날렸다. 마치 투신이라도 하려는 듯한 몸짓이었다.

그의 신형이 찰나간에 폭포 속으로 사라졌다.

그 직후, 안개를 밟으며 한 사람이 모습을 드러냈다.

옷자락을 펄럭이면서 마치 선녀가 하강한 듯한 모습으로, 한 여인이 거기에 나타난 것이다. 안개를 즈려밟고 긴 옷자락을 너울거리며……

투명하고도 맑은 얼굴의 미인이다.

아주 뛰어난 미인은 아니었다.

그러나 그녀에게서 느껴지는 기품은 고귀(高貴)했다. 아니, 고귀보다는 고결(高潔)이라는 말이 맞을까? 그윽한 눈매며 오똑한 콧날이나 붉디붉은 단순(丹脣)에 호치(皓齒)를 갖춘 얼굴은 쉽게 범접하기 어려운 기품을 지녔다. 얼핏 주자미와 흡사한 듯도 보이지만 그녀처럼 냉오한 것이 아니라, 사람을 감싸줄 수 있는 그윽한 분위기라 매우 달랐다.

안개를 헤치며 소리없이 나타난 그녀는 깊은 눈빛으로 주위를 둘러본다.

그 모습은 이곳에 오는 것이 한두 번이 아님을 짐작케 한다.

"아가씨!"

맑은 부르짖음 한소리.

그녀의 시비인 듯한 청의여인 둘이 바람처럼 나타났다. 나이는 불과 십육칠 세 안팎인 듯한데 신법의 영교(靈巧)함은 보기 드물 정도였다.

"잠시 다녀오마. 따라올 것 없다."

고개를 돌려 그녀들을 본 백의미녀는 가볍게 어깨를 흔들었다.

순간, 옷자락을 너울거리며 그녀의 신형이 허공으로 떠올랐다.

놀랍게도 그녀는 그렇게 폭포를 가로질러서 저쪽 산봉으로 날아갔다. 그녀가 향하고 있는 방향은 바로 좀 전 한효월이 지나온 무우곡이다. 그녀의 나이는 아무리 봐도 서른을 넘지 않은 듯했다. 그런 그녀의 나이를 감안한다면 그녀의 이 놀라운 경공은 세상을 놀라게 하고도 남았다.

"아가씨—!"

그녀의 뒤로 시비들의 외침만이 폭포의 고함 소리에 묻힌다.

쿠쿠쿠쿵쿵…….

한효월은 폭포 뒤에서 그 광경을 보고 있었다.

'이 소저…….'

나직한 읊조림이 한효월의 입에서 새어 나온다.

그녀가 이 자리에 나타난 것은 참으로 뜻밖이었다. 그 모습조차 조금도 변하지 않았다. 하긴 그사이 시간이 얼마나 흘렀다고 변할 것인가.

잠시 그녀가 사라진 곳을 보고 있던 한효월은 생각을 떨어버리려는 듯 길게 한숨을 내쉬고는 시선을 안쪽으로 돌렸다.

놀랍게도 그 폭포의 뒤쪽 암벽으로는 동굴이 있었다.

한효월의 행동에 거침이 없는 것으로 보아 그는 이 동굴의 존재를 이미 알고 있었던 것이 분명하였다.

고막을 떨어 울리는 굉음.

사방으로 물방울이 튄다.

질척한 습기.

물줄기를 뚫고 희미한 빛이 새어 들어오지만 눈앞에 드러난 동굴 속은 어둠이 짙어 사물을 분간하기 힘들다. 장정이라면 허리를 펴고 들어갈 수 없는 크기. 높이가 다섯 척에 조금 모자란다. 게다가 안에서는 쿨쿨 물줄기가 흘러나오니 내부에 수원(水源)이 있는 듯했다.

한효월은 망설이지 않고 허리를 굽힌 채로 동굴 안으로 들어갔다.

망혼동(亡魂洞).

어둠 속에, 한효월이 사라진 그 동굴의 안쪽 벽에 희미하게 새겨진 이름이 드러난다. 마치 야수가 긁어 쓴 듯한 섬뜩한 글귀.

짙은 어둠.

동굴 내부는 자신의 손가락도 보기 힘들었다.

고막을 치는 폭포의 굉음도 허리를 펴지 못한 채로 몇 구비를 전진하자 멀어진다. 하지만 그에 비례하여 발 밑을 흐르는 물소리가 또렷해졌다.

물소리가 메아리처럼 울리는 가운데 좁던 동굴이 넓어지고 커졌다.

이젠 허리를 펴고 걸을 수 있었다.

입구에서 십여 장이나 들어온 다음이었다.

허리를 펼 수 있다는 것은 높이가 그렇다는 뜻이지 훤한 동공(洞空)이란 말은 아니다. 그 말이 무슨 의미인가는 몇 걸음만 걸어가 보면 알게 된다. 길게 늘어진 종유석들이 길을 막는 것이다. 아름드리 종유석들이 줄줄이 늘어지고 석순이 자라나 종유석과 마주하니 마치 기둥으로 길을 막아놓은 것 같을 지경이다.

한효월의 공력은 이미 허실생동(虛實生同)의 경지에 도달했다. 그의 공력이라면 어둠 속에서도 사물을 분간할 수 있었다. 하지만 이처럼 칠흑 같은 어둠이라면 제아무리 그일지라도 힘들 수밖에 없다.

품속에서 준비된 화섭자를 꺼내 불을 밝힌 한효월은 잠시 주위를 살펴보고는 다시 앞으로 전진하기 시작했다.

철퍽거리던 바닥도 말랐다.

말랐다기보다는 바닥을 흐르던 물이 나오던 동굴에서 갈라져 나간 다른 동굴로 한효월이 들어갔기 때문이다.

잠시 숨을 가다듬은 한효월은 전신에 강기를 일으켰다.

그리고 그가 앞으로 걸음을 내딛는 순간,

까아아! 까아아…….

소름 끼치는 음향과 함께 수많은 그림자들이 그를 향해 덮쳐들었다.

파닥거리는 그것들은 수백 마리도 넘어 보이는 박쥐 떼. 이를 드러낸, 그 형상은 섬뜩하기 그지없었고 박쥐들은 불빛을 따라 미친 듯 그를 덮쳤지만 이미 호신강기를 일으켜 몸을 보호하고 있는 한효월에게 해를 끼칠 수는 없었다. 그는 그것들이 덮쳐 올 것임을 이미 알고 있던 것이다. 그것은 그가 이곳에 이미 여러 번 왔었음을 의미한다.

숙—

한효월의 신형이 바람처럼 박쥐 떼를 지나갔다.

그 속을 뚫고 지나 조금 더 전진하자 빛이 보이는 듯했다.

동굴이 끝났다.

그렇게 생각을 했었다.

하지만 동굴은 끝이 아니었다.

그의 눈앞에 펼쳐진 것은 거대한 지하 광장.

종유석이 늘어진 그 동굴 광장은 얼핏 보기에도 족히 십여 장은 넘어 보인다. 그 광장의 가운데에는 광장의 절반은 차지하는 듯한 지하 호수가 있었다. 이런 지하에 있는 호수라면 물빛이 검어야 옳았다. 물빛은 검었다.

그런데 기이한 빛이 그 호수에서 안개처럼 뿜어지고 있었다.

희미한 빛이 물속에서 일렁거려 검은 물빛이 기이하게 빛난다. 내부가 들여다보이는 호수.

창, 창……!

물방울 떨어지는 소리가 묘한 메아리로 동굴을 울린다.

어딘지 모르게 느껴지는 괴기한 분위기.

마치 악마의 숨결이 목덜미를 핥고 지나가는 것만 같아 가슴이 섬뜩하다. 누군가가 어둠 속에서 그를 지켜보고 있는 것 같아 절로 주위를 둘러보게 만드는 기괴한 느낌이 동굴 광장을 가득 메우고 있는 것 같았다.

대체 한효월은 무엇을 하기 위해 이곳으로 온 것일까?

지하 호수는 넓은 띠처럼 지하 광장을 가로막는다.

안개가 서린 듯한 호수 건너에 뭐가 있는지는 어둠 탓에 제대로 분간조차 힘들다. 호수에 서린 빛이 주변 사물을 희미하게나마 보이게 하고 있음을 감안하면 기이하기 이를 데 없었다.

잠시 어둠에 잠긴 호수 건너편을 바라보던 한효월은 천천히 숨을 들이키고는 가볍게 발을 굴렀다.

그의 신형이 바람처럼 너비 사오 장에 이르는 지하 호수를 갈랐다.

촤악! 촤아악…….

흰빛이 폭죽처럼 호수에서 솟구쳤다.

그 빛은 한효월을 따라 호수의 처음에서 끝까지 이어졌다.

흰빛의 창(槍)이 호수에서 솟구쳐서 한효월을 꿰어버리려는 듯했다.

하지만 한효월의 신형은 바람과도 같아서 그 백광(白光)이 따라오기 전에 이미 건너편에 내려서고 있었다. 그는 이미 그 상황을 짐작하고 있었던 것처럼 반대 편에 내려선 다음 뒤도 돌아보지 않고 어둠 속으로 사라졌다.

촤악! 촤아아! 촤아아!

물결이 미친 듯이 용솟음쳤다.

한효월을 놓쳐서 노한 듯, 분함을 참을 수 없는 듯한 그런 모습이었다. 자세히 본다면 그 물결 속에서 희미한 빛을 뿜어내는 뱀과 같은 물체들이 꿈틀거리고 있음을 알아볼 수 있었다.

은광사어(銀光絲魚).

이름조차 알려지지 않은 희귀한 물고기.

말은 물고기라고 하지만 실제로는 뱀과의 잡종에서 태어난 것으로 성정(性情)이 흉포하여 물속에 들어온 것이라면 무엇이든 뼈도 남기지 않는다. 가늘고 날카로운 몸체로 상대의 몸속으로 파고들 뿐 아니라, 물 위를 지나는 것조차 그냥 두지 않으니 황소라도 찰나간에 뼈도 남지 않게 된다.

한효월조차 지난날 이곳에 처음 들어올 때는 곤욕을 치렀었다.

처음에는 그 흉포함에 놀라 모두 죽여 버릴 생각을 했었다. 만약 저런 것이 동굴 밖으로 나가게 된다면 그 해악을 이루 말할 수가 없으리라 생각했던 것이다.

하지만 하늘의 처사는 공평하여 이 악종(惡種)들이 이곳을 떠날 수가 없음을 알고 그냥 두기로 하였었다. 이 지하 호수를 벗어나면 일각 이내에 죽게 되는 것이 은광사어의 운명이었기에.

지하 광장의 어둠은 호수를 지나자 더욱 짙어졌다.

어둡지 않은데도 어둡다. 아무것도 분간할 수가 없다. 실로 괴이하기 이를 데 없는 일이다.

"혼돈무극(混沌無極)……."

한효월은 나직이 중얼거리고는 익숙한 걸음으로 전진하기 시작한다. 그 어둠 속으로.

그리고 채 일각이 지나지 않아 그는 그 어둠이되, 어둠이 아닌 곳을 벗어나 전혀 다른 곳으로 나오게 되었다.

원래 거기에는 일종의 진도(陣圖)가 펼쳐져 있었던 것이다.

이름하여 혼돈무극진세(混沌無極陣勢).

천지간의 모든 것이 엉겨 버리는 진세다.

진세를 발동하면 음양(陰陽)이 전도(顚倒)하고 오행(五行)이 방향을 잃고 한데 뒤섞여 버린다. 매시(每時), 매각(每刻) 천도(天道)의 운행이 저절로 바뀌며 상식적인 모든 것들이 그 안에서 무너진다.

진세를 통과한다는 것 자체가 지난(至難)한 일이 된다.

모든 것이 뒤바뀌어 있기 때문에 제아무리 진도지학의 달인이라 할지라도 곤욕을 치를 수밖에 없는 것이다.

한효월이 채 일각이 지나지 않아 그 진도를 통과할 수 있었던 것은 그의 능력이 뛰어남도 있지만, 실제로는 이 진세가 단순히 사람의 발길을 막는 역할만을 하고 있었던 까닭이다. 온전하게 진세가 발동하고 있었다면 제아무리 그일지라도 이렇듯 간단히 통과할 수는 없을 터였다.

진세를 벗어나자 전혀 다른 광경이 나타났다.

그곳은 이미 동굴이 아니었다.

음침한 분위기가 흐르는 것은 일견 비슷해 보이긴 한다.

그러나 동굴은 아니었다. 하늘을 찌를 듯 깎아 세운 벼랑이 좌우로 보이고 작은 길 하나가 눈앞으로 뻗어나 있을 뿐, 기괴하게도 검은 돌과 이끼, 그리고 무엇인지 알 수 없는 덩굴만이 간혹 보이는 산곡(山谷) 하나가 나타난 것이다.

그의 눈앞에.

어딘지 모르게 음산한 기운이 가득한 곳.

그 흔한 풀이나 나무 한 그루도 보이지 않는다.

거대한 항아리와 같은 생김. 이곳은 또 하나의 동굴에 다름이 아니었다.

까마득히 높은 하늘은 동전만하다. 그 좁은 하늘을 둘러싼 산곡은 좌우로 급격히 넓어지면서 이 산곡을 형성하고 있었다. 하늘의 한쪽만을 조금 떼어내어 빛만 스며들게 한 것 같은 형상.

정오가 아니라면 햇빛조차 보기 힘들 지세였다.

대충 폭이 이십여 장에 길이가 칠팔십 장가량은 되는 듯 보인다.

한효월은 성큼성큼 앞으로 나아갔다.

이내 산곡의 끝이 나타났다.

커다란 동굴 하나가 그 끝에 자리하고 있었다.

"들어가도 되겠습니까?"

동굴 앞에서 한효월이 말했다.

답이 없다.

괴괴한 침묵이 산곡을 가득 채우고 있다.

한효월은 그 침묵 속에 조용히 서 있었다.

"크크크……"

문득, 음산한 웃음소리가 그 침묵을 깨뜨리며 들려왔다.

온통 검은 암벽으로 이루어진 산곡(山谷).

살아 있는 것을 찾아보기 힘든 그 산곡 끝에 자리한 동굴은 높이가 일 장가웃이나 되니 사람이 드나들기에 전혀 부족함이 없다.

안으로 들어서자 희미한 빛이 어둠을 쫓는다.

모든 것이 검은데, 기이하게도 산곡의 전체는 희미한 빛으로 둘러싸인 듯했고 그것은 이 동굴 안도 예외는 아니었다.

동굴은 이제까지와는 달리 그리 깊지 않았고 들어서자마자 광장처럼 넓었다.

거기에 한 사람이 앉아 있었다.

봉두난발(蓬頭亂髮).

백발이 뒤엉킨 그 머리카락은 얼마나 긴지 땅바닥에 끌릴 지경. 그 백발 사이로 번갯불 같은 빛이 뇌전처럼 쏟아져 나온다. 그것이 안광(眼光)임을 감안한다면 가히 심금(心琴)이 떨리는 공력이다.

몸에 걸친 것도 누더기다.

엉망으로 헤어진 옷, 그의 늘어진 백발과 어울리니 기괴하다.

얼핏 보면 그의 모습은 벽과 동화되어 눈빛만 살아 있는 것처럼 보인다. 실제로 한효월도 처음 그를 만났을 때 벽에서 빛이 쏟아져 나오는 줄 알았으니 더 말해 무엇할 것인가.

"무양(無恙)하시군요."

한효월이 여전한 어조로 말했다.

"크크크…… 왜? 뒈진 줄 알았는데 아직도 살아 있어서 불만이냐?"

"그리 쉽게 돌아가실 분이 아닌 걸 알고 있죠. 그리고……."

한효월이 미미하게 웃음을 머금었다.

"전에 말씀하시지 않았습니까? 저보다는 당연히 오래 사실 것이라고."

"크크크크……."

괴인이 대답 대신 음산하게 웃음을 터뜨렸다.

한효월은 말없이 괴인의 앞으로 다가가 그 앞에 털썩 주저앉았다.

괴인과 대면을 하는 셈인데 이곳이 마치 어느 집안 대청이나 되는 듯한 분위기였다.

"강호에 나가 기연을 얻었더냐?"

마주 앉는 한효월을 보고 있던 괴인이 음산한 음성으로 물었다.

눈동자에서 푸른 빛이 짙게 쏟아진다. 단순히 강렬하기만 한 것이 아니라 그 눈빛은 사람을 핍박하는 무서운 힘을 가지고 있었다.

"그런 것 같습니다."

"멍청한 놈…… 그렇게 해서 더 일찍 돼지게 되었군!"

"얼마나 남은 것 같습니까?"

"네놈이 더 잘 알 텐데 그걸 왜 나에게 묻는 게냐?"

"방법이 있을까 해서요."

갑자기 괴인이 벼락처럼 손을 뻗어냈다.

그가 자신의 손목을 낚아채자 한효월은 주춤 앞으로 끌려갔지만 전혀 반항함이 없이 그를 바라보고만 있었다.

침묵이 동굴 안을 줄기차게 흘러갔다.

"……."

괴인은 한효월의 맥을 짚은 채로 입을 다물었다.

한효월 또한 입을 열지 않았다.

아무도 살지 않는 곳인 양, 동굴 안은 괴괴한 적막에 묻혀들었다.

괴인의 눈빛이 일그러졌다. 그의 눈에서 쏟아지던 빛이 꺼졌다. 눈을 감고서 다시 진맥을 하는 것이다.

한효월의 맥을 잡은 그의 손은 사람의 손이 아닌 것처럼 보였다. 검은빛을 띠고 있는 데다가 흑요석처럼 윤이 났다. 게다가 세 치나 되는 손톱은 하얗게 빛나 섬뜩하기까지 했다.

"미친놈……."

이윽고 그가 눈을 뜨면서 내뱉은 말이다.

"방법이 없는 건 알고 있겠지? 대체 무슨 짓을 해서 이렇게 단축을 시켜놓은 게냐? 일 년도 남지 않았다."

한효월이 쓴웃음을 머금어 보였다.

"일 년씩이나 됩니까? 저는 불과 몇 개월 정도라고 생각했었는데요."

괴인은 어이없다는 듯 한효월을 쳐다보다가 한효월의 손목을 집어던지듯 밀면서 머리를 저었다.

"애늙은이 같은 놈! 네놈의 사부가 어째서 널 이따위로 키워놓은 건지 모르겠군. 애는 애다워야지…… 제까짓 놈이 무슨 생사를 초월한 도인처럼……."

"제가 도(道)를 얻어 생사를 초월했으면 왜 어르신네를 찾아왔겠습니까?"

그의 말에 움찔하던 괴인은 괴소를 터뜨렸다.

"크카카카카……."

괴인은 어깨를 들썩이며 크게 웃었다. 그의 웃음소리는 별로 큰 것 같지 않았다. 하지만 동굴 전체가 뒤흔들리고 기파(氣波)가 광풍(狂風)을 불러일으켰다.

세상이 놀랄 공력이었다.

그의 웃음이 그치기를 기다리고 있던 한효월은 정색을 했다.

"초혼대법(招魂大法)이 정말로 가능합니까?"

그 말에 거짓말처럼 괴인의 웃음소리가 뚝, 끊어졌다.

그리고 늘어졌던 백발이 너울거리면서 춤추듯 일어났고 부릅뜬 그의 눈에서 가공할 녹광(綠光)이 형체가 있는 것처럼 쏟아져 나왔다.

"설마, 네놈은 생에 미련이 남아서 그 역천(逆天)의 대법을 사용하려는 것이냐? 그 결과가 어떨지 알면서도?"

그의 기도는 공포스럽기 짝이 없었다.

방금까지의 태도와는 달리 금방이라도 때려죽일 듯한 표정이라 희로가 무상함은 종잡기 어려웠다.

그러나 한효월의 얼굴은 고요하기만 했다. 웃음기마저 감돌았다.

"마교의 호법장로(護法長老)가 역천 운운하다니, 누가 그 말을 믿을 수 있겠습니까?"

쾅!

마치 거대한 철추로 얻어맞은 듯 괴인은 전신을 떨었다.

그의 눈에서 공포스러운 살기가 무섭게 일었다.

"어디서 그 말을 들었더냐?"

금방이라도 손을 쓸 듯한 기세.

살기가 수천 개의 검날처럼 덮쳐 온다.

그것은 괴인의 말이 단순한 위협이 아님을 의미한다.

하지만 한효월의 태도는 여전히 물 흐르듯 고요하기만 하다.

"제가 모를 것으로 생각하셨습니까? 마교의 호법장로가 아니라면 누가 있어서 그처럼 놀라운 마공이학(魔功異學)을 일신에 지니고 있을 수가 있겠습니까? 불가능한 일이지요."

괴인이 눈을 부릅떴다.

"건방진…… 마교는 천하제일의 힘을 가진 곳이다! 나 정도의 능력을 가진 자는 수도 없이 많다!"

"만약 마교에 어르신네와 같은 분이 많았다면 이미 세상은 마교의 천하가 되었을 겁니다. 그처럼 분열되어 어둠 속으로 숨어들지도 않았을 것이고 내분(內紛)으로 자멸하지도 않았겠지요. 더구나……."

한효월은 그를 바라보았다.

"어르신네께서 세상에 염증을 느끼고 이런 곳에 은거할 리도……."

괴인이 노호했다.

"말도 안 되는 소리! 내가 이곳에 있는 건……."

"마공(魔功)을 이기기 위함임을 저도 압니다. 하지만 어르신네의 지금 능력이라면 굳이 이곳을 벗어나지 못할 것도 없음도 알고 있습니다."

"네놈이……."

"만류귀종(萬流歸宗). 모든 것은 결국 하나로 이어집니다. 어르신네의 능력이 이미 마공을 승화시킬 경지에 도달해 있음은 자연스러운 일이겠지요."

"건방진…… 대가리 피도 안 마른 놈이 뭘 안다고……."

괴인의 음성이 조금 가라앉았다.

그가 한효월과 만난 것은 십 년이 넘었다.

어린애이면서도 전혀 어린애가 아닌 묘한 한효월이 스스로의 힘으로 이곳에 도달하자 괴팍하지만 외로웠던 그는 한효월과 묘한 관계를 유지한 채로 가끔 만난 것이 그간 십 년을 흐른 것이다.

"말씀해 주십시오, 가능한지."

"……."

쏘아보던 괴인이 입을 열었다.

"가능한 걸 네놈도 알고 있지 않느냐?"

"단순한 초혼대법이 아닙니다. 마성(魔性)에 물들지 않은, 예전의 저로서 다시 살아날 수 있는가를 묻고 있는 것입니다."

"네가 왜 죽느냐?"

"……."

한효월이 입을 닫았다.

그것을 모를 괴인이 아님에도 그가 물었기에.

"육신은 혼백(魂魄)을 담는 그릇과 같다. 사람이 죽는 것은 혼백을 담을 그릇에 문제가 생겼기 때문. 영생(永生)의 신체(神體)가 있다면 누가 죽는단 말이냐? 너의 요절 또한 육신을 유지할 수 없어서 생긴 일이거늘, 초혼(招魂)한다고 하여 어찌 그 몸에 혼백이 온전히 깃들 수가 있겠느냐?"

사람의 정신은 불멸(不滅)이라 말한다.

정신은 혼(魂)과 백(魄)으로 이루어지니, 정신 작용을 일러 혼이라 하고 형체에 의지한 영(靈)을 백이라 한다. 혼이 사람의 몸을 떠나고 넋이라 불리는 백이 땅으로 돌아가면 사람의 생기(生機)는 끊어진다. 그를 일러 돌아간다[歸]라 하며 죽음이 바로 그것이다.

설사 혼이 몸을 떠났다 할지라도 백이 아직 몸에 남아 있으면 혼이 돌아올 수 있는 여지가 남아 있다. 혼과 백은 둘이면서 하나이고 하나이면서 둘이라 따로 놓고 생각할 존재가 아닌 까닭이다.

백(魄)이 흩어지면 신체는 완전히 죽게 된다.

그런 몸에서 이미 나간 혼을 다시 불러들이는 것은 역천(逆天), 하늘을 거슬리는 것일 수밖에 없다. 그렇기 때문에 마교의 무공과 술법들이 역천이라 불리며 배척을 받고, 또한 세상이 두려워하는 것이다. 역천이라는, 하늘의 뜻을 거슬린다는 것이 쉬울 리 없고, 쉽지 않다는 것은 그만큼 무섭다는 반증(反證)이기 때문이다.

괴노인의 말은 이미 생기가 끊어진, 백이 흩어진 몸에 어찌 혼이 다시 깃들 수가 있겠느냐는 뜻이다.

"부동명왕공(不動明王功)을 베푼다면 어떻겠습니까?"

한효월의 말.

괴노인의 눈에 경악이 드러났다.

"노옴…… 주제에 정말 모르는 게 없구나!"

"초혼대법으로 혼을 불러오고 부동명왕공으로 사(邪)를 물리치고 잠수(潛修)한다면…… 그래도 가능하지 않겠습니까?"

"부동명왕공은 잊혀진 고대(古代)의 기공(奇功)이다. 전설뿐, 과연 그 효능이 어떻게 될는지는 누구도 장담하지 못한다."

담담한 웃음이 한효월의 얼굴에 피어난다.

"어차피 죽을 몸. 더 이상 나빠질 수는 없지 않겠습니까?"

"악마가 될 수도 있다."

"그렇기에 어르신네께 부탁을 드리는 겁니다."

…….

갑자기 숨 쉬기 어려운 침묵이 동굴을 짓눌렀다.

잡아먹을 듯 한효월을 노려보던 괴노인은 이윽고 길게 한숨을 내쉬었다.

"대체 무엇 때문에 그렇게 살고자 하는 게냐? 전의 너는 이렇게 생에 집착하지 않았었는데…… 그사이에 속물(俗物)이 되었을 리는 없을 테고, 이렇게까지 해서 살아야만 할 이유라도 있는 게냐?"

한효월의 얼굴에 그늘진 웃음이 드리웠다.

"생을 영위하면서 어찌 집착이 없겠습니까? 만약 그런 사람이 있다면 그는 깨달음을 얻은 부처이겠지요. 소생이야 평범한……."

괴노인이 말을 끊었다.

"이유가 없다면, 이 일은……."

"필요할지 몰라서 미리 알고자 하는 겁니다."

"그게 무엇이냐?"

괴노인이 한효월을 노려보았다.

"아직은 저도 뭐라고 말씀드리긴 어렵습니다. 굳이 말을 하라면, 후일을 위한 대비라고나 해야 할는지……."

"후일을 위한 대비?"

"제 수명이 다하는 날까지 처리할 수 없는 일이 있다면……."

그의 말에 일순 괴노인의 얼굴에 어이없다는 빛이 떠올랐다.

"그럼 부활해서 다시 그 일을 하겠다는 게냐?"

희미한 웃음이 한효월의 얼굴에 스쳐 간다.

"그럴런지도."

"한심한 놈이로구나! 뒈지면 그걸로 모든 게 끝인데 무슨 한(恨)이 그렇게 남아 역천을 하면서까지 되살아나려고 발광을 하겠다는 게냐?"

"한이라기보다는 제 자신에 대한 다짐 같은 거겠지요."

"다짐?"

"과연 내가 하려던 일을 다하지 못했다면, 그것이 내 능력의 부족에 기인한 것인지…… 아니면 가능성이 있었던 일을 주어진 시간 때문에 못한 것인지를 알 수 있지 않겠습니까?"

문득 묘한 웃음이 한효월에게서 일어난다.

"만약 능력이 되는 데도 수명으로 인해 하지 못했다면 너무 억울하지 않겠습니까? 한이라기보다는 욕심이겠지요."

어이가 없는지 괴노인은 풀풀 웃음을 터뜨렸다.

"큭큭큭…… 말이야 그럴듯하군! 모든 사람들이 다 네놈과 같으니 이 세상에 죽고 싶은 놈이 하나도 없는 게지. 시황(始皇)이란 놈까지 무슨 불사약 어쩌고 하면서 지랄발광, 오히려 스스로의 명을 재촉하지 않았더냐?"

"어르신네께선 어떠십니까?"

괴노인이 눈을 꿈벅거렸다.

"무슨 소리냐?"

"생에 미련이 없으십니까? 아니면 이미 생사를 초월하셨습니까? 하긴 그럴 수도 있겠군요. 스스로의 나이를 잊어버릴 만큼 사셨으니……."

"크크크…… 교활한 놈 같으니, 감히 네놈이 나를 떠보겠다는 게냐?"

문득 한효월은 정색을 한다.

"부탁드리겠습니다."

괴노인을 향해 머리를 숙이는 그의 신색은 방금까지와는 달리 정중

하다. 고요한 기품이 그의 전신에 서려 있다.

"……."

괴노인은 묵묵히 그를 바라보고만 있을 따름.

잠시 침묵이 흐른 다음, 이윽고 그가 입을 연다.

"무엇이 너를 곤란케 하는지나 들어보자."

한효월은 이미 생각을 정리해 둔 듯 망설임없이 입을 열었다.

"명교(明敎)에 마교의 힘이 이어졌다는 말이 맞습니까?"

괴노인이 미간을 찡그렸다.

"명(明)…… 그 무슨 백련교(白蓮敎)라는 놈들 말이냐?"

"그렇습니다."

"말도…… 그까짓 놈들하고 마교가 무슨 상관이란 말이냐?"

괴노인이 코웃음을 쳤다.

"세간에 알려지기는 백련교가 마교로 불리는 것은 당금의 조정이 백련교를 사교(邪敎)로 몰아 말살하기 위해서였다고 합니다만, 그들이 마교와 전혀 관련이 없는 것 같진 않습니다."

"연관이 있다고?"

"그렇습니다."

한효월의 대답에 괴노인은 미간을 찡그렸다.

"무슨 근거로 그런 소리를 하는 게냐?"

"이제부터 제가 말씀드릴 제천교라는 집단과의 문제로 개방은 오래 전부터 마교에 대해 조사를 해오고 있었습니다. 저는 그 문제로 개방의 방주와 깊게 상의를 한 적이 있었습니다."

"개방의 방주라고?"

괴노인의 눈빛이 일렁인다.

다른 사람이 아닌 개방의 방주라면 이야기가 다르다. 거지의 집단이라 할지라도 그 오랜 역사는 허투루 볼 게 아닌 까닭이다.

"제천교……."

한효월의 이야기를 다 들은 괴노인이 중얼거렸다.

"백련교와 마교의 관련은 그리 깊은 것 같지 않습니다. 궁지에 몰린 그들이 세를 불리기 위해 사람들을 받아들이는 과정에서 마교의 인물이 섞인 것으로 판단되기 때문입니다. 그러나 제천교는 다릅니다. 개방에서는 물론이고 제 사형이신 무림맹주가 그토록 오랜 세월을 조사해 왔음에도 전혀 그 내용을 알아내지 못했습니다. 어쩌면 제천교 자체가 바로 마교의 변형인지도 모른다는 추측까지 가능한 상황입니다. 하지만……."

한효월은 자신의 사부에게서 처음 들은 봉신의 서약을 이야기했다. 그와 연관된 것으로 보이는 천하십왕의 이야기까지.

"그런 까닭에 제천교를 딱히 마교의 변신이라고 단정할 순 없었습니다. 혹 짐작 가는 바라도 있으십니까?"

"없다."

괴노인은 간단히 말을 잘랐다.

평소의 괴팍한 성품이 되살아나는 듯한 태도.

"마교가 모습을 감춘 것은 대략 50년 전이라고 하더군요. 당시 마교의 힘은 천하를 뒤덮을 정도였다고 들었습니다. 그런 마교가 갑자기 사라진 까닭을 아는 사람은 뜻밖에도 거의 없더군요……."

한효월은 말끝을 흐렸다.

그가 바라봄을 알면서도 괴노인은 눈을 감았다.

말을 하지 않겠다는 무언의 표시.

잠시 그를 바라보고 있던 한효월은 다시 묻는다.

"혹 봉신의 서(誓)가 무엇인지 아십니까?"

"네 사부가 말해 주지 않았다면 나도 말할 수 없다."

"아신다는 말씀이로군요?"

"무슨 의미인지는 안다."

괴노인이 부러지는 목소리로 답했다. 눈을 감은 채. 노인의 얼굴은 고집으로 완강하다.

"말씀해 주십시오!"

한효월이 그의 앞으로 다가앉았다.

"그게 무슨 의미인지, 봉신(封神)이란 말의 의미를!"

"나도 언젠가 조금 들은 적이 있을 뿐, 아는 게 별로 없다. 게다가 그 약속은 당사자 외에는 누구도 그 상세한 내용을 알지 못한다."

"아시는 것만이라도 말씀해 주십시오."

한효월이 그의 손을 잡고 흔들었다.

그가 손을 잡고 흔들자 낡아 빠진 괴노인의 옷이 펄썩펄썩 삭아 내렸다. 그 바람에 시커먼 빛으로 빛나는 노인의 앙상한 가슴이 반쯤 드러났다.

"이런 패 쥑일 놈 같으니! 날 벌거벗길 참이냐?"

노인이 흉흉히 눈을 부릅떴다.

"새 옷으로 한 벌 만들어드리지요. 봉신이 무슨 뜻입니까?"

한효월이 집요하게 묻자 괴노인은 어쩔 수 없다는 듯 그를 노려본 채로 입을 연다.

"말 그대로 봉신(封神)! 신(神)을 가둔다는 뜻이다. 인간이되, 인간의 한계를 벗어난 자들이 신을 가두었다는 것이 봉신이라고 들었다. 그것은 이미 오래전의 일이라 전설로 전해지고 그 초인(超人)들의 후예는 아마도 네가 말한 천하십왕 중에 있을 것이다. 어쩌면 그들이 다 그 초인들의 후예인지도 모르지.”

'신을 가두었다?'

한효월이 내심 중얼거렸다.

이해하기 힘든 소리였다. 너무 막연했다.

“신을 가두다니…… 그게 무슨 소립니까?”

“나도 그 말밖에는 알지 못한다. 본 교의 교주라면 상세한 것을 알 테지. 하지만…….”

그는 다시 입을 다물어 버렸다. 완강한 빛. 더 이상은 알아도 말할 수 없고, 아는 것도 없다는 표정이다.

다시금 침묵이 흘렀다.

뭔가 깊은 생각에 잠긴 듯 하던 한효월이 입을 열었다.

“한 가지만 더. 명옥대법을 해제할 수 있습니까?”

“명옥대법?”

괴노인의 눈에서 횃불과 같은 신광이 쏟아져 나왔다.

“무슨 소리냐? 설마 누가 명옥대법에…….”

“그렇습니다. 말씀드렸던 제 사질녀가 현재 명옥대법으로 인하여 명옥마녀가 되어가는 중입니다. 가능합니까?”

“크으음…… 명옥대법이 나타났단 말이지?”

괴노인은 신음을 흘렸다.

뭐라고 형용키 어렵도록 그의 안색은 복잡하게 엉킨다. 그가 이처럼 격동하는 것은 한효월로서도 본 적이 없었다.

"그걸, 그걸 누가 시전했는지 아느냐?"

"아직 모릅니다."

"알아오너라."

괴노인이 단호하게 말을 잘랐다.

"알아온다면 네가 원하는 것을 이루어주겠다."

말하는 괴노인의 얼굴에는 격동한 기색이 역력했다. 한 번도 보지 못한 태도였다.

"대법을 시전하려면 마교에서 어떤 위치에 있어야 합니까?"

한효월의 물음에 생각에 잠겨 있던 괴노인이 입을 연 것은 잠시 후였다.

"수뇌부가 아니라면 불가능하다. 최소한 본전(本殿)의 고수라야 가능하지, 그것도 장로(長老) 이상이라야……."

"그들이라면 대법을 해체할 수도 있습니까?"

"당년의 교주와 사제(司祭) 등이라면 몰라도 지금은 아마 내가 아니라면 불가능하겠지."

"제게 가르쳐 주시면 안 되겠습니까?"

"마교의 비전(秘傳)은 외인에게 알려줄 수 없음이 법. 불가하다!"

"하지만 명옥대법을 해체하지 않고서는 시전자를 찾아낼 수 없을 겁니다. 그가 모습을 드러내지 않을 테니까요."

"으음……."

문득 괴노인이 신음을 흘린다.

이글이글 불타는 눈으로 한효월을 노려보던 노인이 다시 입을 열었다.

"교활한 놈. 대법에 걸린 자가 지금 어떤 단계냐?"

"전신이 투명하게 변하고 있는 상태이고, 손은 이미 명옥(明玉)과 같이 투명하고 혼수상태에 자주 빠져 친인도 몰라볼 때가 있습니다."

"이미 5단에 들어가 있는 상태로군……. 곧 6단공으로 들어가 명옥마녀가 될 것이다. 6단공에 이르면 마기(魔氣)를 스스로 흡취하는 상태에 이르러 하룻밤에 천 리를 부유(浮遊)할 수 있는 능력을 가지며, 도검으로도 상해할 수 없는 마력(魔力)을 지니게 된다. 당대에 그런 천부(天賦)를 지닌 계집애가 있었다니……."

"그때부터 피를 그리워하게 됩니까?"

"아는 것도 많군. 맞다. 5단공에서부터 피를 봐야 하고 피를 마시면서 6단공을 넘어 마지막으로 명옥마녀가 되지. 마교 역사상 명옥마녀는 단 두 번 탄생했다. 만약 이번 일이 성사된다면 사상 세 번째가 되겠지……."

괴노인의 눈빛이 괴이하게 일렁거렸다.

그럴 수밖에 없었다.

까마득한 오랜 옛날로부터 전해져 오는 전설(傳說).

세 번째 명옥마녀가 탄생하는 날, 마왕(魔王)이 일어서리라.
마(魔)의 힘이 천지를 덮으며 마교의 전설이 천하를 누르리라.
어둠의 추종자들이 암흑(暗黑)을 벗어나 세상을 흑암으로 뒤덮으리라…….

괴노인은 마교에서 하나밖에 남지 않은 호법장로였다.

호법(護法)이라 함은 법을 지킨다는 의미다. 단순한 장로가 아니라 마교의 법을 관장하고 그 법을 수호하는 교중의 어른이라는 뜻이다.

마교의 대소사를 그보다 더 잘 아는 사람은 아마도 당대에는 찾기 어려울 터이다.

그는 전설을 한효월에게 일러주지 않았다.

대신 명옥대법을 깰 수 있는 방법을 한효월에게 전수했을 뿐이다.

괴노인은 수백 년을 산 사람이었다.

한창 때 그는 마중의 마. 말 그대로 마중지마(魔中之魔)라고 불리는 사람이었다.

그러나 그는 이제 마를 초월한 존재였다. 그처럼 치솟던 극렬한 마기를 수백 년의 수도로 스스로 다스릴 수 있는 경지에 도달한 사람이 그였다.

천리(天理)대로라면 그는 그 사실을 한효월에게 알려주어야 했다.

명옥마녀의 탄생이 단순한 마공대법의 완성이 아니라, 가공할 의미를 담고 있음을······.

하지만 그는 그러지 않았다.

대신 부동명왕공(不動明王功)을 한효월에게 전수했을 따름이다.

이 공력은 마공이 아니라, 불가의 전승척사지공(傳承斥邪之功)이다. 마기를 제압하고 심지(心志)를 굳건히 하는 데에는 이보다 더 뛰어난 공력은 없다. 오죽하면 그 명칭을 마귀를 항복받는 부동명왕의 이름으로 하였을까.

그렇게 해서 그는 하회를 기다리기로 하였다.

한효월이 명옥마녀의 탄생을 저지한다면 그것이 하늘의 뜻일 것이요, 만약 그러지 못한다면 그 또한 천기(天機)일지니 천기의 흐름을 인위적으로 막으려 듦이 옳지 못하다고 생각했기 때문이다.

하지만 그 내면에는 또 다른 생각 하나가 있음을 그는 부인하지 못했다.

마교의 중흥(重興)!

다시금 그 위대한 마교의 힘이 나래를 펴는 것을 보고 싶음을…….

부동명왕(不動明王)

―신공을 참수하다
함정(陷穽)은 끊임없이 한효월을 노리다

부동명왕(不動明王)

쿠콰콰콰…… 콰콰아아…….

고막을 치는 굉음! 천지가 아우성치면서 무너져 내리는 것만 같다.

한효월은 폭포 속에 앉아 있었다. 좀 더 정확히 말하자면 폭포의 뒤쪽, 수렴동(水簾洞)이라고 해야 할까?

마음이 무거웠다.

그는 중조산으로 오면서 어떤 해답을 얻을 수 있을 것으로 기대했었다.

하지만 얻은 것은 거의 없었다.

결국 모든 것이 다시금 그의 몫으로 남았다.

이제부터 또 무엇을 해야 하나?

시간이 너무 없었다.

이럴 바에는 차라리 세상에 나오지 말고 무우곡 속에 전처럼 그냥 조용히 살아가야 했던 것은 아니었을까?

소용없는 생각임을 그도 안다.

그는 이미 세상의 시비에 휩쓸린 다음.

이제 돌이키고자 한들 무슨 의미가 있을 것인가.

길게 탄식한 그는 그 자리에 가부좌를 한 채로 눈을 감았다.

부동명왕공.

그 불가의 항마신공(降魔神功)을 참수(參修)하기 위해서다.

이 불가의 신공에는 크나큰 의미가 담겨 있었다.

어쩌면 향후 무림뿐 아니라, 천하의 정세가 달려 있을 수도 있었다.

무공(武功).

조금 더 정확히 말하여 신공을 수습함에 있어서 가장 중요한 것은 안정이다. 마음이 안정될 수 있는 곳이라야 선정(禪定)에 들 수 있고 정신을 하나로 모을 수 있어야 깨달음을 얻을 수 있음이 보편인 까닭이다.

그러나 한효월은 굳이 폭포수 뒤를 택했다.

일단은 만에 하나 있을 방해를 피해서였다. 설마 그가 폭포수 뒤에 있을 것임을 누가 알 수 있으랴.

또 하나는 바로 부동명왕공을 참오(參悟)하기 위해서였다.

고막을 떨어 울리는 굉음.

그리고 그 진동에 사방으로 튀는 물방울. 그것은 살인적인 암기라고 해도 과언이 아니었다.

하지만 그 속에 정좌한 그는 입정한 노승과도 같이 고요하다.

본지풍광(本地風光) 약미발명즉고초현관(若未發明則孤峭玄關) 의종하투

(擬從何透) 왕왕(往往) 단멸공(斷滅空) 이위선(以爲禪) 무기공(無記空) 이위도(以爲道) 일체구무(一切俱無) 이위고견(以爲高見) 차명연완공(此冥然頑空)이라……

본래 면목을 밝혀보지 못한다면, 높고 아득한 현관을 어찌 꿰뚫을 것인가. 더러 끊어 없어진 공(空)으로 선(禪)을 삼으며, 무엇이라 말할 수 없는 빈 것으로 도(道)를 삼기도 한다. 모든 것이 없음으로써 고견(高見)으로 삼기도 하거니와 이것들은 아득히 비어 있구나…….

불가(佛家)의 설법과도 같은 경문(經文).

이러한 구절이 바로 부동명왕공을 이루는 근간이다. 몸을 단련하고 진기를 소통함이 목적이 아니라, 깨달음을 목표로 하는 무공. 무공이라기보다는 깨침[頓悟]을 목적으로 하는 심공(心功)이 바로 부동명왕공이다.

한효월이 본래부터 수련한 공력 또한 선가(仙家)의 무공이니 주천무애신공(週天無涯神功)이 그것이다.

그 주천무애신공 또한 강한 파괴력을 주로 하는 것이 아니라 심신의 수련을 목적으로 하여 건곤무적 독고해는 거기에서 건곤신공을 연창(研創)해 냈음은 이미 전기(前記)한 바와 같다.

그 말은 연기(年紀) 일천한 한효월이지만 그 성품과 수련으로 인해 세상의 그 누구보다 심지가 군건하다는 의미이기도 했다.

콰콰콰…….

바로 귀청에다 대고 폭포가 뇌성벽력을 때려댄다.

그러나 그처럼 엄청난 폭포의 굉음도 선정(禪定)에 든 그를 방해할 수는 없었다.

돈오(頓悟), 바로 깨친다는 말이다.

점오(漸悟), 천천히 단계를 밟아 깨달아간다는 뜻이다.

지금의 한효월은 폭포수 뒤에 앉아 훨훨 창공을 노닐고 있었다. 단계를 밟아 깨달아가는 것이 아니라 단숨에 부동명왕공을 참수(參修)해 가고 있었던 것이다.

그때 일어난 뜻밖의 일만 아니었다면, 그의 성취는 또 다른 경지에 이를 수도 있었을 터이다.

"악!"

폭포수의 굉음을 뚫고 들려온 비명 한 소리.

그 소리는 고고(孤高)히 천공의 경지에서 노닐고 있던 한효월의 선정을 깨뜨리기에 족했다. 다른 사람이라면 폭포의 굉음 때문에 듣지 못했을 비명이었지만 선정에 든 한효월이니 그 소리를 놓칠 리 없다.

이어 폭포를 뚫고 들려오는 날카로운 금속성!

폭포를 배경으로 한 무리의 사람들이 움직인다.

흑의무사들 한 무리. 얼핏 보아도 7, 8명은 족히 되는 그들은 검도(劍刀)에다 유성추(流星鎚)까지 휘두르면서 여인 둘을 공격하고 있었다. 여인이라고 하나 그녀들의 나이는 불과 16, 7세가량. 바로 얼마 전 이곳에 나타났던 이심환의 시비들이었다.

그녀들 중 홍의시비는 상반신을 피로 물들인 채 금방이라도 쓰러질 듯 비틀거린다. 그녀를 막아선 것은 녹의시비, 악전고투하고 있는 그녀가 손에 쥔 것은 겨우 짧디짧은 비수 하나.

그런 그녀를 향해 흑의인들이 좌우에서 틈을 봐서 유성추를 날리고 도검을 휘둘러 공격하니 그 형세는 말 그대로 풍전등화에 다름이 아니다.

"향아! 괜찮니?"

비수를 휘두르며 적을 막던 녹의시비가 소리쳤다.

"난 괜찮아. 난 상관 말고…… 앗! 위험해!"

부상당한 홍의시비가 대꾸하다 다급하게 부르짖었다.

녹의시비가 유성추의 사슬에 손목이 감기는 것을 보았기 때문이다. 유성추 하나를 쳐내고 다른 유성추가 날아들자 그것을 비수로 쳐내려다가 손목이 감긴 것이다.

당황한 녹의시비의 등 뒤에서 소리도 없이 도광이 날아드는 것을 보았으니 어찌 비명을 지르지 않을 것인가.

"이잇!"

녹의시비는 다급히 피하려 했지만 손목이 쇠사슬에 감겨 운신이 자유롭지 못했다.

빙글 몸을 돌리면서 다른 쪽 소매를 떨쳐 상대의 칼을 휘감으려 했다. 그러나 상대의 도세(刀勢)는 예상보다 강력하여 이미 가슴에 도달하고 있었다. 등 뒤에서 덮쳐 오던 칼이 신형을 돌리면서 정면으로 가슴을 내준 꼴이 되어버린 것이다.

그녀의 안색이 창백해졌다.

절대절명.

바로 그 순간, 녹의시비를 덮쳤던 자가 외마디 비명과 함께 홀쩍 나가떨어졌다.

"크윽!"

쨍! 쨍그렁…….

그리고 잇달아 터져 나오는 금속성.

섬광이 번뜩이는 가운데 날카로운 금속성이 비명처럼 울려 퍼졌다.

"아……."

녹의시비의 입에서 탄성이 터져 나왔다.

언제 나타난 것인지 그녀를 막아선 사람 하나가 있었다.

그녀를 공격하던 자들을 일거수에 날려 버린 사람.

"공자님!"

그를 본 녹의시비가 기쁨의 탄성을 질렀다.

"오랜만이구나."

그녀를 바라본 한효월이 미미하게 웃음을 지어 보였다.

"대체 그간 어디에…… 위험해요!"

그녀가 놀라 부르짖었다.

한효월이 그녀를 돌아보는 순간에 흑의인 둘이 바람처럼 한효월의 배후를 엄습, 검과 도를 찔러 넣고 있었던 것이다.

그들의 연수(聯手)는 오랫동안 손을 맞춘 듯 신속무비했다.

하지만 한효월의 태도는 한가롭기만 하다.

그는 소매를 젓는 사이에 소맷자락으로 두 사람의 검도를 휘감았다.

쨍!

날카로운 소리와 함께 검도가 소맷자락에 감겨 엉키는가 싶더니 그대로 부러져 나갔다.

"너의 운라수(雲羅袖)라면 충분히 이들과 싸울 수 있을 텐데, 너무 당황하여 제 실력을 발휘하지 못했다. 만약 다음에 싸우게 된다면 마음을 가라앉히고 싸우도록 해라. 만약 네가 잘못되었다면 향아(香兒)는 어찌할 뻔했느냐?"

그들에겐 신경도 쓰지 않고 하는 한효월의 말에 녹의시비, 홍아(虹

兒)는 황연히 깨달은 표정이 되었다.

"운라수를 그렇게 쓸 수 있었군요!"

그녀들의 무공은 결코 약하지 않았다.

처음부터 차원이 다른 무공을 배운 까닭이다.

그러나 경험 칠 푼에 무공 삼 푼이라는 강호의 교훈처럼 실전에 임한 적이 없어 흉험한 공격을 받자 당황하여 제 실력을 발휘할 수가 없었다. 이제 한효월의 말에 크게 깨달았으니 그녀의 무공은 진일보한 셈이라 할 수 있었다.

"어떻게 된 일이냐? 이들은 왜……."

"그들은…… 아! 아가씨가 위험해요!"

한효월의 물음에 홍아가 갑자기 다급히 부르짖었다.

그때 한효월이 갑자기 손을 내밀어 그녀의 허리를 휘감았다.

홍아가 놀라 입을 벌리는 순간, 한효월은 피투성이로 바위에 기대 있는 향아까지 바람처럼 휘감고는 그 자리에서 사라졌다.

파파곽!

그들이 있던 암반에서 불꽃이 세차게 튕겨났다.

흑의인들 중 서넛이 검은 통을 겨누고 있었다.

그 검은 통에서는 방금까지 한효월과 시비들이 있던 곳으로 섬광이 폭포수처럼 쏟아지고 있었다.

가공할 위력!

그 자리를 벗어남이 조금이라도 늦었더라면 벌집이 되고 말았으리라.

"천왕통이군. 제천교도인가?"

한효월의 음성이 들려왔다.

혹의인들은 모두 일곱이었다.

그들 중 다섯이 시녀들을 공격했고, 한효월이 나타나면서 그들이 일 패도지(一敗塗地), 격퇴되자 뒤에서 지켜보고 있던 수뇌로 보이는 혹의 인 둘이 천왕통을 꺼내 들고 공격을 했었다.

하지만 한효월이 찰나간에 꺼지듯 시야에서 사라지자, 그들은 대경 실색 급급히 사방을 돌아보며 한효월을 찾았다.

"제천교도라면 나를 찾아온 모양이군."

한효월의 음성이 다시 들려왔다.

"흑?"

천왕통을 든 혹의인은 경악으로 눈을 부릅떴다.

눈앞에 인영이 번쩍이는 것을 보자 다급히 물러나면서 천왕통을 발 사했음에도 전신이 저려옴을 느끼면서 이미 자신의 완맥을 제압한 한 효월을 볼 수가 있었던 것이다.

한효월의 뒤쪽으로 방금 그가 전력으로 발출한 천왕통의 음염독화 (陰焰毒火)가 시퍼렇게 암벽을 하릴없이 태우고 있음이 보인다.

그를 제압한 한효월은 홍아를 돌아보았다.

"무슨 소리지? 아가씨가 위험하다니?"

홍아가 급히 답했다.

그녀들은 이미 한효월에 의해 삼 장 밖에 있었다.

"아가씨를 찾으러 나섰다가 저들을 만났어요. 저들은 무우곡을 둘러 싸고서 공격할 방법을 의논하고 있었어요! 진세가 발동된 바람에 저희 가 들어가지 못하고 기회를 엿보다가 발각되어 쫓기던 참이었구요."

"무우곡에?"

한효월이 얼떨떨한 빛을 보인다.

"무우곡이라니? 이 소저가 거기 가셨단 말이냐?"

"예. 요즘 자주 가셨어요. 그런데 저들이……."

"누가 온 건가?"

한효월이 맥문을 제압당한 자를 다그쳤다.

"교중의 고수들……."

한효월의 손에서 강대한 진기가 파도처럼 혈도를 타고 몰려들자 흑의인이 이를 갈면서도 고통스러운 빛으로 입을 열었다. 고통을 참지 못하고 쉽게 대답을 하는 것 같지만 실제로는 아무런 소용 없는 답변. 교중의 고수 아닌 자가 올 리 없을 것이니 시간을 벌자는 수작에 불과했다.

바로 그 순간이었다.

콰쾅! 콰아앙…….

저 멀리서 엄청난 폭음이 터져 나왔다.

산천이 모조리 떠나갈 듯 거대한 굉음이었다.

'무우곡?'

폭음이 들려온 곳을 본 한효월의 안색이 돌변했다.

윽!

나직한 신음과 함께 흑의인이 거꾸러졌다.

"향아와 함께 속히 곡으로 돌아가 있거라. 수곡진세를 발동하고 나오지 말도록, 알겠느냐?"

신형을 돌린 한효월의 말에 홍아가 냉큼 허리를 굽혔다.

"예, 공자!"

일진 바람이 이는 가운데 한효월의 신형이 그 자리에서 사라졌다.

"사람이…… 달라진 것 같아."

가슴을 부여잡고 있던 부상당한 향아가 부지중에 중얼거렸다.

그녀를 부축하는 홍아도 마찬가지였다.

"전이랑 비교할 수 없이 단호하고…… 강해진 거 같지?"

*   *   *

산세가 아름답다.

단순히 아름답다기보다는 기묘한 형상을 한 기암괴석들이 이리저리 어깨를 부벼대고 제각기 멋을 자랑하고 그 암반들에 뿌리를 내린 고목들과 노송(老松)들이 안개 속에 그림처럼 걸려 풍치를 자아낸다.

어깨를 맞대고 높게 솟은 그 암벽들의 사이로 계곡 하나 자리한다.

쏟아지는 햇살은 이제 산 너머로 기울어가니 경치는 더욱 발군(拔群)!

그렇게 계곡은 자리하고 있지만 더 이상 갈 곳은 없었다.

그 막다른 계곡을 바라보고 있는 사람 하나가 있다.

일신에는 흑색 장포를 걸쳤다.

사각형의 얼굴에 날카로운 눈매, 매부리코에 굳게 다문 얇은 입술은 그의 성정(性情)을 말해 주는 듯하다. 나이는 40대 후반.

그는 팔짱을 낀 채로 막다른 계곡을 바라보고 있었다.

숲에 몸을 담근 그의 주변으로는 역시 흑의를 걸친 자들이 숲 속에 은신하고 있다. 그 숫자는 얼핏 눈에 띄는 것만 10여 명. 하지만 주변에 얼마나 더 있는지는 한눈에 알기 어렵다.

숲이 흔들리면서 한 사람이 흑의인의 앞에 나타났다.

"어떠냐?"

"팔진도(八陣圖)에 기초한 진세인 듯한데, 구궁과 오행이 뒤섞여 있어서 도저히 진세를 파훼하기가 힘듭니다. 가능하다 해도 진세를 해석하기 위해서는 상당한 시간이 흘러야 될 거 같습니다."

흑의인이 무릎을 꿇고 하는 말에 흑포중년인의 안색이 일그러졌다.

"멍청한! 결국 못한다는 말이잖나! 준비되었나?"

얼굴을 일그러뜨린 그가 낮게 소리쳤다.

"옛! 명령만 하시면 됩니다."

옆에 있던 흑의인이 답했다.

"무너뜨려 버려! 당장!"

흑포중년인의 명령에 따라 막다른 곳으로 보이던 무우곡. 그 무우곡에서 가공할 폭발이 일어났다.

한효월이 들은 폭음이 바로 그것이었다.

콰콰앙!

거대한 폭발은 산곡을 떨어 울렸고 폭음은 이 산 저 산으로 옮겨가면서 진저리를 쳤다. 아름드리 나무들이 뿌리째 뽑혀 굴렀다. 돌덩이가 굴러다니고 바위산이 쪼개지면서 산사태가 일어났다.

쿠쿠쿠쿠…….

고막을 뒤흔드는 굉음.

흙먼지가 하늘을 덮으면서 일었다.

흑포중년인은 있던 자리에서 조금 물러나 그의 명령이 만든 장관을 바라본다. 그의 바로 앞까지 거대한 암석이 굴러 나와 있었다.

천지개벽할 듯 엄청난 폭음이었지만 실제로 부서진 것은 막다른 곡의 일부뿐이었다. 그러나 좌우의 암벽이 무너져 내려 길을 막으니 쉽게 갈 수가 없다. 게다가 시야를 가리며 일어난 흙먼지는 아직도 사라지지 않고 있는 판이다. 하지만 앞서 진세를 살펴보고 왔던 흑의인은 바람처럼 그 암석과 나무가 뒤엉킨 잔해들을 타고 넘어 주위를 살펴보고 있었다.

"이런……."

흑의인의 얼굴이 일그러졌다.

그의 눈앞으로는 안개가 서린 계곡이 펼쳐져 있다.

화약을 수백 근이나 썼는데도 진세를 파괴하지 못한 것이다.

그를 비웃듯 거대한 암벽은 여전히 하늘을 가리며 치솟아 있었다.

"어떻게 되었나?"

그의 옆으로 흑포중년인이 날아들었다.

"진세를 파괴하지는 못한 것 같습니다."

"뭐라고?"

"하지만 진세가 흔들린 것 같습니다. 파훼할 길이 보이지 않더니 지금 상태면 조금만 시간이 있으면 가능할 것 같기도 합니다."

"같기도 하다?"

흑포중년인의 눈빛이 음산하게 변했다.

그의 기색이 심상치 않음을 직감한 흑의인이 다급히 말했다.

"일단 고수들을 투입해서 건방(乾方:남쪽)의 암벽을 깨뜨리면 우리 눈앞에 펼쳐진 환영(幻影)을 깨뜨릴 수 있을 겁니다. 그렇게 되면 진세는 파괴된 것과 다름이 없게 됩니다."

"화약은?"

"방금 폭파를 위해서 가져온 것을 다 썼습니다."

"부숴 버려."

말을 하면서 흑포중년인은 암중에 주위를 살핀다.

그의 눈빛은 냉혹하기 이를 데 없지만 차가운 만큼 냉정했다. 그렇기에 그는 제천교의 눈과 귀라고 할 수 있는 부천각(扶天閣)의 다섯 령주(令主) 중 하나가 될 수가 있었다.

쾅!

폭음 소리와 더불어 눈앞의 경물이 거짓말처럼 흔들리기 시작했다.

고수 십여 명이 달려들어서 일제히 암벽을 향해 장풍을 쳐냈다.

무형의 진기를 몸 밖으로 쳐낼 수 있는 것은 고수가 아니면 할 수 없는 일이다. 그리고 그 진기의 힘이 바위를 부술 수 있을 정도가 된다면 당연히 내가의 고수라고 불릴 자격이 있다.

그런 고수들이 달려들어서 일제히 암벽을 공격하자 천 년의 이끼로 무장한 채로 당당하던 암벽도 견디지 못하고 뒤흔들렸다.

쩡쩡—

고막을 울리는 소음.

거대한 암벽에 쫙쫙 금이 가고 그 금이 확산되는가 싶더니 이내 시야를 가로막고 있던 암벽이 마치 거짓말처럼 사라져 버렸다.

그리곤 경색이 일변했다.

갑자기 전혀 다른 세계에 온 듯이 밭이 있고 논이 보인다. 그 가운데 시내가 흐르고 화원과 약초 밭도 보였다. 소 몇 마리가 한가로이 꼬리를 치면서 이리저리 노닐고 있는 모습까지…….

그 가운데 자리한 것은 초가 서너 채.

주변으로는 대가 우거지고 송백이 푸르름으로 계곡을 에워싸 바람을 막는다. 여기저기에 꽃들이 흐드러져 곡 내에는 그야말로 청량한 화향(花香)이 그윽하여 전혀 다른 세계에 온 듯하였다.

"흐음……."

어지간한 흑포중년인도 신음을 흘려냈다.

기문진세가 사라진 그 안쪽 커다란 바위에 일필휘지, 휘갈겨진 큼직한 글자가 눈에 선연하다.

〈무우(無憂)〉.

하지만 그것도 찰나, 다시금 안개가 서리면서 경물이 흔들거리면서 그 안개 속으로 묻혀드는 것이 아닌가!

"뭐, 뭐야? 빨리 안으로 들어가랏!"

그 광경에 흑포중년인이 다급하게 고함쳤다.

"누구를 찾아온 건가?"

낭랑한, 그러면서도 당당한 음성이 날아든 것은 바로 그때였다.

그 음성은 뜻밖에도 곡 내에서가 아니라 흑포중년인의 뒤쪽에서 들려왔다.

흑포중년인이 신형을 돌리자 한 사람이 그와 7, 8장의 거리를 두고 우뚝 서 있음이 눈에 들어온다.

표표히 흰빛 유삼 자락을 날리는 모습.

맑은 얼굴.

한 번도 본 적은 없다.

그러나 익히 들어본 그 모습임을 보는 순간에 직감할 수 있다.

순간, 흑포중년인의 입에서 음산한 웃음이 떠올랐다.

"드디어 나타난 건가? 한효월……."

방금까지 그 다급하던 모습은 찾아볼 수가 없다.

한효월이 모습을 드러냄과 동시에 좌우에서 검은 그림자들이 마치 파도처럼 그를 향해 밀려들었다.

한효월을 향해 밀려드는 검은 그림자들.

그들은 하나둘이 아니었다. 처음 흑포중년인의 옆에 은신해 있던 십여 명이 아니라 수십 명이었다. 그 범위도 흑포중년인 부근이 아니라 계곡 여기저기, 바위 아래, 위, 나무 위에서 잇달아 모습을 드러내면서 한효월에게로 날아들었다.

그들이 특별한 목적 하에 매복하고 있었음은 불문가지.

검은 파도와 같이 밀려들고 있는 그들을 보면서도 한효월은 태연했다.

그는 그들을 보는 것이 아니라 안개가 일렁이면서 시야를 가리고 있는 무우곡을 바라보고 있었다.

그 곡 내에는 한 사람의 아름다운 여인이 서 있는 듯 보였다.

그녀 또한 한효월처럼 그 자리에 고요히 서 있는데, 손에는 길다란 퉁소 하나를 들고 있어 탈속한 선녀를 보는 듯하였다. 그 모습이 진세가 발동하면서 일어나는 안개에 가리니 신비롭기 그지없다.

안개 속, 일순 고요했던 그녀의 눈이 커진 듯 보인다.

한효월을 발견한 듯한 태도.

순간.

"아아앗!"

기합 소리.

한효월을 향해 흑의인들이 달려들었다.

"무조건 나를 죽이기만 하면 되는 건가?"

쓴웃음이 한효월의 얼굴에 떠올랐다.

중얼거림과 함께 그의 신형이 바위를 차고서 옆 나무로 이동했다.

순간, 좌우의 나무에서 두 명의 흑의인이 한효월을 향해 날아 내렸다. 기다렸다는 듯한 매복이다.

허공에서 휘익, 선회한 한효월은 빙글 도는 사이에 그들을 스쳐 올라 치려다가 흠칫한다.

그들에게서 팍! 그물이 펴져 나옴을 보았기 때문이다.

머리 위를 온통 그물이 덮어온다. 기이한 검은빛을 뿌리는 그물과 거기 달린 갈고리들. 보통의 그물이 아니고 아마도 갇히는 순간에 물고기의 신세로 확실히 만들어줄 물건이리라.

찰나, 한효월의 신형이 아래로 뚝 떨어졌다.

그리고는 바닥을 채 딛기도 전에 흑포중년인이 있는 쪽으로 날았다.

그 움직임은 영교하기 이를 데 없어서 보고도 믿기 힘든, 가히 절세의 신법이라 하지 않을 수 없을 정도였다.

"머리를 치겠다는 건가?"

흑포중년인이 훌쩍 뒤로 물러나면서 껄껄 웃었다.

좌우로 검은 파도처럼 흑의인들이 몰려들었다.

한효월의 안색이 조금 굳어졌다.

그들의 움직임이 전혀 의외였기 때문이다.

무우곡을 공격하는 자들, 그들의 뒤에서 자신이 나타난다면 전열이 흐트러져야 했다. 그런데 자신이 나타나자마자 이렇듯 파상적으로 이루어지는 공세라니!

검은 파도처럼 자신을 향해 밀려드는 흑의인들을 바라보는 한효월의 안색은 굳어 있었다.

그들이 보인 행태에서 자신이 나타날 것을 미리 알고 대비하고 있었음을 직감할 수 있었던 것이다. 주변을 조금 더 자세히 살펴보았어야 했는데 무우곡에다 폭약을 터뜨리는 것을 보고 다급히 나타났던 것이 실수였다 싶었다.

그렇다고 할지라도 그 정도로서는 한효월을 잡을 수가 없었다.

무섭게 떨어져 내린 그물도 헛되이 바닥을 덮었을 뿐이고, 한효월은 이미 그 우두머리 흑포중년인을 덮치고 있는 상태였다.

"으악!"

좌우에서 그를 덮쳐 오던 자들에게서 비명이 터져 나왔다.

서너 명이 한꺼번에 나가떨어졌다.

한효월은 손에 사정을 두지 않았고, 그렇다고 적과 싸우지도 않았다. 나타나자마자 그를 가로막는 자들을 쳐 날리면서 비단 폭을 자르듯 일직선으로 흑포중년인을 향해 달려가고 있을 뿐이다.

"과연 한 수가 있긴 하구나!"

흑포중년인이 탄성을 내질렀다.

그 말이 신호인 듯 그의 주위에 있던 수신호위들이 일제히 덮쳐 오는 한효월을 향해 양손을 내밀었다.

슈파팟!

섬광이 그들에게서 쏟아져 나갔다.

'천왕통!'

한효월의 신형이 바람처럼 옆을 사라졌다.

"으악!"

"으아악!"

뒤에서 그를 공격하려던 흑의인들이 참혹한 비명과 함께 거꾸러졌다.

쨍! 쨍그렁……

뒤이어 고막을 찌르는 금속성이 터져 나왔다.

한효월은 순간적으로 옆으로 물러서고 있었고 그런 그를 서너 명의 흑의인들이 도검을 휘두르면서 공격하고 있었다. 그들의 공력은 대단하여 검기(劍氣)가 서릿발처럼 일고 도풍(刀風)이 소름 끼칠 정도였다.

자리를 잡고 있다가 공격하니 한효월조차도 물러나야 할 정도.

그런 그를 향해 기다렸다는 듯이 흑의인 한 무리가 달려들었다. 쓰러진 흑의인들을 타 넘어 달려드는 그들은 아예 수비는 도외시하고 흉흉한 살기를 뿜어내면서 한효월에게로 쇄도해 왔다. 마치 톱니바퀴가 맞물려 돌아가는 것만 같다.

밀려나던 한효월과 기다렸다는 듯 달려드는 그들의 거리는 불과 반장 남짓.

"물러나라……."

한효월이 그들을 치는 순간.

쾅!

콰콰쾅!

가공할 폭발이 그들에게서 연달아 터져 나왔다.

창백한 얼굴은 마치 백랍(白蠟)과 같고 부릅뜬, 핏발이 서린 두 눈에서는 흉흉한 살기가 불길과도 같이 이글거린다. 수비는 아예 생각조차 없는 모습은 그들이 정상이 아님을 한눈에 알아볼 수 있게 한다.

그렇기에 한효월은 그들이 더 이상 다가오지 못하게 사정없이 손을 썼다.

천하독보의 절옥장세가 그들 중 앞선 자의 가슴을 쳤고, 그 순간 폭발이 일어났다. 한 사람이 폭발하자 그와 같이 있던 자가 다시 폭발했고, 그 옆에 있던 자도 폭발했다. 일대는 삽시간에 아비규환의 수라장으로 화해 버리고 말았다.

한효월뿐만 아니라, 그를 공격하던 흑의인들도 그 폭발의 범위를 벗어나지 못했다.

콰콰콰앙…….

그 폭음은 처음 무우곡의 진세를 깨뜨리기 위해서 터뜨렸던 것에 못지 않을 정도로 엄청났다.

화약 냄새가 코를 찔렀다.

신음 소리가 검은 연기와 함께 피어 오른다.

팔다리가 날아간 참혹한 형상이나 핏자국조차 찾기 어렵다. 가공할 폭발이 그 모든 것을 집어 삼켜 버린 것이다.

"놈을 찾아라!"

그 와중에 들리는 것은 흑포중년인의 명령.

흑의인들이 그의 명령에 따라 아직도 불길이 널름거리는 폭발의 현장으로 뛰어들었다.

그때 차가운 음성이 흑포중년인의 뒤쪽에서 들려왔다.

"늘 악독하군……."

난데없는 소리에 흑포중년인은 가슴이 섬뜩했다.

그가 바람처럼 옆으로 물러나면서 뒤를 돌아보는 순간, 강렬한 힘이 그의 턱을 후려쳤다.

채 비명조차 지르지 못하고 그가 땅바닥에 처박혔다.

하지만 처박힌 순간에 그의 신형은 오뚝이처럼 튀어 옆으로 굴렀다. 그러한 타격을 받았음에도 그러한 움직임을 보일 수 있음은 그의 능력이 범상하지 않다는 의미. 그러나 외마디 비명과 함께 그는 다시 옆으로 굴러 다시는 움직이지 못했다.

그의 뒤에 있었던 사람, 한효월이 앞서 기다리고 있다가 그를 발로 차버렸기 때문이다.

"저들을 모두 죽이고 싶지 않다면 멈추게 해."

한효월이 말했다.

그의 발 밑에 흑포중년인의 가슴이 깔려 있었다.

활개를 펴고 누운 꼴인 흑포중년인의 눈에 불신에 이어 공포의 빛이 떠올랐다. 한효월이 강하다는 것은 이미 익히 알고 있는 터였다. 하지만 이처럼 강할 줄은 상상도 하지 못했던 것이다.

폭발은 간단한 것이 아니었다.

소란을 부린 것은 오로지 한효월을 끌어내기 위한 것이었으며, 그가 나타나면 그를 유인하여 탄천뢰를 품은 자들과 함께 폭사시킬 예정이었다. 자폭하게 선택된 자들은 섭혼(攝魂)에 걸려 제정신이 아닌 상태, 명령대로 죽기를 각오하고 그를 향해 덤빌 터이다.

하나가 터지면 주변 사오 장이 초토가 되는 탄천뢰다.

그런 것이 연달아 세 개나 터졌으니 주변 십 장이 모조리 잿더미가 되어버렸고 바위조차 남아나지 않았다. 그 폭발의 힘은 강력하기 이를 데 없어서 한효월을 공격하던 이십여 명의 흑의인들도 요행을 바라지 못하고 모조리 폭사하고 말았다.

살아남은 자들의 처경은 가히 목불인견.

그런데도 정작 한효월은 이미 그 폭발권을 빠져나와 우두머리인 흑포중년인의 뒤로 돌아가서 그를 제압한 것이다.

당하면서도 믿기 힘든 것이 무리가 아니었다.

흰 유삼 군데군데 불길에 그슬린 자국이 보이는 것 같았다.

그러나 한효월의 겉모습만 보아서는 그가 방금의 그 악독무비한 함정을 헤치고 나온 사람인 것 같지가 않았다.

한효월은 흑포중년인을 상대함에 있어 사정을 두지 않았다.

그래서 그의 턱은 반쯤 부서졌고 걷어채인 옆구리도 반쯤 허물어져 있는 상태였다. 입에서는 선혈이 쏟아져 흐르고 전신은 어떻게 된 것인지 손가락 하나 제대로 움직이기 힘들다. 걷어채이면서 혈도까지 제압을 당한 것이라고 생각하니 흑포중년인은 공포스러웠다.

자신이 채 일초도 견딜 수 없는 상대라니!

함정을 재삼재사 강조하던 명령이 떠올랐다.

여의치 못하면 무조건 그 자리를 벗어나라던 명령까지…….

"들리지 않나? 무고한 살생은 하고 싶지 않다."

한효월이 다시 말했다.

그가 발에 힘을 가하자 가슴이 무너져 내리는 것 같다.

조금만 더 힘을 가한다면 가슴이 무너져 즉사하게 되리라.

흑포중년인의 얼굴이 고통으로 일그러졌다.

"소문보다 더 강하군……. 교주님의 유시(諭示)를 전하……겠다."

난데없는 소리에 한효월은 멈칫 그를 내려다보았다.

좀 전까지 공포의 빛이 어렸던 흑포중년인의 얼굴에 괴이한 웃음이 떠올라 있었다.

"의아할 것은 없다. 너를 해치지 못하면 이 유시를 전하라는 말씀이셨으니…… 유시는……."

그의 음성이 잦아들었다.

입에서 핏물이 솟구쳐 올랐다.

명재경각(命在頃刻)!

손을 너무 과하게 쓴 것 같았다.

그 모습에 한효월은 그의 가슴에다 몇 가닥 지풍을 쏘아 기혈을 도우면서 발을 뗐다. 말을 듣기 위해서였다.

바로 그 순간.

푸학!

흑포중년인이 몸을 숙이는 한효월을 향해 핏물을 토해냈다. 핏물과 함께 섬광(閃光)이 입속에서 튀어나왔다.

막 몸을 숙이던 한효월은 대경실색했다.

거의 죽어가는 것 같던 자가 이런 기습을 해올 것임은 상상치도 못했던 것이다.

사악한 웃음이 흑포중년인의 눈에 떠올랐다.

그러나 이내 그의 눈에 떠오른 것은 경악과 불신!

몸을 숙이려던 한효월이 슬쩍 허리를 틀자 자신이 토해낸 섬광이 그의 목덜미에 맞는 것 같더니 그대로 튕겨져 나감을 보았기 때문이다.

"간교한 자 같으니……."

한효월은 차가운 눈빛으로 그를 노려보았다.

"천혼침(穿魂針)을…… 설마 금강불괴?"

그가 눈을 부릅뜬 채로 더듬거렸다.

하지만 그가 채 말을 끝맺기도 전에 좌우에서 신음이 새어 나왔다. 한효월이 달려드는 흑의인들에게 손을 써 그들을 쓰러뜨린 것이다.

"내가 이곳에 올 것임을 어떻게 알았나?"

한효월이 그를 바라보면서 냉엄히 물었다.

"으으……."

흑포중년인의 입과 코에서 핏물이 흘러내리기 시작했다. 한효월에게서 일어나는 절대(絕大)한 기세를 견디지 못하고 절로 피를 게워내는 것이다.

"어떻게 알았나?"

한효월이 다시 물었다.

"크으으…… 본 교의 부천각에서 찾고자…… 하면……."

견디지 못하고 흑포중년인이 입을 열었다. 입을 열자 핏물이 울컥 올라왔다. 억지로 버틸 일도 아니었다. 그가 말하는 것은 기밀 사항이라고 할 것이 아니었기에.

"아직도 교주가 나에게 전할 말을 가지고 있나?"

한효월의 물음에 흑포중년인이 얼굴을 일그러뜨렸다.

그 표정은 그의 말이 함정이었음을 시인하는 것에 다름이 아니었다.

"돌아가라."

"……?"

얼떨떨한 빛이 흑포중년인의 얼굴에 떠올랐다.

"나는 오늘 밤 이곳을 떠날 것이다. 재주가 있다면 다시 나를 따라와 보라고 전하라."

그 말을 끝으로 한효월은 등을 돌렸다.

바로 그 순간, 신형을 돌린 한효월의 전신에서 격한 떨림이 일었다.

'이 소저…….'

곡구. 그의 앞에 한 사람이 홀연히 서 있었다.

불어오는 바람에 선녀와 같이 옷자락을 표표히 날리는 가운데, 만감이 교차하는 눈빛으로 그를 바라보면서…….

지척천애(咫尺天涯)

─연인들 만나다
사랑의 의미(意味)는 무엇이런가

지척천애(咫尺天涯)

믿기지 않는 듯 그의 등을 바라보던 흑포중년인은 미친 듯이 네 발로 기어 그 자리를 벗어났다. 그리고 그의 뒤를 따라 나머지 흑의인들이 일제히 그 자리에서 사라졌다.

남은 것은 참혹한 시신들과 폭발의 흔적들뿐······.

혈향(血香)과 매캐한 화약 내음.

그리고 가슴을 누르는 고요.

······.

한효월과 이심환.

두 사람은 서로를 마주 보고 서 있었다.

산등성이를 비껴 흘러내리는 햇살은 거대한 무지개처럼 백의궁장의 그녀를 옹위한다. 바람에 하늘거리는 귀밑머리는 말 그대로 운환(雲鬟)이며 흰색 나삼은 또한 운의(雲衣)라. 산바람에 하늘거리는 치맛자락은 햇살을 받아 고요히 흔들리니 그 또한 예상(霓裳)이라 불리어 부끄럼이 없다.

섬섬옥수, 손에 감아쥔 두 자 세 치의 옥퉁소는 선계의 악기.

수려한 미목에 단순호치(丹脣皓齒)가 거기에 어울리는 그녀의 모습을 보고 누가 탈속(脫俗)이라는 단어를 떠올리지 않을 수 있을 것인가.

"무사했었군요……."

먼저 입을 연 것은 그녀였다.

늘 넘친 것이 있으면 한 가지 부족한 것이 있는 법이다.

그러나 그녀는 목소리마저도 아름다웠다. 맑고 영롱한 음성은 구슬을 옥 쟁반에 굴린다는 말의 뜻을 알도록 하기에 족하다.

"죄송합니다."

한효월이 고개를 숙여 보였다.

그런 그의 모습을 보면서 이심환은 암암리에 길게 한숨을 내쉬었다.

하루도 생각하지 않았던 적이 없었던 그의 얼굴이다.

자면서도 생각했고 깨어 있을 때에도 생각했었다. 그처럼 보고 싶어도 볼 수 없어 하루에도 몇 번이나 이곳을 떠나 강호로 나가서까지 그를 찾아보려고도 했었다.

대체 그간 얼마나 변했을 것인가?

그런데 이제 그를 앞에 마주하니 그는 잠시 산책이라도 나갔다 온 사람처럼 그 모습 그대로인 것처럼 보인다. 그것이 못내 그녀의 가슴을 뒤흔든다.

"많이 걱정했었어요. 무사한 듯하니 다행이군요."

어디 갔었는가?

왜 말 한마디도 없이 그처럼 훌쩍 떠났었는가!

그렇게 달려들어서 따져 묻고 싶었다. 그런데 그녀의 입을 통해 흘러나오는 말은 너무도 차분하기만 하다. 격식을 다 갖추고서야 어찌 그 답답했던 마음을 천 분의 일이나마 표현할 수 있을까.

"죄송합니다."

한효월은 난처한 빛으로 다시금 머리를 숙였다.

뭔가 말을 하긴 해야겠는데 막상 그녀를 이렇게 앞에 두니 아무 말도 할 수가 없었다.

한효월보다 세 살 많은 그녀다. 오누이처럼 자란 그들이었다. 같이 자란 것은 아니었지만 산 두어 개를 사이에 두고 사는 그들은 자주 만나면서 자연히 서로를 좋아하게 되었었다.

그 나이의 남녀가 어찌 그렇지 아니하랴.

그러나 자신의 운명을 알게 된 한효월은 더 이상 그녀를 가까이 대할 수가 없었다.

그의 그러한 깍듯한 태도에 시간이 지날수록 이심환은 가슴만 태울 뿐, 아무 말도 하지 못했다. 조용하고 탈속한 성품인 그녀는 한효월과 성격이 매우 비슷하여 가슴속의 말들을 쉽게 털어놓지 못했다. 후일 그의 참혹한 운명(運命)을 알고 절망했지만 그것이 그녀의 마음을 바꾸게 하지는 못하였다.

언제라도, 언제까지라도 그의 곁에서 그를 지켜주리라.

그렇게 마음만 먹고 있던 그녀였었다.

그런 그가 말도 없이 사라졌다가 이렇게 나타났다.

가슴이 벅차올라 아무 말도 할 수가 없다.

둘은 그렇게 약속이나 한 듯이 서로를 바라보고만 있었다.

"많은 일들을 겪은 듯하군요."

물끄러미 그를 바라보고 있던 이심환이 입을 떼었다.

"조금……."

한효월이 미미하게 미소를 머금었다.

눈이 부시다.

그의 저 웃음을 그녀는 좋아했었다. 웃는 듯 마는 듯 그렇게 웃는 그의 저 미소는 그의 얼굴 전체를 어둠 속에 떠오른 보름달처럼 환하게 만들어놓는다. 홀린 듯 그의 얼굴을 바라보고 있던 이심환은 한효월과 눈이 마주치자 문득 자신의 실태를 깨닫고 당황한다.

그리곤 불쑥 튀어나온 말.

"기다리는 사람이 있어요."

난데없는 그녀의 말에 한효월은 의아했다.

"기다리는 사람이라니……."

그 말을 되뇌이던 한효월은 아, 하는 빛이 되었다.

"그들은 내곡(內谷)에서 나오지 않을 텐데 어떻게 아셨습니까?"

"내곡이라니?"

그녀의 되물음에 한효월은 얼떨떨해졌다.

"제 사질을 말하는 게 아닙니까?"

"사질? 그녀가 한 공자의 사질인가요?"

'그녀?'

한효월은 더욱 얼떨떨해져서 눈만 끔벅인다.

'여자란 말인가?'

"무우곡에 누가 있단 말입니까?"

마침내 그가 참지 못하고 물었다.

"모르고 있었던가요?"

이심환의 말에 한효월은 벌린 입을 다물지 못했다.

그녀의 말에 따르면 어느 날 문득 한 여자가 무우곡으로 찾아왔다는 것이다. 그리고 제 집처럼 무우곡에 자리를 잡고 살기 시작하여 지켜보던 이심환은 기이하게 여겨 그녀를 찾아갔다.

그녀가 누군지도 모른 채 한효월이 살던 곳에서 살도록 그냥 둘 수가 없었기 때문이다.

그런데……

"말도 안 돼…… 그녀가 지금 여기 있단 말입니까?"

한효월은 벌린 입을 다물 수가 없었다.

"정말 몰랐던 것 같군요? 그래요. 여기 있어요."

이심환이 고개를 끄덕였다.

'어떻게 이런……'

한효월은 어이가 없는 눈빛으로 무우곡을 바라보았다.

"어젯밤 천기가 이상하여 아침에 그녀를 만나러 이곳으로 왔었어요. 그새 우리 둘은 제법 친해졌거든요. 제가 조금 더 늦게 왔더라면 큰일 날 뻔했었어요. 다행히 한 공자도 적시에 오셔서……"

한효월은 차마 그녀의 말을 더 들을 수가 없었다.

"죄송합니다."

그는 입술을 깨문 채로 다시 머리를 숙였다.

미미한 웃음이 이심환의 맑은 얼굴에 파문처럼 고요히 번져 갔다.

"뭐가 그렇게 계속 죄송한 건가요?"

"그 말밖에는 더 드릴 말씀이 없습니다."

한효월은 길게 한숨 쉬었다.

"그렇게 생각하지 마세요."

이심환은 천천히 머리를 저었다.

문득 맑은 바람 한줄기가 불어와 그녀의 옷자락을 흔들어놓는다.

"사람의 인연이 어찌 뜻대로만 되겠어요? 나의 성품이…… 바보 같으니 어쩔 수 없는 일이지요. 그녀는 좋은 사람이더군요. 하긴 나쁜 사람이라면 어찌 한 공자와 가까워질 수가 있었겠어요?"

언뜻 쓸쓸한 표정이었던 그녀가 이내 밝게 웃어 보였다.

"들어가 보도록 해요. 이곳은 내가 수습하지요."

"이 소저……!"

입을 열던 한효월은 문득 입이 얼어붙었다.

그녀가 손을 내밀어 그의 손을 잡았기 때문이다.

"한평생의 삶이 짧지도 않지만 길지도 않지요. 우리의 인연이 거기까지라면 더 연연하여 무슨 의미가 있겠어요? 부족하지만 나의 나이가 몇 살 더 많으니 한 공자는 앞으로 나를 누이로 생각해 주세요."

그의 손을 잡은 채 이심환은 조용히 말했다.

"이 소저……."

한효월은 그녀에게 손을 잡힌 채 말을 잇지 못한다.

"한 공자가 차후 나를 잊지 않는다면 나는 그것으로 족해요."

조용한 그 음성.

이심환의 그 음성이 절절히 가슴으로 저며온다.

하루 이틀이 아니다. 이미 십여 년을 같이 지내온 그들이다. 그녀의 마음을 어찌 그가 모르고 그의 마음을 어찌 그녀가 모르겠는가?

그가 요절할 운명이 아니었다면 한효월은 이미 그녀를 맞아들였을

것이다. 그러나 자신의 운명을 알고서는 감히 그녀의 곁으로 접근조차
할 수가 없었다. 그녀가 그 모든 것을 개의치 않음을 알면서도 차마 그
럴 수가 없었다.

그녀가 곡구에 서서 그를 향해 웃어 보인다.

손을 든 그녀의 흰 옷자락이 소리없이 펄럭인다.

신형을 돌린 한효월의 가슴은 착잡하기 그지없다. 가슴이 아프기도
하고 미안하기도 했다. 그 무엇이든 그녀를 볼 면목이 없음은 사실이
었다.

무우곡으로 묵묵히 사라져 가는 그의 뒷모습을 웃으며 전송하던 이
심환은 문득 가슴이 아려왔다.

칼로 저며내면 이처럼 아플까.

그가 그 얼굴을 볼까 봐 몸을 돌린다.

가슴이 아팠다.

한 손을 들어 가슴을 눌렀다.

풍만한 가슴이다. 한 손으로는 추스를 수 없도록 풍만한 그 가슴은
지독한 상처로 만신창이였다. 겉보기로는 아무렇지도 않지만……

갑자기 눈앞이 흐려졌다.

세상 모든 것이 흐려졌다.

'바보!'

이심환은 입술을 물었다.

나는 그간 무엇을 위해 살아왔던가.

단 한 번도 그 외에는 다른 남자를 생각한 적도 없다.

그런데 이제 와서 그를 이렇게 보내 버리고 마는가.

누이라고?

그 한 단어를 위해서 지난 20년을 그렇게 보내었던가?

벼락 한줄기가 코끝을 찌르더니 가슴까지 관통한다. 뜨거운 물줄기가 눈에서 솟구쳐 뺨을 타고 흘러내린다.

'바보. 이심환! 너는 바보다. 그까짓 예의가 무엇이길래…… 그까짓 염치가 무엇이길래…… 설마 하니 너는 그가 죽고 나면 혼자 될까 봐 두려워하는 것이냐? 네가 무에 그리 대단한 존재라고, 네가 그렇게 잘났다고 그의 앞에서 잘나 보이고 싶었더냐?

그녀는 홀로 선 채로 그렇게 되뇌이고 또 되뇌이고 있었다.

갑자기 그녀는 왈칵! 뒤로 돌아섰다.

참을 수가 없었다. 그러나 한효월의 모습은 이미 일렁이는 안개에 가려 보이지 않았다. 어쩌면 그것도 운명이었을까. 그가 보였다면 참지 못하고 그에게 달려갔을 텐데.

한효월은 감회 어린 빛으로 주위를 둘러보았다.

아주 오래전에 떠난 집이다. 그렇게 생각을 했었다. 하나 실제로 그가 이곳을 떠난 것은 그리 오래지 않았다. 그리고 이제 이렇게 돌아오자 마치 어제 떠난 고향에 돌아온 것만 같았다.

아늑한 느낌…….

엄마의 품이 있다면 바로 이러한 느낌이 아닐까? 달라진 것은 아무것도 없었다. 그가 만들었던 화단도, 집도 그 자리에 그대로 있었다.

그런데 뭔가가 다른 듯했다.

순간.

"언니?"

맑은 음성이 들려왔다.

녹의의 려인(麗人) 한 사람이 집 뒤에서 모습을 드러냈다.

…….

문득 시간이 멎었다.

나타난 사람도, 그녀를 보는 한효월도 그렇게 시간이 멎은 듯 굳어져 서로를 보기만 했다.

서문운하.

너무도 뜻밖에 그녀가 거기 있었다.

"오셨군요……."

석상처럼 굳었던 그녀의 얼굴에 환한 빛이 피어나는가 싶더니 이내 그것은 웃음이 되었다. 활짝 핀 연꽃이 된 그녀의 얼굴은 싱싱하고도 아름다웠다. 어디를 보아도 숨조차 제대로 쉬지 못하던 병약한 그 서문운하가 아니었다.

"어떻게 여기에?"

한효월은 주위를 돌아보았다. 그녀의 곁을 그림자처럼 따르는 삼괴의 모습이 보이지 않아서다.

"지금은 혼자 있어요. 다들 일이 있어서 잠시 이곳을 떠나 있죠."

눈을 반짝이며 답하던 그녀는 혼자 온 한효월을 보자 그의 뒤를 건너다본다.

"왜 혼자 오셨죠? 언니가 밖으로 나갔었는데…… 언니는?"

"그, 그녀는……."

부지간에 한효월은 말끝을 흐렸다.

"이런! 이거야말로 굴러 들어온 돌이 박힌 돌은 뽑아낸 격이네. 어서 가서 언니를 모셔오세요."

서문운하가 웃으며 그의 가슴을 밀었다.

"나, 나는⋯⋯."

서문운하는 눈을 흘겼다.

"설마 하니 그 언니의 일편단심을 모른다고 하진 않겠죠? 만약 그렇다면 당신은 정말 나쁜 사람이 되고 말 거예요."

한효월은 뭐라고 말을 하지 못했다.

총명절정의 그였지만 도무지 이런 상황에서는 뭐라고 말을 해야 할는지 당혹스럽기만 한 것이다.

"어서 가지 않고 뭘 하세요?"

서문운하가 난감한 표정으로 서 있는 한효월을 재촉했다.

암암리에 한숨을 내쉰 한효월은 머뭇거리다 다시 물었다.

"그보다 대체 어떻게 된 거요? 당신이 여기에 있다니?"

그의 물음에 서문운하는 맑게 웃었다.

"당신이 살던 곳이 어떤 곳인지⋯⋯ 보고 싶었어요. 그런데 와서 보니 너무 좋은 곳이라 그만 머물러 있었어요. 마침 몇 가지 일도 있고 해서⋯⋯ 양해도 얻지 않고 함부로 들어와서 죄송해요. 설마 화난 건 아니겠죠?"

이렇게 대놓고 물어보는데 화났다고 할 사람은 드물다. 더구나 상대가 자신의 여인. 그녀에게는 그럴 만한 자격이 있었다.

"여기 와서 가장 기뻤던 일은 언니를 만난 거예요. 정말 좋은 분이더군요. 그분이 없었더라면 전 그냥 이곳을 둘러보고 떠났을런지도 몰라요."

이심환의 말이 나오자 한효월은 또 난감해졌다.

"그들은 어디로 간 거요? 당신을 혼자 두고⋯⋯."

그가 말을 돌리자 서문운하는 미소했다.

"몇 가지 일이 있어서요. 당신 덕분에 제가 건강을 되찾았기에 가능한 일이죠. 전 같다면 어림도 없을 텐데……."

그 말을 하던 그녀의 얼굴이 문득 붉어졌다. 그날의 그 격렬했던 정사(情事)가 생각났기에.

내심 당황한 그녀는 얼른 말머리를 돌렸다.

"아! 혹시 조 노인이 오라버니를 찾아가지 않았던가요?"

"만났소. 덕분에 큰 힘을 덜 수 있었소. 고맙……!"

한효월은 말을 멈추었다.

그녀가 그의 입술을 손가락으로 눌렀기 때문이다.

서로를 몸으로 알아버리지 않았다면 결코 나올 수 없는 자연스러운 몸짓.

"그건 당연한 일이에요. 당신을 도울 수 있는 일이라면 전 무엇이나 다 할 거예요. 그런 일로 고맙다고 하시면 제가 오히려 섭섭하죠."

그녀가 그를 향해 웃어 보였다.

그녀의, 서문운하의 이 말속에는 의미심장한 뜻이 내포되어 있었지만 제아무리 한효월이라고 할지라도 그것까지 알아들을 수는 없었다.

"자, 어서 가서 언니를 모셔오세요. 더 늦으면 언니가 섭섭해할 거예요."

그녀가 한효월의 등을 떠다밀었다.

곡구의 상태는 참혹했다.

저들이 가면서 부상자는 데리고 갔다.

하지만 폭발로 인해 찢긴 시신의 잔해가 여기저기 나뒹굴고 있어 이심환에게 그것을 정리하라는 것은 애초에 무리였다. 제아무리 보통 여인이 아니라 할지라도 그녀 또한 여인인 것이다.

한효월이 동분서주 움직이면서 정리를 하고 진세를 손질하는 등 한참의 시간이 흐른 후에야 세 사람은 비로소 무우곡 내의 정자에 서로 마주 앉아 있을 수 있게 되었다.

*　　　*　　　*

무우곡에도 어둠이 찾아들었다.

촛불을 켠다. 차를 내온다. 음식을 장만한다……

그렇게 서문운하가 들락거렸고 멀뚱히 앉아 있던 이심환도 거기에 가세하여 그녀와 같이 들락거리며 정자에다 저녁을 차려내었다.

이곳의 주인인 한효월은 뭐라고 하기도 그렇고 안 하기도 그런 묘한 처지가 되어 그저 멍하니 앉아서 눈알만 굴리고 있을 따름이었다.

한참 소란을 떤 다음에야 한효월의 앞에 상이 차려졌다.

그렇게 요란한 것에 비하면 너무도 간단한 소채에다 밥 한 그릇.

"반찬이 없어서……"

서문운하가 어색하게 웃었다.

하지만 그 간단한 소채는 뜻밖에도 맛있었고 밥맛 또한 좋아 한효월은 마파람에 게눈 감추듯 그 밥을 다 비웠다.

그리고는 그들 앞에 찻잔이 놓여졌다.

차를 끓여 내놓으면서 서문운하가 웃었다.

"밥은 잘 못하지만 차는 그런대로 마실 만할 거예요."

그녀의 말대로 차맛은 좋았다.

차의 맛을 결정하는 것은 여러 가지가 있다.

찻잎이 그렇고, 물이 그렇고, 그릇과 끓이는 사람의 솜씨까지 여러 가지 변수가 차맛을 결정하게 된다. 이 무우곡에는 한효월이 따놓은 상품의 차가 앞으로 몇 년은 마실 만큼 보관되어 있었다. 세간에 이름 높은 천지(天池)나 호구(虎邱), 용정(龍井)의 차에 비해 전혀 떨어지지 않았다. 게다가 그 어디보다 물이 좋았다. 결국 끓이는 사람의 실력이 차맛을 좌우할 수밖에 없는데, 그녀는 총명한 사람이라서 차를 어떻게 끓여야 하는지를 잘 알고 있었다.

물이 끓는 것은 물고기의 눈과 같은 포말이 생기면서 미미한 소리가 나면 일불(一沸)이라 하고 구슬 같은 방울이 가장자리로 밀려나는 것을 이불(二沸), 거친 파도가 일고 물방울을 튕기게 되면 삼불(三沸)이라 한다. 소동파는 그를 일러 '해안(蟹眼)이 지나면 어안(魚眼)이 생기고 우수수 솔바람 소리가 인다' 고 표현하였었다.

그렇게 끓인 물이 담긴 주전자를 들어 올리는 것에도 법도가 있다. 수기(水氣)가 사라지기 전에 미리 들어 올리면 그도 차맛에 문제가 있게 되며, 따를 때에도 천천히 물이 나오는지 아닌지 알 수 없을 정도로 따라야 차의 맛이 제대로 우러난다고 하니 차 한 잔 끓이기는 실로 쉬운 일이 아니었다.

그렇게 마련한 찻잔을 사이에 두고 세 남녀는 마주 앉았다.

어둠은 싸아한 향기를 뿜고서 정자를 둘렀다.

눈을 들면 어둠에 잠긴 하늘에는 온통 보석과도 같은 별빛이 영롱하다. 벌레들의 노래에 꽃 내음이 코끝을 스치니 도원(桃源)이 따로 없다.

찻잔을 들어 한 모금을 마신 한효월은 문득 부지간에 한숨을 토해

낸다.

"왜 맛이 이상한가요?"

서문운하가 그를 바라보았다.

차를 마시던 한효월이 갑자기 한숨을 내쉬자 서문운하는 걱정스러운 듯 그를 보면서 물었다. 자신이 끓인 차가 이상한가 저어한 까닭이다.

"아니오. 차맛이 너무 좋아서……."

한효월의 말에 서문운하는 기분이 좋은 듯 가볍게 웃었다.

그때 조용히 찻잔을 한 손으로 받쳐 들고 있던 이심환이 물었다.

"무슨…… 다른 걱정이 있나요?"

그녀의 물음에 한효월은 미미하게 웃었다.

"걱정이라…… 어차피 그 걱정이야 스스로 사서 하는 것이니 따로 걱정이라고 할 것이야 없겠지요. 다만, 여기에서 한 잔의 차를 들면서 밤하늘을 쳐다보니 굳이 세상으로 나가서 그처럼 힘들이는 것들이 다 부질없는 것은 아닌가 하는 생각이 문득 들어서……."

한 가닥 쓴웃음이 그의 얼굴을 흐른다.

"공연한 생각을……."

"공연한 생각은 아니에요."

맑고 밝은 표정만을 보이던 서문운하가 딸각, 찻잔을 내려놓으며 한효월의 말을 받았다.

한효월이 그녀를 건너다보자 그녀는 정색을 한다.

"그들에 대해 잠시 알아보았어요. 생각보다 대단하더군요. 그들의 힘은 지금 드러난 것이 다가 아닌 듯했어요. 무슨 일인지 모르지만 그들은 자신의 힘을 다 사용하지 않고 있어요. 만약 그들이 전력을 투입

한다면 아마도…… 현재의 무림은 궤멸에 가까운 타격을 받을 것 같았구요. 화산에서의 일은, 그들이 내보인 경고와 같은 것이었지요."

"경고?"

"제천교에 저항한다면 모두 죽일 수도 있다라는."

"으음……."

한효월이 나직이 신음을 흘렸다.

그도 이미 그러한 느낌을 받고 있었던 것이다.

저들이 화산에서와 같이 마음대로 횡행하면 어느 문파가 그 독수(毒手)에서 벗어날 수 있을 것인가.

그럼에도 그들은 그러지 않았다.

대체 그 이유는 어디에 있는 것일까?

"그들이 가장 큰 걸림돌이었던 전대 맹주를 없애고도 본격적으로 움직이지 않는 이유는 저도 알지 못하겠어요."

그녀가 말끝을 흐렸다.

…….

잠시 침묵이 흘렀다.

"굳이…… 그들과 싸워야 하나요?"

잠시 머뭇거리던 서문운하가 찻잔을 만지작거리며 물었다.

"시작한 일이니까……."

한효월이 스스로에게 말하듯 그렇게 답했다.

사부의 행방을 찾고, 그렇듯 위대했던 사형의 일을 마무리 짓기 위해서 세상에 나갔다.

그 결정을 내리고 한 번도 회의(懷疑)를 가진 적은 없었다.

백척간두(百尺竿頭)의 위기를 맞으면서도 그것이 옳은 일이라고 생각했었기에, 실제로 강호에 나와 제천교가 하는 행태를 보면서 그들이 옳지 않다는 것을 확신할 수 있었기에 그 결정에 후회를 한 적도 없다.

그러나 오늘 이 자리에서 하늘을 보니 어쩌면 그 모든 것들이 다 부질없는 것이 아닌가 하는 회의가 문득 들었다. 거대한 대자연의 품 안에서 그 모든 것이 어쩌면 무의미한 것이 아닌가 하는 회의(懷疑). 하지만 이제 와서 무엇을 어떻게 할 것인가.

물러설 것은 생각조차 해본 적이 없다.

이심환은 평소 그녀의 성품답게 조용히 그를 바라볼 뿐, 입을 열지 않았다.

서문운하는 뭔가를 말할 듯했지만 그녀도 입을 다물었다.

다시 잠시간의 침묵.

그것을 깨뜨린 것은 한효월이었다.

"화산으로 조 선배를 보내주어 정말 많은 사람들이 죽음에서 벗어날 수가 있었소. 어떻게 그 사실을 알고 때를 맞췄는지 그분들을 대신하여 고맙다는 말을 해야겠소."

웃음이 서문운하의 얼굴에 떠올랐다.

"어떤 사람은 목을 내놓고 전력투구하는데, 어쩌다 다행히 도움이 된 걸 고맙고 말 게 어디 있겠어요? 조금만 더 미리 알았더라면 막을 수도 있었을 일을…… 안타깝게 되었어요."

"미리? 그럼 그 내용을 미리 알았단 말이오?"

서문운하가 머리를 끄덕였다.

"말씀드렸지요? 그들에 대해서 조사를 하다가 몇 가지를 알게 되었다고. 제가 알아본 바로는 그들은 전 강호를 독으로 덮어버리려고 해요. 정말 그들이 그렇게 한다면 그들을 막을 방도는 별로 없을 것 같더

군요. 하독하는 것보다는 해독이 더 어려우니 정말 난감한 일이
죠……."

"……."

한효월도 입술을 물었다.

그들에 대해서 생각을 하게 되자 다시금 마음이 급해졌다.

그처럼 조심해서 달려왔건만 이곳까지 자신을 따라온 자들이 있을
정도의 능력을 지닌 것이 제천교. 그것은 제천교가 단순히 막강하다
는 수준이 아니라, 절세의 재지(才智)를 가진 자가 제천교를 운영하고
있기에 가능한 일이라 할 수 있었다.

"혹, 다른 두 분이 이곳을 떠난 것도 그것과 관련이 있소?"

한효월의 질문에 서문운하는 미미하게 웃었다.

"그렇다고도 할 수 있겠죠. 아무런 성과가 없을 수도 있구요."

"그분들은 언제 돌아오는 거요?"

"한 열흘은 더 걸릴 듯하군요. 좀 더 빨리 돌아올런지도 모르지만."

서문운하의 답변에 한효월은 미간을 찡그렸다.

"그렇다면 시간이 맞지 않을 것 같소. 이 소저께 한 가지 부탁을 드
려야겠습니다."

"말씀하세요."

"저를 따라왔던 자들이 일시 패퇴했지만 제가 이곳에 있음을 안 이
상, 반드시 다시 쳐들어올 겁니다. 그런 것을 알면서 이 자리에서 그들
을 기다리는 것은 현명한 일이 아니겠지요. 그러나 저는 바로 이곳을
떠나야 하니 잠시 이 소저의 거처에 서문 소저가 머물 수 있도록 해주
시면 합니다."

"그거야 어려운 일이 아니죠."

이심환은 서슴없이 고개를 끄덕였다.

"바로 떠날 생각인가요?"

"그렇습니다. 삼노들이 돌아올 때까지 서문 소저를 돌봐야겠지만 어떻게 하다 보니 일신상에 늘 위기가 따르니, 되도록 빨리 이곳을 떠나는 것이 오히려 두 분 소저에게 누가 되지 않을 것 같습니다."

말은 그렇게 하지만 그의 행방이 밝혀지면 이 자리에 다시 제천교가 오지 않을 것이라는 의미다.

그 말을 알아듣지 못할 바보는 이 자리에 없다.

"거처를 옮겨도 세 분 선배가 찾아올 수는 있겠죠?"

"연락할 방법이 있어요."

"그럼 되었군요."

한효월은 그녀의 대답에 바로 몸을 일으켰다.

"일단 그렇게 결정한 이상, 바로 진세를 폐쇄하고 곡을 봉한 다음에 이 자리를 떠나기로 하지요. 한 식경 정도면 될 터이니 그동안 준비를 하시면 좋겠습니다."

그가 저만치 멀어지는 것을 보자 서문운하가 중얼거렸다.

"원…… 목석 같은 사람. 언니에게 할 말이 겨우 그거뿐이람?"

그의 뒷모습을 바라보고 있던 이심환은 그녀의 투덜거림에 피식, 웃음을 터뜨렸다.

"더 이상 무슨 말을 해? 말했잖아. 그와 나는 오랜 친구 사이라니까."

"남녀 간에 오랜 친구란 오랜 연인이란 의미라는 걸 저도 잘 알아요. 아직도 친구이기만 한 건 둘이 바보라서 그렇지……."

서문운하의 말에 이심환은 피식 웃었다.

"그래. 하매가 똑똑한 거야 나도 잘 알지."

문득 그녀가 정색을 했다.

"그를…… 그냥 그대로 보낼 거야?"

"그럼?"

"그는 아무것도 모를 거잖아? 이 일은 그도 알아야만 해. 그의 이세(二世)가 하매에게……."

"언니가 그걸 어떻게?"

서문운하의 눈이 동그래지자 이심환이 미미하게 웃었다.

"그게 중요한 게 아니지."

"하지만 아무에게도 이야기를 하지 않았는데……."

서문운하의 얼굴에는 정말 놀람의 빛이 역력했다.

"내가 배운 것은 선도(仙道)야. 세속의 인연을 버리고 삶의 궁극적인 목표를 찾아가는 양생지도(養生之道)라고 할 수 있지. 경지에 이르면 초월적인 존재가 될 수 있지만 지금의 나로서는 어림없는 일. 그러나…… 같은 여인의 몸인 너의 변화 정도는 알아볼 수 있어. 한 공자도 지금처럼 정신이 복잡하지 않았다면 알아보았을 거야."

"정말 대단하군요……. 하지만 지금은 아무것도 말할 수가 없어요. 소매의 임신……은 아직 명확하지 않고 또 그런 일로 그의 발목을 잡고 싶지는 않아요. 나중에 정말 확실해지면 그때 이야기를 하지요."

"그를 다시 만나지 못한다면?"

"……."

서문운하의 얼굴이 순간적으로 굳어졌다.

"그는 복연(福緣)이 많은 상이야. 하지만 그 가운데 기(氣)가 넘쳐 화를 부르니 결코 장수를 할 수 없는 운명. 그가 이곳을 떠나기 전까지만 하더라도 그의 수명은 족히 몇 년은 남았었어. 그런데……."

"저 때문이에요."

서문운하가 어두운 얼굴로 탄식했다.

"저 때문에 그의 수명이 그렇게 단축되었어요. 저를 살리기 위해서 그는 자신의 수명을……."

말소리가 잦아들었다.

조금 전까지의 그 활발하던 모습, 그 밝았던 모습은 사라져 버렸다.

금방이라도 울음을 터뜨릴 것 같은 얼굴. 크고 맑은 그녀의 두 눈에는 금세 핑! 눈물이 돈다. 이어 눈물이 그녀의 두 볼을 타고 흐른다.

그녀의 억눌린 울음.

그 울음으로 떨리는 그녀의 어깨에 이심환의 손이 올려졌다.

"하매, 자책하지 마. 그건 그의 운명이지. 세상의 모든 일이 어찌 인과(因果)의 범주를 벗어날 수 있겠어?"

"언니!"

서문운하는 이심환의 품에 얼굴을 묻었다.

"……."

이심환은 말없이 다만, 그녀의 등을 토닥이고만 있었다.

그녀도 울고 싶었다. 펑펑 소리 내어 울다 못해 통곡이라도 하고 싶었다. 그러나 여기서 그렇듯 울 수는 없다.

'그래…… 아마도 이것이 내 한계이겠지…….'

이심환은 암암리에 길게 한숨을 내쉬었다.

어차피 운명이라면 받아들여야 하리라. 거부한다고 닥쳐올 운명이 비켜 가지는 않는다.

하지만 운명이라고 무조건 받아들여야만 하는 것일까?

그렇지는 않을 것이다.

자신에게 닥쳐올 운명을 체념하고 받아들일 것인지 아니면 끝까지 그것을 거부하고 싸울 것인지는 전적으로 본인의 선택일 것이기에.

*　　　　*　　　　*

이심환의 거처인 천운곡(天韻谷)은 하늘을 찌를 듯 솟은 만장애(萬丈崖)의 아래에 위치한다. 한효월의 거처인 무우곡에서 산 하나를 건너 있는 폭포를 지난 곳이다. 늘 구름에 가려 있어 은밀하기 이를 데 없고 절정의 경공을 지니지 않으면 출입조차 어렵다.

얼핏 보면 계곡의 끝처럼, 천길만길 낭떠러지처럼 보이는 이곳을 넘어 수곡진세를 지나면 그 내부는 별유도원(別有桃源)이라 할 만하였다. 이곳은 전대의 기인이 수도를 위해 사용하던 곳으로 이심환의 사부인 천운모모(天韻姥姥)가 발견하여 거처로 삼았다.

한효월은 어릴 때 가끔 이 천운곡으로 놀러 갔었지만 자신의 운명을 알고부터는 이곳에 들르지 않았었다.

지금도 그는 굳이 안으로 들어가지는 않았다.

"들어가지 않을 건가요?"

이심환이 물었다.

"그냥 가겠습니다."

한효월은 두 여인의 바람을 애써 외면한 채로 말했다.

"다음에 기회가 있다면 그때 폐를 끼치도록 하지요……."

한효월은 이심환에게 길게 읍을 해 보였다. 그리곤 서문운하를 향해서는 포권을 해 보였다.

"보중(保重)하시오."

한효월이 말했다.

그의 말에는 묘한 여운이 있었다.

마치 마지막 길을 떠나는 사람이 남기는 말과도 같은, 이제 떠나면 다시는 보지 못할 것 같은…… 그 말이 갖는 무게로 인하여 서문운하는 갑자기 가슴이 저며왔다. 목이 메어 그녀는 감히 입을 열지 못했다. 입을 열면 울음이 터져 나올 것 같았기 때문이다.

그것은 이심환도 마찬가지였다.

그렇게 한효월은 떠났다.

정말 너무도 속절없이 그렇게 휑하니 떠나갔다.

그처럼 총명절세한 서문운하도 이 마당에는 님을 떠나 보내는 일개 여인에 불과했다. 그의 모습이 멀어져 안개 속으로 묻힘을 보자 그녀의 눈에서는 마침내 눈물이 흘러내렸다. 어쩌면 다시는 볼 수 없으리라는 것을 알기에…….

"한 공자!"

갑자기 이심환이 소리쳤다.

저만큼 가던 한효월이 뒤를 돌아보았다.

"잊지 말아요! 여기 당신을 기다리는 사람이 있다는 것을! 반드시 한 번은 돌아와야만 해요. 알겠죠?"

이심환이 다시 소리쳤다.

크지 않은 음성이지만 그 소리는 이미 수십 장 밖의 운연(雲煙)에 아스라이 잠긴 한효월의 귓전에 또렷이 들리고도 남음이 있었다.

"알겠습니다, 누님."

잠시 머뭇거리는 것 같던 한효월이 고개를 끄덕인다.

누님…….

한효월의 말에 이심환의 신형에는 가는 떨림이 일어났다.

한 번도 듣지 못한 말이었다.

쉽게 부를 수도 있는 호칭이었지만 한효월은 늘 정중하고도 단호하게 그녀를 이 소저라고만 불렀었다.

반면 이심환은 늘 누이라고 불리길 원했었다. 어릴 때는 서로의 나이 차를 가지고서 티격거리면서 내가 누나잖아!라고 심술을 부렸었고 한효월은 그래도 웃기만 했었다.

한번 부르면 쉬울 것을, 그렇지 않았기에 그 부름은 참으로 힘들었다. 그렇게 두 사람은 시간이 지나면서 나이를 잊어버리고 친구가 되었다. 대개의 경우는 여자가 남자보다는 정신적으로 빨리 성장하지만, 한효월은 나이 열 살을 넘어가면서 이미 애늙은이와 같아 이심환조차 그가 오빠처럼 느껴질 때가 많았을 정도였다.

물론 그것은 한효월도 마찬가지였다.

두 사람의 성품이 너무 고요하여 생긴 일이다.

둘 중 한 사람의 성품이 조금만 더 격하던지 아니면 나이답지 않은 경지에 일찍 이르지 않았다면 오늘날 두 사람의 사이는 많이 달랐을 터이다.

그런데 오늘, 그는 그녀를 누이라고 부른 것이다.

어찌 만감이 교차하지 않겠는가.

…….

이심환은 말을 잃었고, 서문운하도 말을 잃었다.

두 여인은 옷자락을 나부끼면서 안개 속으로 아스라이 사라지는 한효월의 뒷모습을 홀린 듯 바라보고 있을 따름이었다.

그 말을 끝으로 한효월의 모습은 안개 속으로 사라졌다.

조용히, 서문운하의 어깨에 손 하나가 올려졌다.

서문운하가 입술을 물었다.

근래에 들어 친해진 이심환이었다. 그러나 그녀의 앞에서 다시금 눈물을 보이고 싶지 않았다. 고개를 들면 울음을 터뜨릴 것 같아서 그녀는 입술을 물고서 울음을 삼켰다.

"그는 돌아올 거야. 약속을 지키는 사람이니까. 스스로를 정리하기 전에 그 약속을 지키기 위해서라도 한 번은……."

이심환의 음성이 조용히 그녀의 귀를 파고들었다.

"……."

서문운하는 고개를 떨군 채로 고개를 끄덕이기만 했다.

그녀의 어깨에 올려진 이심환의 손은 따스했다.

그렇게 고개를 떨군 채 서문운하는 암암리에 길게 한숨을 내쉬었다.

망설이고 있던 일.

갈피를 잡지 못했던 그 일을 이젠 결정해야 할 때였다.

단순히 그와의 거래라고 강변했던 날도 있었다. 그러나 그를 직접 만나보자 그녀는 그간 자신이 그를 얼마나 그리워했던가를 절감할 수 있었다. 단순히 그가 첫 남자라서가 아니었다.

그는 참으로 큰 의미로써 그녀에게 다가와 있었던 것이다.

장계취계(將計就計)

―수뇌를 만나다
함정(陷穽) 속에 다시 함정이 숨어 있다

장계취계(將計就計)

　한효월은 무거운 마음으로 천운곡을 벗어났다.

　이처럼 급하게, 마치 쫓기듯 천운곡을 떠난 것은 두 여인의 앞에서
어떻게 해야 할는지 난감했기 때문이다. 여기에서 서문운하를 만난 것
은 너무도 뜻밖, 그녀가 무우곡에서 자신을 기다리고 있을 줄은 상상조
차 하지 못한 일이었다.

　말을 한 것은 아니지만 한효월은 그녀의 신분이 범상치 않음을 내심
짐작하고 있었다. 그렇지 않고서야 강호삼괴와 같은 사람들이 목숨을
바쳐 그녀를 보호할 리가 없는 것이다. 그런 그녀가 갈 곳이 없어서 무
우곡에 머물고 있었다는 것은 어불성설(語不成說)이다.

　답은 하나.

　그곳에서 그녀가 자신을 기다리고 있었다는 것.

　그것은 너무도 뜻밖의 일이 아닐 수 없었다.

세상에서 가장 무서운 것은 미인의 호의(好意).

오죽하면 미인은 영웅의 무덤이라는 말까지 있을까.

한효월이 서둘러 그녀를 천운곡으로 소개(疏開)하고 다시금 그곳을 떠나온 것은 바로 그녀의 그러한 호의가 두려웠던 까닭이다. 그녀는 자신의 마음을 숨기지 않았고, 한효월 또한 그러한 것을 모를 바보가 아니다.

조용한 생활에 익숙해 있던 그였다. 그러나 사부의 행방을 찾고 사형의 유업(遺業)을 계승할 생각으로 나갔던 강호.

그곳은 하루하루, 한 순간순간이 칼날 위의 곡예와 같았다. 적이라는 이름이 붙으면 그를 죽여야 했다. 어제까지, 아니, 조금 전까지 전혀 알지 못했던 사람을……

손이 피로 물드는 것을 보면서 내심 수많은 회의가 일었다.

그렇기에 무우곡에 앉아 하늘을 보자 문득 모든 것이 부질없다는 생각이 들었던 것이기도 했다.

그런 그이기에 그녀가 자신의 마음을 드러낸다면, 그것을 뿌리칠 자신이 없었다. 얼마 남지 않은 생을 무우곡에서 그렇게 고요히 보내고 싶기도 하였다. 하나 그럴 수는 없는 일이었다. 자신의 욕심으로 그녀를 잡을 수는 없었다. 자신의 운명을 너무도 잘 아는 그였기에, 설사 그녀가 원한다고 할지라도 그렇게 할 수는 없었던 것이다.

그렇기에 그는 서둘러 그곳을 떠났다.

하지만 그렇게 떠나는 마음은 무거울 수밖에 없다.

누군가가 자신을 끌어당기고 있는 것만 같아서 한효월은 애써 신법을 전개하여 바람처럼 앞으로 치닫고 있었다.

이미 밤은 깊어 어둠은 온 산을 휘감았고 그 깊은 밤을 뿌리치면서 저 멀리에서 희미한 새벽의 그림자가 달려들 준비를 하고 있는 듯하다.

그렇게 한효월이 달려온 곳은 뜻밖에도 다시 무우곡이다.

그는 주위를 한번 둘러보고는 신형을 솟구쳐 무우곡의 입구에 있는 거대한 암벽을 차고 오르기 시작하였다.

까마득한 암벽.

어둠 속에 십여 장이나 높은 그 암벽을 오르자 뜻밖에도 그 위치는 매우 은밀했다. 주위를 모두 한눈에 바라볼 수 있었으며, 우거진 고송 (古松)에 기암괴석이 어우러져 누가 알아보고자 해도 잘 알아볼 수가 없었다.

거기에 한 사람이 있었다.

형형한 눈빛을 빛내면서…….

"그간 무양하셨습니까?"

어둠 속에 버티고 있던 거한은 한효월을 향해 머리를 숙였다.

나이는 한효월보다 많다. 그럼에도 그의 태도는 정중하고 깍듯하다.

천무(千武).

지난날 맹주부에서 홀연히 사라졌던 거령신권 천무.

건곤무적 독고해의 셋째 제자이자 무림맹의 무공교두였던 그였다.

산과 같던 거구는 여전하다. 하지만 다시 보면 그는 전혀 달랐다. 전의 그는 움직이면 산악이 움직이는 듯했었다. 그런데 지금의 그는 움직이지 않아도 태산과도 같은 느낌이 들었다. 기세가 달랐다. 어찌 보면 전혀 다른 사람을 보는 듯한 느낌이 들 정도였다.

그가 갑자기 나타났음에도 한효월은 조금도 놀란 빛이 아니었다. 마치 그가 거기에 있음을 알고 있었다는 태도.

"좋아 보이는군."

한효월이 그를 보면서 웃어 보였다.

어둠 속에서 흰 이가 친근한 모습으로 드러난다.

"덕분입니다."

"연공(練功)은 예정대로 되고 있나? 탈락자는 없었던가?"

"모두가 죽을힘을 다하고 있습니다. 진도가 조금 떨어진 자가 셋 있지만 실제로는 다른 사람들이 빠른 것일 뿐, 그들도 예정된 진도를 따라가지 못하고 있는 것은 아닙니다."

"다행이군! 출관 날짜는 언제쯤 될 것 같은가?"

"대공을 이루려면 반년. 소기의 목적을 이루기 위해서라면 두 달 이내면 가능합니다."

"반년이라……."

한효월은 나직이 중얼거린다.

"반년을 기다릴 수 없을 정도로 상황이 급박합니까?"

군은 얼굴로 천무가 묻자 한효월의 얼굴에 쓴웃음이 떠오른다.

"아무리 급해도 출관을 앞당길 수는 없지. 그건 죽음을 자초하는 일이 될 테니까. 일당백의 고수가 되지 않으면 아무런 의미가 없다네. 힘을 얻었을 때에만 이 숨겨진 패는 의미가 있게 되겠지……."

숨겨진 패(牌).

그것을 위해서 한효월은 천무와 자질이 뛰어난 무림맹의 위사들을 선발하여 이곳, 바로 무우곡에서 잠수(潛修)하도록 안배를 했었다. 그럼에도 이심환이나 서문운하가 그들의 존재를 전혀 알지 못한 것은 그들이 수련하고 있는 곳이 무우곡의 뒤에 위치한 내곡이었기 때문이다.

그 내곡은 출입구마저 달랐다.

"바깥은 어떻습니까? 사형들께서는……."

잠시 망설이던 천무는 궁금함을 참을 수 없는 듯 입을 열었다.

그러나 그의 말은 끝나지 못했다. 한효월이 그 말을 잘랐기 때문이다.

"외부의 일은 신경 쓰지 마라. 지금은 오로지 연공만을 생각할 때이니까. 전에도 말했지만 정말 필요하면 내가 지급호출령을 발동할 테니, 그때까지는 모든 걸 잊어버리고 수련에 전념토록 해."

말을 끊은 한효월은 그를 보았다.

"강호에 다시 나간다면…… 전과 달라야 하지 않겠나?"

그 말에 천무는 입술을 굳게 다물었다. 눈에서는 신광이 이글거리면서 쏟아져 나왔다.

"명심하겠습니다."

하루하루를 뼈를 깎는 수련으로 지낸 그였다.

무치(武痴), 무광(武狂)이라고까지 불리던 그였다.

그렇듯 자부심을 가졌던 무공이 적에게 허물어질 때, 그가 가진 모든 것은 산산이 부스러졌다고 해도 과언이 아니었다. 그런 그에게 찾아온 기회가 바로 한효월이 만들어준 수련이었다.

한효월은 시시각각 생의 위협을 받고 살아온 사람이다.

이 세상의 어떤 누구도 죽고 싶은 사람은 아무도 없다. 한효월은 그 자신이 보기 드문 천재였던 만큼, 자신의 생존을 위하여 수많은 연구를 했었고 인간의 잠력을 극대화할 수 있는 갖가지 방법을 찾아내기 위해서 밤잠을 설쳤다.

그런 결과가 바로 무우곡의 내곡에 숨겨져 있었다.

비록 그것들이 한효월의 생을 보장해 주지는 못했지만 다른 사람에게는 전혀 다른 결과를 가져올 수 있었다. 범인이라 할지라도 단시일

내에 가공할 존재가 될 힘이 그곳에 존재했다.

그것을 아는 것은 한효월과 유성, 두 사람뿐이었다. 굳이 더 있다면 실종된 사부인 경월선인 정도일까. 하지만 경월선인조차도 그 상세한 내막은 알지 못한다. 그저 한효월의 노력이 가상하고 안타까워 모른 척하며 상관하지 않았을 뿐이다.

그렇기에 이심환이나 서문운하도 무우곡에 내곡이 있음을 전혀 눈치 채지 못했던 것이다.

"가보지 않으시겠습니까? 모두 좋아할 텐데……."

천무가 다시 물었다.

미미한 웃음이 한효월에게 스쳐 갔다.

"다음에, 모두가 완성된 다음에 보기로 하지. 그보다 갔던 일은?"

한효월이 정색을 한다.

천무의 얼굴 또한 정색으로 바뀌어졌다.

"놈들을 쫓아가 있는 곳을 알아냈습니다. 임시 거처는 사십 리 밖에 있는 숲 속 사냥꾼들의 마을이었고 지금 거기 있습니다."

"다른 움직임은 없나?"

한효월이 물었다.

"놈들은 뒤도 돌아보지 않고 바로 사냥꾼들의 마을까지 퇴각했습니다. 그리고는 그곳에서 잠시 쉬면서 전열을 정비하고 있는 중입니다. 그러면서 전서구를 날려 연락을 했는데…… 그게 바로 이겁니다."

천무가 쪽지 하나를 내밀었다.

〈놈이 나타났음. 공격 실패. 현재 받은 타격 회복 불능. 전교(傳教)를 기다림.)

"이걸 가져오면?"

"제가 베낀 겁니다. 전서구는 다시 놓아주었으니 상관없습니다. 전서구의 뒤를 추적하고 있으니 곧 간 곳을 알 수 있게 될 것입니다."

한효월의 얼굴에 웃음기가 피어났다.

"과연 사형의 자랑스러운 제자로군."

천무는 쓴웃음을 지을 뿐 말을 돌렸다.

"이제 어떻게 하시겠습니까?"

"바로 그곳으로 가보겠다. 이 일에는 뭔가 심상치 않은 의미가 숨어 있는 것 같으니까 가면서 생각해 볼 작정이다."

"제가 모시겠습니다."

어둠 속을 바람처럼 가르는 두 인영이 있었다.

한효월은 자신의 앞에서 몸을 날리고 있는 천무의 뒷모습을 보면서 암중에 고개를 끄덕였다.

'과연 천생무골(天生武骨)이군.'

무림맹을 떠날 때와는 분명히 달라진 모습이었다.

오랜 시일이 지나지 않았음에도 이런 정도의 진경(進境)을 보일 수 있다면 그간 그가 얼마나 각고정진했는지는 보지 않아도 알 일.

한효월은 무우곡을 공격하던 자를 놓아주면서 암중에 신호를 했었다.

그들이 무우곡에 나타나는 순간에 그들은 이미 천무의 감시 하에 놓여 있었다. 별도의 명이 없는 한 모든 것을 두고 보기만 하라고 해서 그냥 있었을 뿐, 서문운하와 무림삼괴가 나타나 무우곡에다 둥지를 트는 것까지도 그는 다 알고 있었다.

내곡은 무우곡의 후면에 위치하지만 비밀 통로를 통해서 자유로이 바깥으로 출입이 가능한 곳이다. 그런 천무였기에 한효월의 신호를 받자 바로 행동을 할 수가 있었던 것이다.

산자락을 타고 넘어가자 어둠에 짙게 묻힌 숲이 나타났다.

이곳이 어딘지는 한효월도 잘 안다.

몇 번 여기에 사는 사냥꾼들과 마주친 적도 있었기에.

아마도 그들을 다그쳐서 무우곡이 있음직한 곳을 알아냈을 것이리라. 만약 그렇다면 본의 아니게 그들에게 큰 피해를 끼쳤을 수도 있었다. 그런 일이 일어났다면 그들에게는 더할 수 없는 죄를 지은 셈이다.

그들의 눈앞에 드문드문 몇 채의 초가가 모습을 드러냈다. 불빛 하나 보이지 않아 겉으로는 깊은 잠에 든 듯 보인다.

그러나 그렇지 않은 것을 한효월은 직감할 수 있었다.

단순히 잠들었다고만 보기에는 너무 고요했던 것이다.

타호(打虎).

이 사냥꾼들의 마을 이름이다.

모두 해서 십여 호가 있는 타호촌의 사람들은 순박하지만 또한 타호라는 이름대로 매우 용맹한 사냥꾼들이었다. 그런 그들의 마을에 저들이 진을 쳤다면 충돌은 불가피했을 것이다.

한효월은 무거운 얼굴로 마을의 동정을 살폈다.

'놈은 저 집에 있고 나머지는 집 주위에 은신하고 있습니다.'

옆에서 천무가 전음으로 알려왔다.

그가 가리킨 집은 타호촌의 촌장 집이었다.

나이 60에도 범 같은 눈빛을 한 촌장의 얼굴이 뇌리를 스친다.

바로 그때.

푸드득 소리를 내면서 비둘기 한 마리가 그 집으로 곧장 날아들었다.

창문으로 비둘기가 날아들자 휘장 사이로 희미한 불빛이 흘러나왔다. 밖으로 불빛이 새 나가는 것을 휘장으로 막고 있는 듯했다.

조금 시간이 지나자 문이 열리며 한 사람이 나타났다.

바로 한효월에게서 혼비백산 도주했던 흑포중년인이었다.

그가 나서자 이미 명령을 받은 듯 어둠 속에서 십여 명의 흑의인들이 그를 따라나섰다. 그들의 모습은 순식간에 어둠 속으로 자취를 감추었다.

'도울 일이 있는지 한번 살펴보게.'

한효월이 전음으로 천무에게 지시했다.

'사숙께선?'

'난 지금 바로 저들의 뒤를 따르겠다.'

'저도 같이 가겠습니다.'

'지금은 힘을 기를 때라는 걸 잊지 마라.'

"……."

천무는 어둠 속으로 사라지는 한효월의 모습을 바라보다가 길게 심호흡을 하고는 타호촌으로 들어갔다.

피가 끓었지만 지금은 참아야 할 때임을 알기 때문이다.

흑포중년인은 주위를 살피면서 빠른 속도로 중조산을 벗어났다.

그렇게 그가 밤바람을 가르며 달려간 곳은 원곡(垣曲).

황하 변에 위치한 시진(市鎭)이다.

일반인이라면 아침 해가 솟은 다음에 도착할 거리였지만 그들은 경공을 전개하여 잠시도 쉬지 않고 달려 한 시진 만에 원곡에 도달했다. 성문은 닫혀 있지만 그들은 아랑곳하지 않고 성밖에 있는 장원(莊園)으로 갔다.

장원은 그 지방 토호의 것인 듯 제법 커 보였다.

잠시 주위를 살펴본 흑포중년인은 장원의 후원 담을 날아 넘었다.

그는 담을 넘자 손에 쥐고 있던 영패(令牌)를 들고는 앞으로 나아갔다. 그것 때문인지 그를 막는 사람은 없었다.

그는 후원 정자에 이르자 낮은 음성이 들려왔다.

"부천각의 수풍령(隨風令)이 당도했습니다!"

그 음성이 들리자 흑포중년인을 비롯한 그 수하들은 일제히 무릎을 꿇었다.

주위는 그야말로 쥐 죽은 듯 고요했다.

토호(土豪)의 장원인 듯한 이곳의 규모로 보자면 적어도 백 명 이상의 사람들이 거주하고 있어야 했다. 그러나 사람이 있는 기척조차 없다. 아무리 깊은 밤이라 할지라도 개 짖는 소리조차 나지 않으니 설마 이 큰 장원이 텅 빈 것인가 하는 의문마저 들 정도.

후원의 정자 주변은 더욱 조용하다.

심지어는 벌레들의 울음소리조차 없었다.

정자의 주변은 제법 신경을 써서 조경을 한 모습이 역력하다.

기암괴석을 쌓아 만든 가산(假山) 자락에 위치한 정자는 옆으로 제법 큰 연못 하나를 등진다. 그리고 정자에서 후원 누각까지 길게 바닥에다 대리석을 깔아 밤에도 달빛을 받아 뿌옇게 빛나니 장원의 주인이 재력을 가진 사람임을 알고도 남음이 있다.

청풍헌(聽風軒).

그렇게 이름된 이 정자에는 지금 한 사람이 등을 보인 채 서 있었다.

연못을 바라보고 있는 그는 손에 팔보선(八寶扇) 하나를 들고서 달을 감상하는지 연못을 감상하는지 정자로 흘러드는 달빛에 길게 그림자를 드리운 채 묵묵히 서 있다.

흐르는 것은 고요한 기품. .

그를 향해 흑포중년인은 무릎을 꿇고 머리를 조아렸다.

"수풍령주, 각주(閣主)를 뵙습니다!"

그의 말에 따라 나머지 수하들도 일제히 머리를 조아렸다.

"말해 보라. 실패한 이유가 무엇이지?"

낮은 음성이 정자에서 흘러나왔다.

"너무 강했습니다."

흑포중년인이 머리를 숙인 채로 말했다.

"강했다?"

"예……."

흑포중년인은 떨리는 음성을 가다듬어 그때 상황을 자세히 말하였다.

…….

잠시 침묵이 흘렀다.

흑포중년인은 불안하고 초조하여 침이 말랐다.

"알겠다. 물러가라."

"옛?"

뜻밖이라는 듯 흑포중년인이 번쩍 고개를 들었다.

"이번 일은 문책하지 않겠다. 그만 물러가라."

흑포중년인은 그 말에 황망히 고개를 조아리고는 쫓기듯 그 자리를 떠났다.

"한효월의 진경(進境)은 상상을 초월하는 속도로군요."

정자안에서 예의 낮은 음성이 들려왔다.

"정말 사상 유래를 찾기 힘들 것 같군……."

뒤를 이어 전혀 다른 음성이 들려왔다. 바로 그 정자 안에서.

정자 안에는 한 사람만 있는 것이 아니었다.

거기에는 의자가 놓여 있었다.

연못을 향해 놓인 그 의자에는 비단으로 된 검은 옷을 입은 사람 하나가 앉아 있다. 그의 뒤에 선 것은 부천각의 수풍령주에게 등을 보였던 바로 그 사람. 팔보선을 든 그가 우뚝 서 있어서 의자에 앉은 사람은 정자 밖에서는 잘 보이지 않았다.

"그의 능력으로 볼 때, 이런 속도라면 일 년만 지나면 누구도 그를 당해내지 못하게 될런지도 모릅니다. 이번에 그를 잡았어야 했는데……."

"지금 그는 어디 있나?"

"아직은 무우곡에 그대로 머물러 있는 것으로 보입니다. 거기에는 한효월 외에 또 다른 자가 있는 듯한데 아직 누군지 확인은 하지 못했습니다. 감시를 하고 있으니 곧 연락이 올 것입니다."

"사사건건 말썽이군!"

톡톡, 의자의 손잡이를 손가락으로 두들기면서 그가 혀를 찼다.

그의 뒤에 선 사람은 부천각주.

부천각은 제천교의 눈과 귀와 같다.

각주 아래로 다섯 명의 영주가 있고 수풍령 또한 그중 하나였다. 그 지위는 낮지 않아 수뇌부 중의 하나라고 할 수 있었다. 그런 그가 의자에 앉은 그의 뒤에 서 있다.

"인원을 모두 풀어 그의 종적을 놓치지 않도록! 만에 하나라도 그가 이번 일을 눈치 채도록 하면 안 될 테니까……."

잠시 말을 끊었던 그는 조금 짜증스러운 빛으로 말을 이었다.

"만에 하나, 한효월이 이 일에 끼어들어 또다시 초를 치게 된다면 이 일을 맡은 부풍각주 또한 책임을 벗기 힘들 것이다!"

"명심하고 있습니다."

부풍각주가 굳은 얼굴로 답했다.

연못 쪽에서 드러난 그의 얼굴은 뜻밖에도 펑퍼짐했다. 둥근 호떡과도 같은 얼굴에 성근 팔자수염이 전혀 정보를 관리하는 사람답지 않다. 날카롭고 이지적인 모습과는 전혀 다른 모습이었다. 게다가 덩치 또한 크다. 오죽하면 의자에 앉은 사람을 가릴 정도일까.

나이는 50대 후반.

그러나 길게 가늘게 찢어진 두 눈만은 그의 분위기와는 전혀 달리 차갑고 날카롭게 빛나고 있었다.

퐁! 퐁!

갑자기 정자 앞의 연못에서 물결이 일더니 잉어 한 마리가 퍼덕거리며 튀어나왔다.

잉어는 눈이 휘둥그레서 몸부림을 쳤다.

놀랍게도 잉어는 퍼덕거리면서 계속해서 위로 솟구쳐 올랐다.

다섯 자, 일곱 자, 열 자…….

의자에 앉은 흑의인은 무심한 눈길로 잉어를 바라본다.

"어떻게 잡아 올릴 것인지 두고 보겠다."

흑의인의 어조에 비수가 날을 세워 번뜩였다.

"부풍각은 어차피 눈과 귀와 같은 존재. 그의 소재를 파악하는 것이 임무이니 나머지는 이교주님께서 하교(下敎)하여 주시길."

공중에서 퍼덕거리는 잉어를 바라보면서 부풍각주는 침착히 대꾸한다.

'이교주?'

숨어 있던 한효월은 놀라 속으로 중얼거렸다.

그가 있는 자리에서 청풍헌이란 정자까지는 대략 8, 9장이나 떨어졌다.

내공을 모아 집중을 하지 않는다면 도저히 말을 알아듣기 힘든 거리다. 겉보기에는 잠든 듯 보이는 이 장원은 실제로는 수많은 고수들이 진을 치고 있어서 한 걸음도 움직이기 힘들었다. 그가 지금 자리한 가산 귀퉁이의 암벽 틈으로 스며드는 것도 실제로는 대단히 큰 모험을 감수해야 가능한 일이었다.

그러나 그 자리는 매우 전망이 좋았다.

연못 건너 정자가 바로 눈앞에 보이고 의자에 앉은 사람도 정면에서 볼 수가 있기 때문이다.

다른 사람이라면 밤인데가 너무 먼 거리라서 기실 거의 의미가 없었겠지만 천조신안이란 특이한 공력을 펼칠 수 있는 한효월인지라 그들을 볼 수 있을 뿐만 아니라, 그들의 말소리도 들을 수가 있었다.

그렇게 들은 그들의 신분은 뜻밖에도 대단했다.

제천교의 모든 정보를 찾아내는 이목인 부풍각주에다가 이젠 이교주. 이교주라면 교주의 바로 아래 직책, 한효월이 만난 제천교의 최고 위급 인물인 셈이다.

파닥, 푸드득!

아닌 밤중에 날벼락도 유분수지, 물 아래에서 잠자다 갑자기 알 수 없는 힘에 잡혀 올라간 잉어는 죽을힘을 다해 공중에서 퍼덕거린다. 그러나 죽을힘을 다해도 무형의 힘은 점점 더 잉어를 높이 들어 올릴 뿐이다.

"책임 회피인가?"

무심한 눈길로 그 잉어를 바라보면서 이교주가 말했다.

"어찌 감히…… 스스로의 능력을 잘 알고 있기에 드리는 말씀일 뿐이지요. 이미 한효월은 본 교의 대적(大敵)이 되었습니다. 만에 하나 실수를 하여 적을 놓쳐 본 교의 대업에 차질을 빚게 된다면 그 죄를 감당할 수가 없기 때문에 드리는 말씀입니다."

문득 나직한 웃음소리가 이교주에게서 흘러나왔다.

"제천각주(齊天閣主)가 뛰어나다고 하더니 부풍각주 또한 명불허전이군."

부풍각주가 앞의 이교주에게 가볍게 머리를 숙였다.

"과분한 말씀입니다."

퐁!

이교주가 앞으로 내밀었던 손을 내리자 허공에서 퍼덕거리던 잉어가 일직선으로 연못으로 직하(直下)하여 사라졌다.

"교주께서는 지금 어디 계신가?"

"향적사(香積寺)로 이미 출발을 하셨습니다."

"음…… 직접 가셨다는 말인가?"

"수신호위와 고수들을 대동하셨다고 하는데 교주님 신변의 모든 것은 아시다시피 비밀인지라……."

부천각주가 말끝을 흐렸다.

이교주의 모습은 어둠에 가려 한효월로서도 잘 보이지 않았다.

그러나 체구는 별로 크지 않았다. 몸에 걸친 것도 헐렁한 비단 장포라 특징을 찾기 힘들었다. 그 장포를 벗어버리면 어떻게 될지 모르기 때문이다. 머리는 반백인데 동곳으로 찔러 그 모습은 그야말로 평범했다.

조금 마른 듯한 그 인상, 그 눈매는 어딘지 모르게 눈에 익은 듯도 하지만 거리가 멀어서 확신할 수가 없었다.

한효월의 기억력은 천재적이라서 한 번 본 것이라면 절대로 잊지 않는다. 그렇기에 그는 이 나이에 지금과 같은 성취를 이룰 수가 있었다. 다른 사람이 10년 걸려서 해야 할 일을 그는 1년이면 해낼 수가 있는 것이다. 그것은 하늘의 축복이기도 했고, 재앙이기도 했다.

그런 잠능(潛能)을 쓸 수 있는 대신 그만큼 수명을 단축시킨 것이기에.

'내가 아는 사람일까?'

그렇게 생각하자니 이해되지 않는다.

그가 아는 사람이 어떻게 제천교의 이교주가 될 수 있을까?

"이번 일이 봉신지비(封神之秘)와 관계된 것이 분명한가?"

잠시 침묵이 흐른 다음, 이교주가 물었다.

"재하(在下)가 알기로는 그렇습니다."

"하긴 그 일이 아니라면 교주가 직접 나설 리는 없겠지……."

이교주가 말끝을 흐렸다.

그는 생각에 잠긴 듯 의자에 몸을 묻은 채로 손가락을 까닥거렸다. 습관인 듯하였다.

'봉신지비라고?'

정신을 기울여 말을 엿듣고 있던 한효월은 내심 대경했다.

당금 천하의 인과(因果)는 어쩌면 그 봉신지비와 말에 연관되어 있을런지도 모른다고 한효월은 생각하고 있었다. 그런데 그 봉신지비 때문에 신비에 쌓인 제천교의 교주가 직접 나섰다는 것인가?

한효월의 마음은 절로 다급해졌다.

'향적사가 어디인지를 알아내야 한다…….'

이름으로 보아 절인 것은 분명하다. 그러나 이름만 가지고 어떻게 찾을 수가 있을 것인가. 천하에 이름 높은 절은 무수히 많고 또 같은 이름을 가진 곳도 많다. 돌아다니는 것도 힘들겠지만 허탕을 치는 사이에 교주를 놓친다면 그것이 가장 큰 낭패일 것이다.

어떻게 해야 할 것인가?

이 자리에서 손을 쓸 수는 없다.

적이 너무 많았다.

이교주란 자의 능력이 어떤지 짐작조차 가지 않는 판이다.

결국 기다렸다가 그들이 이곳을 떠난 다음에 뒤따르면서 기회를 보는 것이 최선일 것으로 보였다.

그렇다면 누구에게 손을 쓸 것인가?

아무래도 이교주보다는 정보를 총괄한다는 부천각주가 아는 것이 많을 터이다. 그를 장악할 수만 있다면 신비에 쌓인 제천교의 내부를 파헤칠 수 있을런지도 몰랐다.

한효월이 갈등하고 있는 동안 다시 말소리가 들려왔다.

"다른 곳에서는 이 일을 알지 못하나?"

"아직은 모르고 있는 것 같습니다. 모두가 이번 화산의 일에 신경을 쓰고 있었으니까, 수천 리 밖 동정호 쪽에서 벌어진 일까지 알기는 힘들었을 것입니다."

"하긴 워낙 극비에 부쳐진 일이니……."

이교주가 고개를 끄덕였다.

'동정호!'

그 말을 들은 한효월의 눈에서 빛이 일었다.

그 말은 향적사가 동정호 부근에 있다는 의미다. 비록 동정호가 수백 리에 이르는 거대한, 바다 같은 호수이기는 하지만 마음만 먹는다면 찾는 것이 불가능하지는 않을 것이다.

"좋아. 천하가 공포에 질려 떨고 있는 동안에 봉신지비는 본 교의 것이 되겠군……."

이교주가 나직이 웃었다.

'천하가 공포에 질려 떤다고?'

한효월은 미간을 찡그렸다.

대체 무슨 일을 꾸미고 있기에 천하가 공포에 질려 떤다는 것일까?

"한 가지…… 의문이 있습니다."

부천각주가 말했다.

"무슨 일인가?"

"이번 섭생루의 고수들이 움직여 전 무림을 쓸어버리는 것은 일면

효율적이긴 합니다만 그렇게 모두를 죽여 버리면 나중에……."

"그런 쓰레기들이 무슨 소용이 있을 것 같은가?"

"……."

"당대 무림의 모든 것을 무너뜨려 버린다고 할지라도 무슨 문제가 있겠나? 본 교의 능력이라면 십 년 이내에 모든 걸 회복할 수가 있을 텐데! 중요한 것은 방법이 아니라는 게 교주님의 생각이다. 군림이 우선이지…… 독고해의 사후, 너무 오래 기다렸다고 생각지 않나?"

"알겠습니다."

"섭생루의 고수들에게 중요한 것은 약재다. 그들의 움직임에 차질이 없게끔 부천각에서 최선을 다하도록."

"알겠습니다. 섭생루주께서 이미 직접 움직이고 있으니……."

한효월은 갑자기 다급해졌다.

그들이 하는 말의 의미를 깨달았기 때문이다.

천하를 중독시킨다는 서문운하의 말이 사실임을 확인하게 된 것이다.

한효월은 이교주와 부풍각주가 헤어지기를 기다렸다.

그들이 헤어지면 둘 중 하나를 따라가서 덮칠 생각이었다.

당금 무림에서 지금 그의 무공으로 기습을 한다면 견딜 수 있는 사람은 찾기 어렵다. 만약 그들 중 하나를 잡아 제천교의 내막을 들을 수 있다면 큰 보탬이 될 것이 확실하였다.

첫 번째 목표는 부풍각주였다. 그가 정보를 다루는 자이니 아무래도…….

그런데 그렇게 때를 기다리던 한효월의 안색이 갑자기 창백해졌다.

'하필이면……!'

그때 정자의 두 사람이 두런두런 무엇인가 이야기를 하더니 그 자리를 벗어났다.

그것을 보면서도 한효월은 조용히 그 자리에 있었다.

감히 움직일 수가 없었다.

움직이지 못한 것이 아니라, 움직일 수가 없는 것이다.

숨이 막히고 심장이 터질 듯 두근거린다. 금방이라도 서버릴 듯 그렇게 심장이 힘겹게 숨을 몰아쉰다. 이마에 땀방울이 솟아났다. 그 형상은 마치 심장 마비가 일어난 사람을 보는 듯했다.

한효월은 이를 악물면서 숨을 다스렸다.

여기에서 자칫 종적을 들키기라도 한다면 만사휴의(萬事休矣).

생명조차 보장받지 못할 것이었다.

하필이면 이때, 발작이 일어난 것이다.

먼저 떠난 사람은 이교주였다.

그를 배웅한 부풍각주는 주위를 둘러보더니 그도 그 자리를 떠났다.

한효월은 그것을 보면서 숨을 죽이고 있었다.

그들의 움직임에 따라 고수들이 움직이고 있음을 느꼈기 때문이다.

손가락 하나 움직일 수 없는 이때, 만에 하나라도 종적이 드러난다면 모든 것이 끝일 터이니 숨조차 크게 쉴 수가 없었다.

한효월이 그 정자를 떠난 것은 그로부터 반 시진이나 지나서였다.

그 장원을 벗어나는 한효월의 안색은 매우 어두웠다.

그의 발작은 전과 달랐다.

전에는 발작을 하기 전에 어떤 기미가 느껴졌었다.

처음에는 발작이라고 할 것도 없었다. 그저 잠시 어지러웠을 뿐이었었다. 그리고 공력이 흩어져 버리는 증상. 그런데 그것이 점점 심해져 이젠 한동안 움직일 수조차 없게 변해 버린 것이다. 심장이 멎을 듯 숨을 쉬기조차 어려운 것은 이번이 처음이었다.

이런 식으로 발작이 계속된다면 곧 혼수상태에 빠지는 발작을 보게 될런지도 몰랐다.

대적(大敵)을 앞에 두고 마음이 무겁지 않을 수가 없다.

그러나 그것도 잠시 그의 얼굴은 이내 평온을 회복했다.

어차피 죽을 목숨이라면, 세상을 위해 쾌척함도 좋지 않은가?라는 생각으로 마음을 정리한 까닭이다.

*　　　　*　　　　*

새벽 안개 속에 우뚝한 삼층 누각.

한효월이 있던 곳에서 천 리 멀리 떨어진 곳.

그 삼층 누각의 가장 높은 곳에 위치한 방. 갖가지 장식으로 호화로운 그곳에는 한 사람이 용좌(龍座)에 앉아 있었다.

그는 방금 날아든 비둘기의 다리에 묶였던 동관(銅管)에서 빼낸 쪽지를 보고 있는 중이었다. 그것은 한 사람의 동정(動靜)에 관한 지급 보고서였고 그가 기다리는 것이기도 했다.

《예상대로 한효월은 원곡의 행소(行所)에 나타났습니다. 그는 부풍각 수풍령주의 뒤를 따라 행소에 도달했고 이교주와 부풍각주의 대화를 엿듣고 두 사람이 떠난 다음, 반 시진 후에 그 자리를 떠났습니다. 그의 뒤를 계속 추적할 예정입니

다……. 무흔(無痕).〉

간략한 쪽지에는 실로 놀랄 만한 내용이 담겨 있었다.

은밀하기 짝이 없었던 한효월의 움직임이 실제로는 일목요연하게 거기 기록되어 있었던 것이다. 마치 모든 것을 예측하고 기다리고 있었던 것처럼.

화려한 비단옷을 입은 그는 깊은 눈빛으로 다시 한 번 자신이 읽은 그 보고서를 읽어 내렸다.

'왜 두 사람 중 하나의 뒤를 따라가지 않은 것일까?'

그는 미간을 찡그렸다.

지금의 상황이 그가 예측했던 범위를 벗어난 것이기 때문이다.

한효월의 능력이라면 반드시 두 사람 중 하나를 선택했어야 했다. 그것이 정상이었다. 그리고 그의 예측대로라면 한효월이 노릴 상대는 부풍각주여야 했다.

그런데, 뜻밖에도 한효월은 누구도 노리지 않았다.

더구나 그곳에서 반 시진이나 보낸 다음에 그 자리를 벗어났다는 것이다. 이해하기 힘든 일이었다.

왜 그 자리에서 반 시진이나 머문 것일까?

'설마, 뭔가 눈치를 챈 것일까?'

그는 곤혹스러운 중얼거리면서 손을 움켜쥐었다. 손 안의 쪽지는 한 가닥 연기를 피워 올리면서 흔적도 없이 사라져 버렸다.

"그럴 리는 없을 텐데…… 대체 뭘 생각하기에? 역시 그냥 버려두기에는 위험한 존재……."

침음하던 그의 눈 깊은 곳에서 살기가 드러났다.

곤혹스럽던 그의 눈빛에서 서늘한 살기가 일기 시작했다.

그가 죽이고자 해서 죽이지 못한 사람은 아무도 없었다. 건곤무적 독고해마저 그렇게 쓰러뜨린 그였다.

"말살지계(抹殺之計)가 시작되면 굴러가는 혈륜(血輪)을 그 누구도 멈출 수가 없게 될 것이다. 진정한 번천(翻天)의 의미를 알게 될 때는 모든 것이 끝난 다음일 테지."

그의 얼굴에 웃음이 떠올랐다. 그것은 얼음보다 더 차가웠다.

사람들은 그를 일러 제천교주라 하였다.

*   *   *

맑은 물.

푸르다 못해 투명하기조차 한 그 물은 옥돌로 만들어진 욕조에 담겨 찰랑거리고 있었다.

그 물에 잠긴 것은 뿌연 우윳빛 나신(裸身) 하나.

수초처럼 흐느적거리는 머리카락은 물에 젖어 흐드러졌다. 감은 눈에서 길게 뻗은 속눈썹에 맺힌 물방울이 영롱하고 부드럽게 흘러내린 어깨에 이어진 젖가슴의 풍성함은 숨이 막힐 듯하다. 유륜에 둘러싸인 탱탱한 그 앞가슴의 출렁임은 한 번도 아이를 가지지 않은 여인의 것. 물속으로 흘러내려 하늘거리는 아랫배가 그러하고 꿈틀거리는 두 다리 사이로 은은히 드러나는 검은빛은 희디흰 몸매와 어울려 눈부시다.

여인의 것으로 조금은 크다 싶은 손은 가늘고 길어 아름답다. 그 손이 황소의 목을 단숨에 부러뜨릴 괴력을 가졌음을 누가 짐작이라도 할 수 있을까.

찰랑찰랑······.

• 물을 튀기면서 마치 애무하듯 물속에 잠긴 자신의 몸을 어루만지는 손. 반쯤 물속에 잠겨 있는 풍만한 가슴을 훑어 내리던 그 손은 물속을 미끄러져 자신의 아랫배로 향한다.

마치 무슨 의식이라도 하고 있는 듯한 모습.

조금씩 가쁜 숨이 그녀의 입술을 비집고 새어 나온다.

그때 다른 손 하나가 불쑥, 그녀의 손을 덮었다.

그 손은 우악스럽게 그녀의 손을 밀쳐 내고 그녀의 가슴을 움켜쥐었다. 풍만한 가슴이 물속에서 헐떡이면서 이즈러진다.

"음······."

여인의 입에서 나직한 교성이 흘러나왔다.

그럼에도 그녀는 눈을 뜨지 않았다.

"때가 된 듯하군."

그가 말했다. 힘이 깃든 중년인의 목소리.

"그런가요······."

그녀가 젖은 음성으로 말했다.

손을 들어 그녀가 그의 손을 천천히 어루만졌다.

그녀가 눈을 떴다.

그 앞에 그가 있었다.

그처럼 뇌쇄적인 나신의 아름다움을 보면서도, 손으로 그녀의 가슴을 어루만지고 있음에도, 그의 눈빛은 차갑게 느껴진다.

"언제 움직이죠?"

"지금."

그가 말했다.

그 말과 함께 여인이 갑자기 일어났다.

요란한 물소리가 들리며 물줄기들이 그녀의 나신에서 욕조로 폭포처럼 쏟아져 내렸다.

중년에 이른 지금도 그녀의 아름다움은 조금도 줄지 않았다.

격렬하고 요염하기조차 했다.

"여전히 아름답군."

그가 말했다.

나신을 드러낸 채, 아니, 도발적으로 가슴을 내민 채로 그녀가 농염히 웃었다.

"아직…… 날 사랑하나요?"

남자의 얼굴에 웃음이 떠올랐다.

"물론!"

말과 함께 두 사람은 욕조로 쓰러졌다.

욕조는 두 사람을 담고도 남음이 있을 만큼 크고 호화로웠다. 그럼에도 욕조의 물들이 비명을 지르며 모조리 밖으로 튕겨져 나갔다.

가쁜 숨을 내쉬는 여인의 나신이 활처럼 휜다. 그녀의 몸을 탐하는 사내의 눈빛에는 이미 욕정이 보이지 않는다. 육체는 짐승처럼 헐떡이고 있음에도, 자신의 아래에서 어쩔 줄 몰라 하는 여인을 내려다보는 그의 눈빛은 얼음처럼 차디차다.

거기에 사랑은 없다.

세찬 육체의 파도만이 요란할 뿐.

*   *   *

장원을 벗어난 한효월은 바로 황하를 건넜다.

원곡에서 강을 건너면 망산(邙山)을 눈앞에 두게 된다.

낙양의 북쪽에 있어 북망산이라 불리는 그 망산.

강을 건너자마자 한효월은 조금도 쉬지 않고 낙양으로 달려갔다. 낙양으로 가기 위해서는 필연코 망산을 넘어가야 한다. 그렇지 않다면 둘러가야 하는데 한효월과 같은 능력을 지닌 사람이라면 망산을 질러가는 것이 훨씬 빠를 수밖에 없다.

동녘이 희미하게 밝아오고 있을 때 한효월은 망산을 넘어 낙양을 바라보게 되었다.

성문은 이미 열려 있었다.

장사꾼들부터 많은 사람들이 벌써 성문을 오가고 있는 모습이 보였다.

민초(民草)들의 삶은 어느 시대에나 고단했다. 지금도 예외는 아니어서 많은 사람들은 이렇듯 일찍 움직여야만 했다. 하지만 그들의 얼굴에서는 생기가 느껴졌다. 그들 나름대로의 삶을 열심히 살아가는 사람들에게서만 볼 수 있는 삶의 기운이랄까.

한효월은 물끄러미 그들을 보면서 차례를 기다렸다.

어쩌면 저들의 저러한 모습이 가장 사람다운 것이 아닐까…….

그의 상념은 채 일각도 지나지 않아 깨어졌다.

약간의 소란스러움이 일며 줄이 흐트러지면서 일단의 사람들이 나타났기 때문이다.

십여 명의 눈빛이 날카로운 사람들이었다.

그들이 나타나자 한껏 거드름을 피우고 있던 백호(百戶)가 황급히 그들을 맞았고, 아무런 관복도 입지 않은 그들은 백호에게는 눈길도 주

지 않고 차례를 무시한 채 바로 성문을 통과하여 사라졌다. 그들 모두가 무기를 지녔고 걸음이 날렵한 것을 보아 보통 관원일 리는 없을 터이다.

그들이 사라지자 주위는 다시금 정상을 되찾았다.

누구도 그들을 생각지 않는 듯했고 백호도 다시 거드름을 되찾았다.

그렇게 한효월은 차례대로 성문을 통과하게 되었다.

성문 앞으로 쭉 뻗은 대로변.

그 옆으로 난 골목에 거적을 깔아놓고 앉은 거지는 아직 잠에서 깨지 않은 듯 입이 찢어져라 하품을 하면서 가슴을 긁고 있었다. 일찍 일어나긴 했는데 도무지 잠이 깨지 않는 모습이다.

그를 스쳐 지난 한효월은 대로 옆으로 난 골목으로 들어섰다.

거지는 그가 지나간 후, 마침내 견디지 못한 듯 졸기 시작했다.

몇 군데의 골목을 지나게 되자 한효월은 문을 연 국수집을 보게 되었다.

길가에 차린 국수집이니 시설이야 볼 것이 없었다.

하지만 빈속에 뜨끈한 국수 한 그릇은 말 그대로 시장이 반찬.

후후― 국물을 불면서 단숨에 들이키다시피 하는 그의 모습은 누가 봐도 배가 고픈 사람에 다름이 아니었다.

"한 그릇만 더 주시겠습니까?"

한효월의 말에 뚱뚱한 주인 노파가 사람 좋게 웃어 보였다.

"저런, 배가 많이 고프신 모양이군요?"

자신의 국수를 맛있게 먹어주어서인지 그녀는 김이 피어 오르는 국수 그릇에다 몇 가지를 더해서 한효월의 앞에다 내려놓았다.

그녀를 향해 가볍게 웃어 보인 한효월은 다시 국수를 먹기 시작했다.

그러나 겉보기와는 달리 실제로 그는 그의 뒤에 앉아 있는 사람과 전음지성으로 몇 가지 이야기를 나누고 있는 중이었다.

첫 번째 거지부터 시작해서 이곳은 개방의 거점(據點) 중 하나였고 노파도 마찬가지였다. 하나 누가 노파를 다그친다고 해도 아무것도 알아낼 수 없을 것이었다. 이곳은 임시 거점이라 노파가 아는 것은 아무 것도 없었다. 그저 장사를 할 뿐인 것이다.

'지금 바로 방주님을 만나야겠는데 언제 가능하겠소?'

'방주께서는 이미 화산을 떠나셨습니다. 저희로서는 그 행적을 알 수 없으니 바로 연락을 취하여 알려드리도록 하지요.'

'알겠소. 화산대회에 참석했던 고수들은 어떻게 되었소?'

'그들 대부분은 중독에서 회복되었고 일부는 화산을 떠나고 일부는 아직 화산에서 부상을 치료하고 있는 중으로 알고 있습니다.'

'다행이군……'

한효월은 고개를 끄덕이면서 국수를 우물거렸다.

'아, 그리고 혹시 관부에 무슨 움직임이 없는지? 오다 보니까 관부의 사람들이 움직이는 것 같던데?'

'이 며칠 낙양은 물론이고 이 일대에 관부의 고수들이 은밀히 움직이고 있습니다. 그들 중 일부는 공공연히 움직이고 나머지는 뭔가를 획책하고 있는데 상대가 관부라서 함부로 염탐을 하기 어렵습니다. 지방 관아 사람들이 아니고 그중 일부는 금의위입니다.'

'금의위?'

한효월의 안색이 조금 달라졌다.

조카를 끌어내리고 스스로 황제가 된 영락제.

당금의 황제는 주위의 비난 여론을 의식하여 친정(親政)을 강화했고,

그 산물 중 하나가 바로 금의위다. 후일 북경(北京)이 된 북평(北平)으로 천도하면서 설립한 동창(東廠)과 함께 명대의 양대 특무기관이라 할 수 있는 것이 바로 금의위다.

아직 환관이 수장(首長)이던 동창이 설립되기 전이니 금의위의 위세는 후일보다 더 막강한 것이었다.

그런 그들이 화산에 이어 낙양까지 나타났다는 건가?

무엇 때문에?

천리추종(千里追踪)

―노승을 찾다
한 치 앞을 예측(豫測)할 수 없게 되다

천리추종(千里追踪)

잠시 생각에 잠겼던 한효월은 암중에 그와 몇 마디를 더 나눈 후에 국수집을 나섰다.

그의 움직임은 조심스럽고도 빨랐다.

제천교의 표적이 된 그였다. 모습을 드러내고 활보하여 좋을 일은 없었다. 그의 행적은 최대한 비밀이어야 했다.

사람들이 많은 시장통으로 나선 그는 사람들의 틈을 비집고 골목으로 들어간 다음, 신법을 전개하여 바람처럼 낙양성을 벗어났다.

그렇게 낙양을 벗어난 그가 달려간 곳은 뜻밖에도 용문이다.

이수(伊水) 양안으로 마주 보고 있는 용문은 지난날 그가 신안금조 조건의 말에 따라 찾았던 곳이다. 그는 이곳에서 사형의 전 부인이자 독고경의 어머니인 주자미를 처음 만났었다.

그 당시를 회상하듯 그는 빈양동(賓陽洞)을 찾았다.

누대를 거쳐 만들어진 이 용문석굴은 그야말로 인간이 만들어낸 걸 작이다. 그 말은 이곳을 찾는 사람이 많다는 것과 같다. 밤낮없이 사람 들이 줄을 잇는 이곳을 찾은 한효월은 주변을 둘러보기 시작했다.

한 사람을 찾는 것이다.

그가 찾는 사람은 그때 만났던 무명(無明)이라는 노승.

급한 나머지 지나쳤지만 아무리 생각해도 평범한 사람은 아니었다. 더구나 독고경과 주자미가 아무것도 얻지 못했다면 신안금조 조건이 남겨놓은 것을 발견했을 가능성이 가장 높은 사람은 바로 그 노승이었 다.

그가 평범한 사람이 아니라는 가정 하에, 한효월은 그를 찾아온 것 이다.

빈양동과 그 주변에는 적지 않은 사람들이 있었다.

그러나 한 시진 가까이 그가 주변을 둘러보았지만 목적했던 무명노 승의 모습은 찾을 수가 없었다.

그의 행적을 알 만한 사람을 찾기 시작했다.

당시 그의 모습을 보건대, 우연히 그곳에 있었던 것으로 생각되지 않았다. 그렇기에 누군가가 그를 알고 있을 것이라고 생각하고 여기에 왔던 것이다.

그의 이러한 생각은 맞았다.

몇 사람에게 물어보자 그가 상당히 오래전부터 여기에 있었음을 알 아낼 수가 있었다. 그리고 마침내 그가 머물고 있다는 곳도 알아낼 수 가 있게 되었다.

이수가 흘러가는 좌우로 솟은 암벽이 궐(闕:궁문의 양쪽에 솟은 臺)과 같다 하여 이궐(伊闕) 용문이라 불리는 이 암벽은 따로히 용문산이라고 불린다.

무명노승이 머물고 있는 곳은 용문산 위에 있는 잠계사(潛溪寺)였다. 잠계사는 오랜 절로써 수많은 고적들이 혼재하여 있는 곳이다.

"무명이요?"

잠계사에서 만난 사미승이 눈을 크게 뜨고 한효월을 바라본다.

"모르십니까? 이곳에 기거하고 계시다고 들었는데……."

"글쎄요……."

열서넛 되어 보이는 사미승이 묘한 눈길로 한효월을 바라보았다.

"무슨 일이냐?"

곁을 지나던 중년의 승인이 물었다.

"이 시주께서 무명노사(老師)를 찾으시는군요."

"아미타불…… 어디서 오셨습니까?"

중년 승인이 한효월을 바라보더니 물었다.

"일전에 빈양동에서 노사를 한 번 뵈었습니다. 한번 놀러 오라고 하셔서 찾아왔는데 그쪽에 계시지 않아서……."

한효월이 말끝을 흐렸다.

"그러신가요? 무명노사는 암자에 계신데 근래에는 뵙지 못한 듯합니다."

백상(白象).

희미하게 빛 바랜 암자의 이름은 세월만큼이나 오래된 듯싶었다. 암벽에 기대 지은 그 암자의 절반은 밖에서 암벽에다 기대 지은 절이고, 나머지는 암벽 속으로 파고든 절반은 동굴인 형상. 굳이 표현하자면

석감(石龕)과도 같은 형상으로 존재하였다.

"여깁니다만…… 안 계신 듯하군요?"

한효월을 안내한 도연(導緣)이란 중년 승인이 백상이란 암자에다 고개를 디밀었다.

"안에 계십니까?"

대답이 없다.

도연이 반쯤 닫힌 문을 열고 안을 살폈다.

안에 있는 것은 고요뿐, 보이는 것은 어둠침침한 어둠. 사람의 기척은 느껴지지 않았다.

"운수(雲水:탁발)라도 가신 게 아닌가 싶군요……."

도연이 한효월을 돌아보았다.

그때였다.

"여긴 어쩐 일이시오?"

등 뒤에서 늙수그레한 목소리가 들려왔다.

돌아보니 눈썹이 백설 같은 노승이 선장(禪杖)을 짚고 서 있었다. 구부정한 허리며 분위기는 비슷하지만 무명노승은 아니었다.

"무고하셨습니까? 무명노사를 찾는 시주가 계셔서요……."

도연이 그에게 합장을 해 보였다.

한효월은 무명노승이 거처했다는 백상암을 둘러보고 있었다.

암자의 앞에서 만난 노승, 일행(一行)의 말에 의하면 그는 가끔 훌쩍 떠났다가 몇 달 만에 돌아온다고 한다. 그 기간은 일정치 않아서 돌아올 때까지는 아무도 알지 못한다고 하였다.

그가 이곳에 떠난 날짜를 짚어보니 한효월이 여기에 왔다간 다음인 것 같았다. 무명노승이 이곳에 머문 지난 십여 년 간 이곳을 떠난 것은 손꼽을 만큼 드물었다고 했다. 그런데 그는 무엇 때문에 그 직후에 이곳을 떠난 것일까?

'음?'

불조차 꺼져 어둠이 깔린 백상암에서 무명노승이 앉았던 것으로 짐작되는 곳을 살펴보던 한효월의 안색이 조금 달라졌다.

갈대를 엮어 만든 포단.

그 포단을 들자 암반이 오목하게 들어가 있는 것을 발견할 수 있었던 것이다.

무슨 흔적일까?

손으로 그 흔적을 더듬어본 한효월의 눈빛이 묘하게 일렁인다.

'앉은 자리에 난 흔적, 늘 이 자리에 앉아 있었다면…… 이 자리는 그가 운기조식을 한 흔적일까?'

사람이 앉아 있었다고 해서 바위에 흔적이 남았다면 범상한 일일 리가 없다. 소림사의 달마 대사가 면벽구년을 한 다음에 그 자리에 그의 형상이 남아 전설(傳說)화되지 않았던가.

'역시 보통 사람이 아니었군……'

한효월은 석감 안쪽에 모셔진 불상을 살피기 시작했다.

사람보다 조금 작은 불상은 목조였고 연도가 오래되어 보인다. 연좌 (蓮座)는 상당히 정교하게 조각되었지만 세월의 흔적을 따라 연꽃들이 뭉개진 흔적들을 어찌할 수 없다.

슬그머니 불상의 연좌를 밀어보았다.

움직이지 않는다.

힘을 더 준다면 밀어낼 수 있겠지만 이런 정도로 움직이지 않는다는 것은 이 불상이 움직인 적이 없다는 의미로 해석할 수가 있었다. 이보다 더한 힘으로 밀어내야 한다면 필시 밀어낸 흔적이 남을 것이기 때문이다.

한효월은 불상의 뒤로 돌아갔다.

암벽에 바짝 붙은 불상.

그래서 불상 뒤쪽으로는 사람이 들어가기에는 좁았다.

하지만 억지로 몸을 디밀 수는 있었고 고개를 디민 한효월의 눈빛에 신광이 일었다.

연좌에 앉은 불상의 등 쪽에 묘한 흔적을 발견한 것이다.

손으로 더듬자 등 쪽이 안으로 밀려 들어갔다.

복장(腹藏)을 위한 곳인데, 무엇 때문인지 틈없이 밀봉되어 있어야 할 그곳 막음새가 반쯤 쪼개져 틈이 드러나 있었다.

손을 넣어 더듬어보자 아무것도 만져지지 않는다.

한효월의 눈빛이 침침한 어둠 속에서 신광을 쏟아내기 시작했다.

불상의 배에는 사리(舍利)나 기타 경전 등을 넣는 일이 전통적으로 행해진다. 그 물건들을 일러 복장(腹藏)이라 한다. 복장을 넣는 일은 매우 은밀하고 중요한 일이라 복장이 들어간 자리는 밀봉되는 법이다.

그런데 이 불상은 막음새만 쪼개진 게 아니라 불상 자체에도 손상이 조금 있었다.

긁힌 자국.

무엇인가가 복장을 넣었던 곳을 긁고 나간 듯한 흔적을 발견한 것이다.

'급하게 뭔가를 꺼내다가 긁힌 형태다. 이것은 정돈하기 힘들 정도로 시간에 쫓겼다는 의미.'

다른 어떤 도구를 쓸 수 있는 곳이 아니다. 손으로 무엇인가를 꺼내다가 그 입구가 훼손되었다면 그 손의 주인은 보통 사람일 리가 없다. 손톱으로 긁으면 혹 몰라도 보통 사람의 손이 스쳐 간다고 나무가 부스러질 리가 없기 때문이다.

세심히 살펴보아도 다른 흔적은 발견하기 힘들었다.

이미 먼지가 쌓여 있는 것으로 보아 사람의 출입이 오래 없었고 주변의 상황으로 미루어 싸움이 있었던 것 같지도 않았다.

"물건만 가지고 바로 떠났다는 건가?"

한효월은 잠시 주변을 더 둘러보다가 밖으로 나섰다.

가슴이 조금 답답해졌다.

무명노승을 찾아온 것은 제대로 짚은 것 같았다. 그러나 그는 이미 이곳을 떠났으니 단서가 끊긴 셈이 아닌가.

한효월은 나직이 한숨을 내쉬고는 암자 옆에 있는 바위에 걸터앉았다.

그렇게 앉아서 보니 이수(伊水)가 눈 아래다.

흘러가는 강물과 용문석굴의 모습들이 눈에 잡힌다.

희대의 걸작이라는 용문석굴이지만 이렇듯 멀리서 보자니 마치 벌집을 보는 것 같았다.

자연은 원래 생긴 그대로를 일러 자연이라 한다.

누대에 걸쳐 만들어낸 저 걸작도 어쩌면 인간의 욕심이 만들어낸 산물일 수도 있을 터이다. 어쨌거나 자연을 훼손한 셈이 아니던가.

강바람이 불어 그의 옷자락을 잡아 흔든다.

"제천교주……."

묵묵히 흘러가는 강물을 바라보고 있던 한효월이 문득 중얼거렸다.

이 신비에 쌓인 인물의 정체만 밝히면 모든 것이 명료해질 것도 같다. 그는 이 얽히고설킨 난마(亂麻)와 같은 실타래의 중심에 있었다.

주변의 상황은 정말 그가 처음 생각했던 것처럼 간단하지 않았다.

사형의 죽음.

그리고 그를 찾아온 감천형과 천무.

사부의 편지를 보면서 한효월은 적이 제천교임을 단정했고 강호에 나가서 그들의 정체를 밝히고 그들을 물리치는 것으로 이 모든 것을 마무리할 수 있을 것으로 생각했었다.

그런데 아니었다.

제천교는 구대문파에서 사주하여 만들어진 것으로 밝혀졌다.

사형은 그것도 모르고 자신의 주검까지 이용하여 보구회를 만들고 강호를 지키고자 했었다.

그런 상황이라면 사형의 죽음과 더불어 모든 것이 정리가 되어야 했다.

하지만 구대문파로 인하여 성립된 것이 제천교라면 자신의 사부가 미리 그것을 알고 사형인 독고해를 강호로 내보냈다는 것은 성립될 수가 없는 말이 되어버린다.

그렇다면 혜도 선사 등은 과연 누구에게 제천교의 조직을 부탁한 것일까?

그를 부추긴 것으로 짐작되는 그는, 제천교주는 누구일까?

그 상황을 초래했던 주모자는 모두 죽고 말았다.

그것을 알아낼 방법이 없는 것이 안타까웠다.

이 일의 인과(因果)를 알아내기 위해서는 반드시 그를 찾아내야만 했다.

고뇌하던 한효월은 신안금조 조건의 말에 기대를 걸고 이곳까지 왔다.

화산에서 한 많은 생을 마감한 신안금조 조건은 죽기 전에 안간힘을 다해서 몇 마디를 하고 갔다.

"끄으으…… 그, 그를 찾……."
"끄으…… 제(齊)…… 천(天)…… 기(機)…… 크으으……."

신안금조 조건이 죽기 전에 남긴 말이다.

신안금조 조건은 독고해가 실종되자 그를 찾아 강호로 나갔었다.

사형의 생전에 그는 영민함으로써 이름 높은 사람이었었고 누구도 그 능력을 인정하지 않는 사람이 없었다.

그는 목숨을 걸고 맹주부로 귀환했다.

적에게 쫓기던 그는 빈양동에 무엇인가를 남겨두었고 그것을 전달코자 했지만 결국 그 일은 실패로 돌아간 듯 보인다.

하지만 무명노승을 찾아낼 수 있다면, 이라는 가능성을 가지고 있기에 아직 포기하기는 이를지도 모른다.

그러나 그가 마지막에, 정말 귀부(鬼府)에 끌려갔던 혼을 되돌려서까지 내뱉은 그 단편적인 말들은 어떤 의미가 있는 것일까?

뒷말은 제천교에서 누구를 찾으라는 말처럼 짐작되어진다.

과연 제천교에서 누구를 찾아야 한다는 건가?

그는 무엇을 알아내었을까?

그것이 무엇이기에 정말 뜻밖에도 관부에서조차 그를 원한다는 말인가.

"역적……."

한효월이 문득 중얼거렸다.

"설마 제천교에서 무림뿐 아니라 황권(皇權)을 넘보고 있기라도 한단 말일까?"

그는 미간을 찡그렸다.

이 일은 아무래도 주자미와 만나 의논을 해봐야 할 것 같았다.

"여기 계셨습니까?"

그때 문득 그의 등 뒤에서 누군가가 말했다.

"어서 오시오."

한효월이 말했다.

등 뒤에서 들려온 음성은 정말 뜻밖이다.

그러나 한효월의 태도는 더 더욱 뜻밖이다.

그는 누군가가 나타날 것을 이미 알고 있었던 것처럼 조금도 놀라지 않았다. 마치 기다리고 있었던 것처럼.

그의 뒤에는 거지 한 사람이 서 있었다.

거지라고 보기에는 뜻밖에도 이목구비가 수려하다.

그래서 사람들이 그를 일러 옥면무영이라고 부른다.

"예상보다 빨리 왔군요."

한효월의 말에 옥면무영은 이를 드러내고 웃어 보였다.

"근처에 있었지요. 그리고 몇 가지 일 처리를 해야 할 것도 있고 해서 이미 움직이고 있던 차였습니다."

"방주께서는?"

"호남 쪽으로 움직이고 계시는 중입니다."

"호남 쪽?"

뜻밖이란 듯 그를 본 한효월이 다시 물었다.

"내가 말한 것 때문이오?"

"아닙니다. 말씀하신 곳을 찾는 것은 이미 명령이 하달되었으니 곧 찾아낼 수가 있을 겁니다. 다만 동정호란 곳이 너무 넓어서 가까운 시일 내에 제대로 찾아낼 수가 있을는지 걱정이긴 합니다만…… 방주께서 가신 것은 뭔가 다른 일 때문인 듯합니다."

무슨 일 때문인지 그가 입을 열지 않으니 또 묻는 것도 뭐한 일.

그의 기색을 눈치 챈 것인지 옥면무영 호일랑이 다시 입을 열었다.

"근자에 들어서 호남 쪽에서 뭔가 심상치 않은 움직임이 있었다는 보고가 있었는데…… 그 때문인지도 모르겠습니다."

"음……."

한효월이 잠시 침음한다.

개방의 방주가 급거 화산을 떠나 호남으로 향했다.

이제부터 한효월이 가려는 동정호 또한 바로 그 호남에 위치한다.

그렇다면 이 일이 그냥 우연이라고 치부할 수 있는 일일까?

그쪽에서 대체 무슨 일이 벌어지고 있다는 것일까?

"한 가지 부탁이 있소."

"말씀하시지요. 방주께서 한 대협의 말씀이라면 무엇이건 돕도록 이미 전 방도(幇徒)에게 명을 내리셨습니다."

"과한 대접이라 뭐라고 말씀을 드려야 할는지……."

잠시 말끝을 흐렸던 한효월은 정색을 했다.

"호남 쪽에서 일어나고 있다는 일. 그것이 어떤 것인지 알아내서 나에게 알려주시오. 무슨 일이든 단 하나도 남기지 말고. 그리고……."

한효월은 품속에서 봉서 하나를 꺼냈다.

"이건 방주께 직접 전달될 수 있으면 좋겠소."

"알겠습니다."

옥면무영 호일랑은 보지도 않고 봉서를 품에 집어 넣었다.

"좀 전에 듣긴 했었는데…… 보구회의 회주께서 화산을 떠난 것이 사실이오? 떠나셨다면 어디로 가셨는지 아시오?"

"완전히 떠난 것은 아니라고 들었습니다. 화산에서 화음현(華陰縣)으로 옮기셨고 독고 소저도 같이 가신 걸로 압니다."

화음현이라면 화산 초입에 있는 시진(市鎭)이다.

"그분만 아니셨다면 저도 방주를 따라 호남으로 내려갔을런지도 모릅니다. 방중의 고수들이 대거 움직이고 있는 중이라서……."

옥면무영 호일랑이 말끝을 흐렸다.

개방의 방주인 황엽의 성품으로 볼 때 현재의 한효월에게 굳이 뭔가를 숨길 리는 없다. 그 말은 옥면무영 호일랑이 알고 있는 일이라면 지금의 그에게 말을 하지 않을 리 없다는 의미다.

'무슨 일로 그가 방중의 고수들을 따라오게 하면서까지 급거 호남으로 간 건가? 역시 그도 제천교주에 관한 일을?'

잠시 생각에 잠겼던 한효월은 황엽의 능력으로 충분히 가능한 일이라고 결론을 내렸다.

"독고 사질녀에게 그 뒤에 다른 일은 없었는지?"

"제가 알기로는 보구회주께서 엄한 감시를 붙여서 혼수상태를 벗어나지 않게 조치하는 일방, 여러 가지 방도를 찾고 있는 것으로 들었습니다. 곁에는 독고 전 맹주께서 계시니 누가 넘볼 수야 있겠습니까?"

"봉황문과 독고 부인의 소식은?"

"그게 좀 이상합니다. 전력을 기울이고 있는데도 물속에 빠진 조약

돌처럼 소식이 없군요. 그날 바로 화산을 떠났다고 들었는데…… 아!"

말하던 옥면무영 호일랑이 한효월을 보았다.

"감 총당주를 비롯한 좌 순찰 등이 한 대협이 화산을 떠난 직후, 화산에서 사라졌습니다. 그들의 종적 또한 묘연합니다. 본 방이 찾고 있지만 일은 많고 능력에 한계가 있어서 아직……."

"때가 되면 나타나겠지요."

한효월이 담담히 대꾸했다.

'역시…….'

그 모습을 보고 옥면무영 호일랑은 암중에 고개를 끄덕였다.

그가 이 말을 한 의미는 감천형 등의 실종이 바로 당신과 연관된 것이 아니냐는 물음이라 할 수 있었다.

거기에 대해서 한효월은 부인하지 않았다.

군이 말할 계제는 아니지만 그의 말에 대해서 시인을 한 셈이다.

상대에 대한 예우라고 할 수 있었다.

'흠, 그럼 그들을 어디로 간 거지?'

화산을 벗어나자마자 꺼지듯 사라진 그들의 행적에 옥면무영 호일랑은 호기심이 동함은 참을 수가 없었다.

"가능하다면 봉황문의 행적을 예의 주시, 그들을 좀 찾아주시오. 물론 맹주 부인도 같이."

"그렇게 하겠습니다."

한효월은 구대문파의 동정을 비롯한 여러 가지 상황에 대한 것을 옥면무영 호일랑과 더불어 잠시 더 이야기를 하다가 그 자리를 떠났다.

그가 이 자리에서 옥면무영 호일랑과 만난 것은 이미 예정된 일이었다.

그가 낙양성에 들어간 것은 그가 돌아왔다는 신호였었던 것이다.

"……."

한효월의 신형이 저만큼 사라지는 것을 보고 있던 옥면무영 호일랑도 그 자리를 떠났다.

그리고 잠시.

남은 것은 백상이란 세월을 담은 암자 하나와 이따금 불어오는 바람뿐.

사람의 기척이 사라진 다음.

소리도 없이 한 사람이 그 자리에 나타났다.

그의 모습은 참으로 해괴하였다.

안개 같기도 하고 노을 빛 같기도 했다.

있는 것 같으면서도 또한 없는 것 같아 보면서도 본 것 같지 않아 허깨비 같으니 괴이하기만 하다.

복면을 한 것도 아니고 또 맨얼굴 같지도 않았다.

보이는 것은 얼굴로 짐작되는 곳에서 은은히 드러난 눈빛뿐.

하나 그 눈빛조차 강한 것이 아니다. 안개 속에 켜진 희미한 등잔과도 같다고나 할까.

마치 허깨비처럼 그렇게 그 자리에서 일렁이던 그림자는 한효월이 사라진 곳을 향해 미끄러지듯이 사라져 갔다.

그것으로 백상암에 일었던 작은 풍운은 마무리되는 듯했다.

하지만 그렇지 않았다.

그 괴영(怪影)이 사라지고 난 다음 다시 한 사람이 그 자리에 나타난 것이다.

"역시……."

그는 괴영이 사라진 곳을 보고는 머리를 끄덕였다.

"이 늙은이가 한나절을 숨도 못 쉬고 죽친 보람이 있긴 있군. 쥐새 끼가 정말 있었단 말이시?"

그는 등에 지고 있던 술 호로를 잡아당겨 목을 축였다.

흩어진 머리카락에 너덜거리는 옷자락은 그가 거지임을 말한다.

정광이 빛나는 그 눈은 그가 범상한 거지가 아님을 의미하지만 그는 전혀 급한 것이 없는 듯 다시금 술을 들이켰다.

"꼬리가 달린 걸 알면서도 확인만 하고 그냥 두란 이유는 또 뭔가?"

그는 머리를 저었다.

"어린 친구가 도무지 속내를 짐작할 수 없으니…… 엽아(燁兒)가 방 중에 처음 들어왔을 때 나를 그렇게 놀라게 하더니 저 친구는 더하군. 쯧쯧…… 망할 놈의 계집애 같으니! 거지 주제에 저런 기재를 좋아하 니 그 일을 어찌할꼬?"

그는 답답한 듯 머리를 긁적였다.

사람들은 그를 개방의 독행신개라고 부른다.

*   *   *

화음현(華陰縣).

화산 아래 위치한 시진(市鎭).

화산으로 오르기 위해서는 반드시 거쳐야 하는 곳이다.

오가는 사람이 많은 만큼 주루와 객잔이 많았고 화경루(華瓊樓)도 그 중 하나다.

중원의 고급 주루들은 대체로 전원(前院)과 후원(後院)이 나뉘어진다. 전원은 술을 파는 주루가 되고 후원은 객잔이 되는데, 화경루도 예외는 아니었다. 후원으로 들어서면 가운데 정원이 있고 좌우에서 방이 둘러싼 형태가 되어 전형적인 사합원(四合院)의 형태인데, 그 후원 안쪽으로는 다시 담으로 막힌 독채가 있어 귀빈을 접대할 수가 있는 구조였다.

주자미는 바로 그 후원 독채 전체를 세 내어 여기에 묵고 있었다.

한효월이 떠난 다음날, 그녀는 화산을 떠나왔다.

구대문파.

그들을 적대시하기도 애매하지만 그렇다고 그들의 그 인면수심을 대하고는 더 이상 그들을 지킬 마음이 일지 않아서였다. 때마침 활염라 조과가 와서 군웅들의 중독을 대부분 해(解)하였으니 마음 편히 떠날 수 있기도 했다.

창백하다 못해 투명하기조차 한 얼굴.

사람의 피부가 이리 아름답게 변할 수 있음은 믿기지 않는 일이었다. 너무도 아름다워 요기롭기조차 하다. 피부가 투명해지면 안의 모든 것들이 드러나게 된다. 핏줄에 근육들까지…… 그것들이 아름다울 리가 없다.

그러나 그녀의 피부는 그저 아름답고 투명하기만 하였다.

잠들어 눈을 감고 있음에도 저러하거늘, 그녀가 눈을 뜨고 움직인다면 얼마나 가슴을 뒤흔들어 놓을 것인가.

그런 그녀의 경세(驚世)할 미모를 내려다보면서 주자미는 길게 한숨을 내쉬었다.

자신의 단 하나밖에 없는 딸임에도, 이 세상에 못할 것이 없는 황족

(皇族)임에도 손을 놓고 그저 바라보아야만 하는 그녀이기에 더욱 가슴이 아팠다.

아니, 지난날 조금만 더 잘해주었더라도 이렇듯 미안하고 안쓰럽지는 않을 터이다.

"아직 한 공자의 소식은 없는가?"

주자미가 입을 열어 물었다.

방 안에는 침대에 누운 독고경과 그 앞에 앉은 주자미뿐이다.

"아직 없습니다."

답은 방문 밖에서 들려왔다.

밖은 대청이다.

그녀를 그림자처럼 따르는 호위 용천성이 거기에 대기하고 있는 것이다.

"해독제를 찾으러 간다고 하고는 무엇을 하기에 이렇듯……."

그녀는 답답함을 참지 못하고 독고경의 손을 어루만졌다.

사람의 손도, 피부도 아닌 것 같았다.

여인의 피부는 필연적으로 부드럽기 마련이다. 특히나 잘 가꾼 피부라면 양지유가 엉기고 백옥(白玉) 운운하게 된다. 하지만 독고경의 피부는 그런 차원을 넘은 지 이미 오래였다.

손을 대면 미끄러지는 투명한 피부.

그 피부는 놀랍게도 아름답고 윤택이 있는 것만이 아니다. 칼을 들이밀어도 미끄러진다. 살을 베는 것이 아니라 그저 미끄러져 버리고 마는 것이다. 물방울이 굴러 떨어져 내리듯이.

독고경은 그렇게 현란한 피부를 드러낸 채로 눈을 감고서 조용히 잠들어 있었다. 그녀의 잠은 인위적이다. 언제 어떻게 움직일지 몰라서 깨어나게 할 수가 없는 것이다.

"미안하구나. 네게 정말 미안하구나……."

주자미는 다시금 길게 한숨을 내쉬었다.

그때였다.

"마마, 금의위에서 사람이 왔습니다."

"무슨 일로?"

"화산에서 마마를 뵈었던 천호 공자기인데, 직접 뵙고 말씀을 드리 겠다고 합니다. 경사에서 황상(皇上)을 뵙고 오는 길이라고……."

"기다리도록 전해라."

"옛!"

"마마를 뵙습니다!"

주자미를 보자 기다리고 있던 천호 공자기는 급히 한쪽 무릎을 꿇었다.

"무슨 일인가?"

주자미는 의자에 앉으며 차가운 얼굴로 물었다.

"지휘사사께서 보내신 전서(傳書)를 가지고 왔습니다."

그가 두 손으로 올리는 전서를 시위 용천성이 받아 그녀에게 바쳤다.

"그가 나에게 무슨 일로 글을 보냈단 말이냐?"

"황상의 명을 받았다고만 알고 있을 뿐, 소관은 더 이상 아는 것이 없습니다!"

천호 공자기는 깍듯이 머리를 숙였다.

주자미는 그에게서 시선을 돌려 밀봉된 편지를 뜯었다. 관아에서 기밀을 요하는 글은 봉인(封印)을 붙이는 법이고 이 전서에도 봉인이 붙어 있었다.

편지는 그리 길지 않았다.

그러나 그 글을 읽는 주자미의 얼굴은 점점 굳어지고 있었다.

"이 글이 사실이냐?"

그녀가 고개를 들고서 물었다.

"소관으로서는 알 수 없는 일입니다."

천호 공자기가 머리를 숙인 채 대답했다.

"알았다. 물러가거라."

"옛!"

천호 공자기가 물러간 뒤, 주자미가 말했다.

"떠날 준비를 하라."

"지금 말입니까?"

용천성이 흠칫, 그녀를 바라보았다.

"조금 더 어두워지면 떠나도록 하겠다."

"알겠습니다."

잠시 시간이 흐르자 주위가 어두워지기 시작했다.

용천성과 호위들은 밖에서 떠날 채비를 갖추고 있었다.

이곳에는 주자미와 독고경만 있는 것이 아니었다. 제천교가 비왕이라고 불렀던 건곤무적 독고해가 여기 같이 있었다. 나머지 보구회의 고수들은 이목을 고려하여 다른 곳에 거처하지만 언제라도 합류할 수가 있었다. 그렇기에 그녀는 공공연히 이런 객잔에 묵을 수가 있었던 것이다.

건곤무적 독고해.

그는 불조차 밝혀지지 않은 방에 조용히 누워 있었다.

이미 이 세상 사람이 아닌 그는 죽어도 죽지 않은 몸으로써 아직 존재하고 있었고 여전히 적에게는 공포의 대상이었다.

청동빛의 얼굴은 산 사람의 모습은 아니었다.

그러나 그 얼굴을 내려다보는 주자미의 눈빛은 안타깝기만 했다.

"무심한 사람…… 무심한 사람……."

그녀가 중얼거렸다.

떨리는 그녀의 손길이 그의 청동빛 얼굴을 쓰다듬는다.

차갑고 딱딱한 느낌이 그녀의 가슴을 아프게 한다.

이따금 답답할 때마다 그가 있는 곳으로 와서 그를 본다.

그는 말도 할 수 없고 아무것도 느끼지 못한다. 그래도 그는 움직일 수가 있었다. 그것이 이따금 그가 죽지 않은 것은 아닌가 하는 착각을 불러일으키기도 하지만 이 차가운 감촉은 그가 이미 이 세상 사람이 아님을 절감케 하고 만다.

그가 이러한 위장부(偉丈夫)가 아니었다면 차라리 그를 잊을 수 있으련만, 그를 보고 나서 또 다른 남자를 어찌 찾을 수 있으랴.

그럴 수 있었다면 그 오랜 세월 남해에서 머물지도 않았으리라.

"내게 이런 짐을 지우고 나에게 더 이상 무엇을 어떻게 하라는 건가요? 그 배은망덕한 자들을 위해 지금도 당신을 움직여야 한다는 건가요?"

그의 얼굴을 쓰다듬으며 그녀가 머리를 저었다.

그때였다.

그녀의 안색이 돌변했다.

건곤무적 독고해가 갑자기 두 눈을 번쩍 떴기 때문이다.

소스라쳐 놀란 그녀가 주춤 뒤로 물러났다.

건곤무적 독고해는 강시(殭屍)다.

지난날의 그가 누구였든 간에 명없이는 움직일 수 없는 강시가 지금의 그다. 그런데 그런 그가 그녀가 명을 내리지도 않았는데 눈을 뜬 것이다.

하지만 그뿐, 그는 더 이상의 움직임은 보이지 않았다.

"대체 이게 무슨 일……!"

중얼거리던 주자미의 안색이 다시 달라졌다.

어디선가 묘한 소리가 들리고 있는 듯했다.

"이 소리는?"

그 소리에 그녀가 귀를 기울이는 순간.

"악!"

조용하던 차에 느닷없이 들려온 날카로운 비명은 마치 고요한 밤에 접시를 깨는 것과 같아 격렬하기 그지없었다.

바람처럼 주자미의 신형이 방 안에서 사라졌다.

그 방에는 건곤무적 독고해가 눈을 뜬 채로 남아 있었다.

그리고 그 위로 괴괴한 고요가 내려앉았다.

"무슨 일이냐?"

방을 뛰쳐나온 주자미가 소리쳤다.

용천성이 독고경이 있는 방으로 뛰쳐 들어가고 있음을 본 것이다.

"손을! 손을 멈추십시오!"

용천성의 다급한 외침이 터져 나왔다.

광! 파파파……

맹렬한 파공음이 터져 나오는가 싶더니 용천성이 술 취한 사람처럼 비틀거리면서 뒤로 밀려 나왔다.

와장창!

안에서 뭔가가 부서지는 소리가 났다.

"경아!"

심상치 않음을 느낀 주자미가 바닥을 찼다.

그녀의 신형이 바람과 같이 용천성의 곁을 스쳐 안으로 날아들었다.

그리곤 그녀는 그 자리에 굳어졌다.

독고경.

그녀가 일어나 있었다.

전신을 금제하기 위해서 관절에 놓은 금침을 아랑곳하지 않고 그녀는 침대에서 일어나 있었다. 그녀는 침의(寢衣)를 입고 있었다. 늘 침상에 누워 있었기에 침의만을 입고 있었는데, 그 침의를 걸친 채로 그녀는 침상에 걸터앉아 있었다.

혼자가 아니었다.

가볍게 앞으로 뻗은 손에 한 사람의 목을 마치 장난처럼 틀어쥐고 있는데, 파랗게 질린 그 사람은 독고경을 돌보기 위해 고용된 시녀였다.

독고경은 차고 아름다운 얼굴을 들어 날아드는 주자미를 보았다.

그녀의 얼굴에 웃음 빛이 떠오르는 것 같았다.

그리곤 그녀의 손에 들린 시녀가 무서운 기세로 주자미를 향해 날아들었다.

쏴아악!

파공음이 마치 태풍이 휘모는 것 같다.

"무슨 짓이냐!"

주자미가 다급히 소리치면서 시녀를 받았다.

목이 제멋대로 흔들거렸다.

일견해도 이미 목이 부러진 것을 알 수 있을 정도.

그때 그녀를 향해 독고경의 손이 무서운 속도로 날아들었다. 바로 그 무서운 마교의 혼단백절수였다.

"혼단백절수?"

주자미의 안색이 돌변했다.

마교의 혼단백절수는 공포의 무공이다.

지척에서 강궁(强弓)을 쏘아낸 듯한 섬전과 같은 속도를 피해내기는 누구라도 불가능하다. 그렇게 빠르기만 한 것이 아니라 부딪치는 순간에 깨진 얼음 끝 같은 경기가 심맥을 공격해 적을 일패도지(一敗塗地) 케 하기에.

다급한 김에 주자미가 손에 든 시녀를 앞으로 내밀었다.

파각!

뼈가 으스러지는 소리와 함께 시녀가 훌쩍 뒤로 튕겨져 나갔다.

"경아! 정신 차리거라!"

주자미가 날카롭게 고함치면서 독고경을 덮쳐 갔다.

그녀의 무공은 불가(佛家)에 기본을 두고 있었다.

그러므로 그 외침에도 불가정종의 내공이 운용되어 사자후(獅子吼)와 같은 위세가 있었다.

일수에 시녀를 날려 보낸 독고경은 그 외침에 멈칫했다.

마치 유리처럼 투명한 그 눈빛에 잠시 망설임이 일었다. 그녀가 눈을 껌벅이는 순간에 그녀를 향해 주자미가 날아들었다.

가슴팍의 혼혈(昏穴)을 제압하려는 순간, 어디선가 묘한 음향이 들려오는 것 같았다.

그러자 갑자기 독고경의 눈에서 빛이 튕겨져 올랐다.

"오호호호―!"

날카로운 웃음소리와 함께 독고경이 손을 들어 주자미를 쳤다.

그 속도는 놀랍도록 신쾌(迅快)하여 주자미가 독고경을 제압한다면 그 순간에 독고경의 일격 또한 주자미의 얼굴을 칠 터였다.

저 가공할 일격을 얼굴에 맞고도 버틸 수가 있을까?

그녀가 힘을 쓰기 전에 그녀를 제압할 수 있다면 가능한 일이지만 그것은 생명을 걸어야 하는 모험이었고, 지금 이 마당에서 주자미가 그런 위험을 감수해야만 할 이유가 없었다.

주자미는 나직이 호통치면서 양손을 교차하여 그녀의 공격을 막았다.

팡!

맹렬한 폭음과 함께 그 폭음 못지 않은 경기가 폭풍처럼 일어나 방 안을 휩쓸었다.

기물이 뒤집어져 날아가는 와중에 독고경도 충격을 이기지 못하고 비틀, 뒤로 물러나다가 뒤에 있던 침상에 걸려 털썩 뒤로 주저앉고 말았다.

기회를 놓치지 않고 주자미가 달려들었다.

그녀 또한 충격을 받았지만 이 기회를 놓치면 자칫 큰 어려움을 당할 수도 있음을 잘 알기에 숨 쉴 틈을 주지 않고 달려드는 것이다. 손가락이 현란하게 움직였다. 마치 꽃잎이 모진 바람에 휘날려 떨어지는 것 같아 시야가 온통 손 그림자로 가득 차는 것 같았다.

일컬어 난화불혈수(蘭花拂穴手)!

파앙!

"이런!"

헛손질을 한 주자미의 얼굴에 낭패의 기색이 어렸다.

주자미의 앞에는 독고경의 모습이 보이지 않았다.

결정적인 순간에 독고경이 침대에서 한 바퀴를 뒹굴어 창문으로 뛰쳐나가 버렸던 것이다.

"마마!"

용천성이 다급하게 외쳤다.

두 사람이 한 번 부딪치는 그 서슬에 아직도 맹렬한 경풍이 방 안을 맴돌고 있었다. 게다가 두 사람의 움직임이 너무 빨라 어떻게 손을 쓰지도 못한 채로 문밖에서 소리치는 것이다.

"경아를 막앗!"

다급한 외침과 함께 주자미가 옷자락을 펄럭이는 가운데 바람처럼 창문을 뚫고 밖으로 뛰쳐나갔다.

독고경은 전신 관절을 금침으로 제압당한 상태였다.

정상적이라면 몸조차 가누지 못해야 했다.

그런데도 이런 위력을 보인 것이다.

만에 하나 그녀가 마음대로 운신(運身)할 수 있었다면 주자미는 독고경을 쫓는 것이 아니라 자칫 목을 조심해야 했을런지도 몰랐다. 독고경의 무공은 혼수상태에서 또다시 높아진 것이다. 그런 그녀가 만에 하나라도 도주해 버린다면 어디로 가서 그녀를 찾을 것인가.

"아……!"

다급하게 창밖으로 뛰쳐나온 주자미는 멍청해져 그 자리에 굳어졌다.

정말, 정말 상상도 하지 못한 일이 눈앞에서 벌어지고 있었기에.

독고해.

이미 죽어 강시가 된 그가 눈앞에 우뚝 서 있었다.

그의 앞에는 독고경이 노해 발버둥을 치고 있었다. 놀랍게도 독고해는 그녀의 손을 움켜쥔 채로 그녀를 내려다보고 있었던 것이다. 횃불 같은 눈을 번쩍이면서……

"그 아이를 제압해요!"

주자미가 다급히 소리쳤다.

"……"

독고해가 묘한 눈길로 그녀를 바라보았다.

전에 없던 일이다.

무슨 일이든 그녀의 말 한마디라면 조금도 망설임이 없던 그였다.

그런데 저런 태도라니?

"어서 그 아이를 제압하세요!"

주자미가 손을 들어 흔들며 다시금 소리쳤다.

그녀의 손목에서 취록빛 팔찌가 빛을 반사해 낸다.

묘한 빛이 일렁이던 독고해의 눈빛이 다시금 무심하게 돌아갔다.

그리고 그는 손을 내밀어 독고경의 마혈을 눌렀다. 미친 듯 손을 휘둘러 독고해를 치고 있던 독고경이 그 자리에 늘어졌다. 그 공포의 혼 단백절수도 독고해에게는 아무런 소용이 없는 듯했다.

"당신……"

주자미가 신음처럼 입을 열었다.

독고해는 석상처럼 우뚝 서 있었다.

늘어진 독고경의 손목을 움켜잡고서.

독고경은 독고해에게 손목을 잡힌 채 정신을 잃고 땅에 늘어져 있었다. 만에 하나라도 독고해가 제정신이었다면 하나밖에 없는 딸을 그렇게 잡고 있을 리 만무였다.

"내 말이…… 들리나요?"

주자미가 물었다.

그녀의 음성은 가늘게 떨리고 있었다.

어떤 기대로써.

"……."

하지만 독고해의 표정은 무심하기만 하다.

언제 그랬느냐는 듯 무표정한 모습으로 독고경의 손목을 잡고서 우뚝 선 채로 그녀를 보고 있을 뿐이다.

"그 아이를 이리 주세요."

암암리에 길게 한숨을 내쉰 주자미가 손을 내밀었다.

독고해는 아무런 망설임도 없이 제압된 독고경을 그녀에게 넘겨주었다.

용천성 등은 이미 그들을 둘러싸고 있었다.

그들이 잘 훈련된 고수라는 것은 그들의 움직임에서 드러난다.

명을 받지 않아도 일부는 그들의 주위에, 또 일부는 담장 부근으로 흩어져 외인의 침입을 경계하고 있는 것이다.

독고경을 넘겨받던 주자미의 안색이 문득 조금 달라졌다.

어디선가 묘한 소리가 들리고 있음을 깨달았기 때문이다. 너무 화급한 상황이라 미처 느끼지 못했던 소리였다.

'무슨 소리지?'

잠시 귀를 기울이고 있던 주자미의 안색이 달라졌다.

가늘게 들려오는 피리 소리.

그것이 지난날 그녀가 독고경을 불러냈던 퉁소 소리와 흡사했던 것이다. 마치 속삭이는 듯한 그 소리…….

'호혼지곡(呼魂之曲)!'

주자미가 나직이 신음을 흘렸다.

비로소 그녀는 왜 독고경이 깨어났고 독고해가 움직인 것인지를 알게 되었다.

호혼지곡이란 것은 혼을 부르는 노래라는 의미다.

바로 혼을 잃어버린 독고해와 같은 존재를 움직이거나 부를 때 쓰는 일종의 신호였다. 그녀 또한 독고해와 호정군(護正軍)을 지휘하고 있으므로 이러한 음조(音調)를 알고 있었다. 물론 그녀가 알고 있는 것은 이것과는 다른 것이지만 그 곡에 깃든 의미를 알아내기에는 부족함이 없었다.

'적이 찾아왔다!'

그녀의 얼굴에 긴장이 피어 올랐다.

사방의 어둠이 짙게 밀려와 주위를 덮는 것 같았다.

용사혼잡(龍蛇混雜)

―쫓고 쫓기다

물고 물리는 가운데, 새로운 인물이 속출하다

용사혼잡(龍蛇混雜)

어둠 속.

가냘픈 피리 소리는 들릴 듯 말 듯 끊임없이 이어진다.

마치 눈앞에서 누군가가 손짓하고 있는 듯한 느낌의 그 소리.

마혈을 제압당했음에도 독고경은 전신을 꿈틀거리고 있었다. 일어나기 위해서 안간힘을 쓰고 있는 것처럼 보였다.

수혈을 눌러서야 그녀는 겨우 잠에 빠져들었다.

그러나 버들눈썹이 곤두서 있고 미간을 찡그리고 있음을 보아 그녀가 깊은 잠에 빠져들지 않고 있음은 분명했다.

몸은 잠에 빠져들어도 정신은 피리 소리에 반응하고 있는 것이다.

잠시 그녀를 내려다보고 있던 주자미가 입을 열었다.

"출발 준비를 시키도록."

"지금…… 말입니까?"

뜻밖이란 듯 문 쪽에서 되묻는 소리가 들려왔다.

"지금."

주자미의 음성은 단호하다.

"알겠습니다. 바로 출발할 수 있도록 하겠습니다."

문 앞에 대기하고 있던 용천성이 허리를 굽혔다.

그가 나간 뒤, 주자미는 침상 옆에 우뚝 서 있는 독고해를 돌아보았다.

"지금 이 소리가 들리나요?"

독고해는 그녀를 바라본다.

무표정한 얼굴. 그러나 그 눈에는 묘한 빛이 떠올라 있었다. 눈빛이 흔들린다고나 할까?

주자미가 손을 들어 보였다.

그 손에 채워진 취옥환(翠玉環)에서 푸른빛이 빛난다.

그 취옥환을 바라본 독고해의 눈빛이 다시금 무심하게 돌아갔다.

"가서 지금 이 피리를 연주하는 자를 잡아오세요. 우리는 이곳을 떠날 테니 뒤를 따라오도록 하고. 잡지 못하면 바로 귀환해야 함은 잊지 말도록 하세요."

"……."

독고해는 묵묵히 그녀를 보았다.

그녀의 명을 기다리는 것이다.

"가세요!"

그녀의 말이 떨어지자 독고해는 바람처럼 그 자리에서 사라졌다.

벽에는 피칠이 되어 있었다.

독고경의 손에 목이 꺾어져 즉사한 시녀. 그녀가 독고경의 일격에 날아가 벽에 부딪치면서 만들어진 흔적이다.

그 장본인 독고경은 잔뜩 버들눈썹을 찡그린 채로 눈을 감은 채 침상에 쓰러지듯 누워 있었다. 자신이 살인한 것도 알지 못한 채.

"용서할 수 없어!"

그녀를 내려다보면서 주자미는 피가 나도록 입술을 깨물었다.

어떻게 용서할 수 있을 것인가!

자신의 딸을 이 모양으로 만들어놓은 자를.

"준비가 끝났습니다!"

밖에서 용천성의 말소리가 들려왔다.

예정되었던 마차는 두 대였다.

독고경과 주자미가 탈 마차와 독고해를 태울 마차. 그렇게 두 대였지만 지금은 한 대면 족했다. 독고해가 먼저 떠나 버렸기 때문이다. 그러나 화경루의 뒷문으로 빠져나온 마차는 여전히 두 대였다.

용천성이 말을 타고 앞선 마차는 20여 기(騎)의 호위를 받으면서 빠르게 어둠을 헤치며 앞으로 내닫고 있었다.

말도 사람도 밤을 대비하여 충분히 쉰 상태였기에 일단 움직이기 시작하자 그 행보는 상당히 빨라 삽시간에 화음현을 벗어나 관도로 접어들었다.

그들이 향하는 방향은 남쪽.

남하(南下)한다는 의미다. 이미 방향이 정해져 있는 듯 그들의 행보에는 거침이 없다.

그렇게 단숨에 백여 리를 달려가자 어둠은 더욱 짙어졌다.

조각달이 허공에 걸려 있을 뿐, 숲 속에 펼쳐진 관도는 고즈넉하기

이를 데 없어 그들의 말발굽 소리밖에는 들리지 않는다.

먼저 떠났던 독고해는 아직 돌아오지 않았다.

그때였다.

시위 용천성이 갑자기 말고삐를 낚아챘다.

이히히힝!

달리던 말이 앞굽을 쳐들면서 급히 정지했다.

그러나 옆을 달리던 동료 시위 사도준(司徒俊)은 앞으로 몇 걸음 더 나가서 말을 멈추었다.

다급한 소리가 연달아 들리면서 뒤를 따르던 마차도 멎었다.

'무슨 일인가?'

주자미의 물음이 용천성에게로 날아들었다.

용천성은 앞을 주시하면서 전음으로 답했다.

'누군가가 앞에서 길을 막고 서 있습니다.'

'……'

주자미는 답을 하지 않았다.

용천성은 결코 경망한 성격이 아니다. 그런 그가 정면 돌파를 하지 않고 급히 마차를 멈추었다는 것은 무엇인가 심상치 않다는 의미이기에 더 이상 묻지 않는 것이다.

그들의 앞.

관도에는 한 사람이 달빛에 길게 그림자를 끌며 서 있었다.

언제부터 거기에 서 있는지는 알 수 없다. 그러나 20여 기의 준마가 호위하는 마차 두 대가 바람처럼 달려오고 있는데도 길 가운데 서서 움직이지 않는 것은 무엇인가 다른 뜻이 있다는 의미. 그 외에는 달리 해석할 수가 없는 일인 것이다.

머리 위로 조각달이 보이긴 하지만 무성한 숲이 좌우로 펼쳐져 있다. 백여 리를 달렸다고는 하지만 아직 진령산맥의 산세를 벗어난 것은 아니었다. 그러므로 숲도 하늘을 찌를 듯 울창하게 짙기만 했다.

그 관도 가운데에서 그는 달려오는 마차를 보고 있었다.

"누구냐?"

몇 걸음 앞서 나간 시위 사도준이 외쳐 물었다.

말 위에 탄 몸이 활처럼 굽어 있었다. 언제라도 검을 뽑을 수 있고 몸을 날릴 수 있는 만반의 준비를 갖추고 있는 것이다.

"너희 주인을 만나고자 기다렸다."

흑영이 답했다.

뜻밖에도 그 음성은 여인의 것이었다.

"당신은……."

그제서야 그녀를 알아본 시위 사도준이 나직이 중얼거렸다.

달빛에 드러난 여인의 얼굴.

그녀는 화산에서 홀연히 사라졌던 봉설란이었다.

지난날 늘 온화하여 맹주부의 사람들에게 자면성모라고까지 불렸던 그녀의 모습은 찾아보기 힘들었다. 냉정하고 딱딱히 굳은, 전혀 다른 사람이 있을 뿐이었다.

"가서 전하거라. 내가 뵙기를 청한다고."

"혼자이시오?"

"여기 나 말고 또 누가 있단 말이냐?"

"……."

잠시 그녀를 바라보던 사도준이 고개를 끄덕였다.

"좋소. 잠시 기다리시오. 용 형! 회주께 아뢰어주시게."

"알겠소."

용천상은 말을 몰아 뒤에 있는 마차의 옆으로 다가섰다.

"봉 여협이 뵙기를 청합니다."

안에서 답은 들리지 않았다.

그러나 이내 그는 머리를 돌려 봉설란 쪽을 바라보았다.

"회주께서 접견하시겠다고 하셨으니 이리 오시오."

봉설란은 가타부타 아무런 말도 없이 조용히 걸어왔다.

사박사박…….

경공을 사용하지 않으니 잠시 시간이 흘렀고 장내에 있던 사람들 모두의 눈은 그녀를 주시하고 있었다.

모두가 긴장된 눈으로 그녀를 주시한다.

여차직하면 일제히 검을 뽑아 난도질이라도 하려는 듯한 기세.

그러나 그러한 것을 느끼면서도 봉설란의 태도는 여일(如一)했다.

이따금 불어오는 바람에 옷자락을 표표히 날리며 미끄러지듯이 걸어 마침내 그녀는 마차의 앞에 도달했다.

"잠시 이야기를 할 수 있을까요?"

마차의 앞으로 다가온 그녀가 입을 열었다.

"무슨 일이지?"

마차 안에서 차가운 음성이 흘러나왔다.

"얼굴도 보여주지 않을 건가요?"

"얼굴을 봐야 할 일이 있나? 왜? 경아가 너를 따라가지 않으니 무슨 일인가 염탐을 하려 나타난 것이냐?"

차고 오만한 음성이 냉소를 터뜨렸다.

봉설란의 얼굴이 굳어졌다.

야행의를 차려입은 그녀의 몸매는 지금도 풍성했고 또 늘씬했다. 게다가 등에다 한 자루 보검까지 질러 꽂았으니 당당하기조차 하다. 겉으로는 검은색 피풍(披風)을 걸쳤으니 드러난 것은 얼굴뿐.

펄럭이는 검은 구름 가운데 흰 얼굴만 둥둥 떠올라 움직이는 것만 같다.

봉설란은 잠시 숨을 고르는 듯하더니 다시 입을 열었다.

"무슨 소리를 하는 건가요?"

주자미가 차갑게 코웃음 쳤다.

"아니라고 할 생각이냐?"

봉설란은 길게 숨을 들이키더니 냉랭히 말했다.

"한 가지 확인하려고 군이 먼 길을 왔더니 그럴 필요가 없을 것 같군요."

말과 함께 그녀는 바람 소리가 나도록 등을 돌렸다.

그대로 떠나려는 몸짓.

하지만 누구도 그녀를 잡지 않았다.

잠시 주춤했던 봉설란은 냉소를 터뜨렸다. 그녀는 한차례 발을 구르고는 그대로 신형을 날리려 했다.

바로 그 순간이다.

"무엇을 확인하려는 것이지?"

주자미의 음성이 그녀를 잡았다.

봉설란의 신형이 그 자리에 섰다.

그녀는 등을 보인 채로 말을 받았다.

"당신이 그분의 복수를 할 것인지 아닌지를……."

"복수? 누구에게?"

"누구? 그걸 몰라서 묻는단 말인가요?"

갑자기 봉설란이 격하게 소리치면서 신형을 돌렸다.

"그 가증한 구대문파의 간적들을 두고 누구에게 복수를 할 것이냐고?"

"그 사실은 아직 명확하게 밝혀지지 않았다."

"명확?"

봉설란의 얼굴이 일그러졌다.

"뭐가 밝혀지지 않았다는 건가요? 구대문파의 간적들 스스로가 제천교를 조직한 것이 그들임을 자인했음에도 더 이상 무엇이 필요하죠?"

"그들을 조종한 자. 제천교를 조직한 것이 누군지 밝혀지지 않았다."

"그 따위 변명을 믿는다는 건가요?"

"믿지 않는다."

봉설란의 얼굴에 의혹이 깃들었다.

"그런데……."

"하지만 어떤 자가 이러한 국면을 조성한 것인지는 알아내야만 하겠다. 그것이 그분의 유지를 따르는 길이기도 할 테니까."

"그걸 말이라고!"

봉설란이 격하게 발을 굴렀다.

흙먼지가 그녀의 몸짓에 따라 관도로부터 피어 올랐다.

"스스로 죽어서까지 천하를 위해 살아야 했던 그분을 모해한 자들! 그런 인면수심의 악도에게 무슨 사정을 봐줄 게 있죠? 그들에게 죄과(罪科)를 치르게 하고서 배후를 조사해도 늦지 않아요. 누가 어떻게 했든 그들은 결코 책임을 벗을 수 없으니까! 그런데도 이렇게 망설이고 있는 것은 설마 다른 생각이……."

봉설란의 외침은 싸늘한 웃음소리에 잘리고 말았다.

"봉설란. 네가 감히 나를 추궁할 생각이냐?"

마차에서 싸늘한 음성이 꾸짖듯 들려왔다.

"어찌 감히 초민(草民)이 마마께……."

봉설란이 천만의 말씀이란 듯 머리를 저었다.

하지만 과장된 그녀의 태도 어디에서도 두려운 기색은 찾아볼 수 없었다.

갑자기 숨죽인 긴장이 그녀와 마차 사이로 찾아들었다.

그것을 깨뜨린 사람은 주자미였다.

"너는 그분이 왜 너에게 호정군(護正軍)을 맡기지 않고 이미 그의 곁을 떠난 나에게 그 일을 하게 한 것인지 생각해 본 적이 있느냐?"

난데없는 물음에 봉설란은 멈칫했다가 답했다.

"그거야 그분이 내가 무공을 지닌 줄 모르고 있었기……."

"오호호호……."

날카로운 웃음이 그녀의 말을 자르며 마차 안에서 터져 나왔다.

"과연 그럴까? 내 생각에는 이미 오늘날의 사태를 내다보았기에 그랬을 것 같은데?"

봉설란의 미간에 내 천 자가 생겨났다.

"무슨 뜻인가요?"

"그렇지 않으냐? 무엇이 그분의 뜻인지조차 생각하지 못하고 천방지축 날뛰는 철부지에게 너라면 그런 대임을 맡길 수 있었을 것 같으냐?"

"그, 그런……!"

봉설란의 얼굴이 일그러졌다.

"경거망동하지 말고 조용히 있어!"

차갑고 오만한 주자미의 음성이 들려왔다.

"내게 명령하지 마세요!"

봉설란이 이를 악물고서 소리쳤다.

쾅당!

마차의 문이 열렸다.

'아니?'

봉설란의 눈이 커졌다.

마차의 문이 열리고 주자미가 내려오고 있었다. 그런데 놀랍게도 그녀가 나오고 있는 마차는 지금까지 봉서란이 바라보고 이야기하던 그 마차가 아니었다. 비어 있는 것으로 짐작했던 앞에 있는 마차였다.

"명령하지 말라고?"

주자미가 얼음 같은 눈빛으로 그녀를 노려보았다.

…….

어둠이 짙게 깔린 숲.

그 숲을 가로지른 관도에는 당대를 풍미하는 두 여걸이 우뚝하다.

불어오는 밤바람은 흙먼지를 휘몰고도 모자라 그녀들의 치맛자락을 흔들어놓는다.

그럼에도 그들은 미동도 없이 서로를 노려보면서 우뚝 서 있다.

"네가 감히 나에게 대들겠다는 것이냐?"

주자미가 눈을 부릅뜬 채로 코웃음 쳤다.

"존귀한 신분으로서 명하신다면 어찌 감히! 하지만 무림 중의 신분으로서 명한다면…… 용납할 수 없는 일. 나라에 황법(皇法)이 있듯이 집안에는 가법이 있고 무림에도 법이 있으니, 지아비의 복수를 하지 말라는 명을 어찌 들을 수 있으리오?"

봉설란은 길게 한숨을 내쉬었다. 지금까지의 그 결연하던 모습이 아니었다. 지난날 자상했던 자면성모로 돌아간 듯한 모습이었다.

"평생을 그분만을 바라보고 살았습니다. 그분이 이런 참변을 당하지만 않았더라면 결코 이렇듯 무림에 나와 불피풍우(不避風雨)하며 동분서주하지 않았을 겁니다."

그녀는 입술을 물었다.

"그분을 그렇게 만든 자들이 누구이든 간에 그들을 용서할 순 없어요. 다른 일이라면 몰라도, 이 일에서만큼은 뜻을 따를 수가 없군요!"

봉설란은 안색을 굳히며 가볍게 고개를 숙여 보였다.

"뜻이 다른 것을 확실히 알았으니 저는 저대로 행동하지요."

그녀가 떠날 뜻을 보이자 주자미는 냉소했다.

"네 마음대로 왔다가 네 마음대로 가겠다는 것이냐?"

봉설란의 눈매가 날카로워졌다.

"이 몸을 잡아두기라도 하겠다는 말인가요?"

"못할 것도 없지!"

"오호호호호……."

봉설란이 돌연 크게 웃음을 터뜨렸다.

"그럴 수 있을까요? 아니, 그래서 무슨 의미가 있죠? 우리끼리 자중지란(自中之亂)을 일으킨다면 누가 좋아할까요? 구대문파? 아니면 암중의 흉수?"

그 말에 주자미가 코웃음 쳤다.

"너를 상대로 싸움을 벌이고 말고 할 것이 있을까?"

봉설란의 미간이 찡그려졌다.

"사람을 너무 핍박하시는군요."

주자미의 얼굴은 얼음으로 조각해 놓은 듯했다.

"경아의 참혹한 모습을 생각한다면…… 이 정도로는 부족하지."

"그건 또 무슨 말이죠?"

"흥!"

주자미가 냉소를 터뜨렸다.

얼음이 풀풀 날리는 것 같았다.

"네 스스로에게 물어보아라. 경아에게 무슨 짓을 했는지……."

"그게 무슨 의미죠? 경아에게 무슨 짓이라니?"

굳은 표정으로 주자미를 바라보던 봉설란이 천천히 입을 열어 물었다.

"흥!"

주자미는 코웃음만 친다.

심증은 있되, 물증이 없으니 말을 하지 못한다는 뜻.

봉설란이 일그러진 얼굴로 소리쳤다.

"정말 너무하군요. 그렇게 애를 써도 경아는 나에게 한 번도 마음을 열어준 적이 없었어요! 그런데 이제 와서 나에게 그런 누명을 씌운다는 건가요? 경아의 그 상태가 나로 인해서 생긴 일이라구요? 내가 그 아이를 해쳤다는 말인가요?"

심중의 노기를 참을 수 없는 듯 봉설란은 손으로 가슴을 누르면서 새파랗게 질려 발을 굴렀다.

공력을 일으킨 듯 땅이 울렸다.

그 위세에 흙먼지가 풀썩, 일고 묵묵히 서 있던 말들이 놀라 투레질을 하면서 울음을 터뜨렸다.

하지만 그 앞에 선 주자미의 얼굴엔 미동도 없다.

"네게 무공을 가르쳐 준 사람이 누구지?"

그녀의 음성은 여전히 차고 오만하다.

"……."

봉설란은 말없이 그녀를 보았다.

"천형에게 말하기를 그분이 네게 호신무공을 가르쳐 주었다고 했는데, 과연 그러하냐? 그 정도의 무공으로 이런 경지에 이르렀다고? 더구나 그분은 네가 무공을 지닌 줄 몰랐다고 하지 않았더냐?"

"무슨 뜻으로 하는 말인가요?"

"무슨 뜻인지는 네 스스로가 생각해 보면 알겠지!"

말과 함께 주자미는 미련없이 몸을 돌려 마차에 올랐다.

그녀가 안으로 들어가자 말에서 내려 그녀의 뒤에 서 있던 용천성이 바로 문을 닫았다.

"가자!"

그리고 그는 곧바로 말 위에 뛰어올라 소리쳤다.

앞선 사도준이 말을 달리기 시작하자 마차는 빠르게 달려 그 자리에서 사라져 갔다.

"……."

봉설란은 어리둥절한 빛으로 사라지는 마차를 보고 있었다.

방금까지 자신을 잡아먹을 듯, 강제로 잡아둘 것처럼 이야기하다가 이처럼 갑자기 떠나 버리자 갈피를 잡을 수 없었던 것이다.

문득 그녀의 뒤에서 침착한 음성이 들려왔다.

"역시 간단치 않은 사람이군요……."

"무슨 뜻이죠?"

봉설란이 뒤도 돌아보지 않고 말했다.

그것은 그녀가 나타난 사람이 누구인지 알고 있다는 뜻.

"그녀는 우리가 이곳에 매복하고 있음을 알고 있었습니다. 부인을 잡아두겠다는 말도 떠보기 위한 것이었을 겁니다."

음성이 다시 말했다.

나타난 사람.

그는 깨끗한 학창의를 입었다. 동파건에다 손에는 한 자루의 섭선을 들었다. 섭선을 휘적휘적 부치면서 숲 속에서 걸어오는 그는 이제 40대 중반의 선비. 바로 봉황문의 문곡이었다.

"떠봐서 뭘 하겠다는 건가요?"

"여러 가지 예측이 가능하지요. 부인의 태도에 따라서 행동이 달라졌을 겁니다."

"그런데 왜 갑자기 저렇게 달아나듯 사라지는 거죠?"

"뭔가 일이 생겼을 수도 있겠지요. 아니면 우리에게 의문을 남겨주어 앞으로의 행도(行途)에 뭔가 차질을 빚게 하려는 의도일 수도 있습니다. 그녀는 보통 여인이 아닙니다. 독고 맹주는 사람을 잘 선택했군요……."

그 말에 봉설란의 안색이 달라졌다.

싸늘하고 음침하게 가라앉은 그녀의 낯빛.

"그게 무슨 뜻이죠?"

그녀의 되물음에 문곡의 깊은 눈에는 아차 하는 빛이 지나간다.

그러나 그것은 지극히 찰나일 뿐이다. 누군가가 그의 눈을 바짝 들여다보고 있었다 할지라도 그것을 알아보기는 정말 쉽지 않을 정도였다.

"독고 맹주는 일세의 영웅이었습니다. 그가 행한 행사에는 다 뜻이 있었고 천하무림의 형세는 어지럽기는 하지만 아직까지 그가 예측한 범위를 크게 벗어나지 않았습니다. 다만…… 그가 그처럼 심혈을 기울였던 구대문파가 그를 배신했다는 것이, 그가 그것을 예측하지 못했던 것이 옥의 티였을 따름이지요."

묘한 말로 핵심을 빗겨간 문곡은 주위를 한번 둘러보고는 그녀에게 말했다.

"문주께서 근일 중 출관(出關)하신다는 연락이 왔습니다."

"문주께서?"

봉설란의 안색이 달라졌다.

"언제?"

"근일 중이라는 말씀만 들었습니다. 때가 되었다라는 전언(傳言)만 있어서 소생으로서도 더 이상 드릴 말씀은 없군요."

그의 음성은 정중하다.

하지만 더 이상의 답을 들을 수 없음을 봉설란은 알 수 있었다.

약속에 의해서 그들을 부릴 수는 있으되, 그들의 수뇌는 봉설란이 아니었음이 그녀가 가진 한계이기도 했다.

"가시지요. 지금 바로 출발해야 하겠습니다."

"어디로?"

"남하해야 할 것 같습니다. 봉신지비에 관한 소문이 남쪽에서 들려오고 있다는 보고가 있었는데, 문주께서 출관하시는 이유도 아마 그것 때문인 듯합니다."

*   *   *

한효월이 화음현 주자미가 묵고 있던 곳에 당도한 것은 그녀가 그곳을 떠난 지 반나절이나 지난 후였다.

점소이의 말에 한효월은 어이가 없는 듯한 표정으로 멀뚱히 서 있었다.

그녀는 그가 방도를 알아올 때까지 이곳에서 기다리기로 했었다. 독고경의 상태는 하루가 다르게 변하고 있어서 어떻게든 손을 써야만 했기 때문이다.

그런데 말도 없이 가버렸다는 것인가?

"어디로 간다는 말도 남겨놓지 않았단 말인가?"

한효월의 물음에 점소이는 머리를 긁적였다.

"소인이 들은 건 아무것도 없습니다. 갑자기 떠나서서⋯⋯."

난감한 표정으로 화경루를 나서던 한효월은 다가오는 사람 하나를 보게 되었다.

날렵한 생김의 그 30대 사내는 한효월의 앞에 와 허리를 굽혔다.

"한 대협이십니까?"

"뉘시오?"

그는 대답 대신 한효월에게 품에서 서찰 하나를 꺼내 내밀었다.

"회주께서 한 대협께 남긴 것입니다."

그는 한효월이 서찰을 받는 것을 보자 다시 한 번 허리를 굽히고는 조금도 망설이지 않고 몸을 돌려 사라져 버렸다.

물론 그를 돌려 세울 수도 있는 일이지만 한효월은 그러지 않았다.

사람을 남겨 서찰을 보냈다면 할 말이 여기에 다 담겨 있을 것이기 때문이다.

서신을 개봉하자 잘 흘려 쓴 행서체의 글씨가 눈에 들어온다.

짐작대로 주자미가 그에게 남긴 글이었다. 그녀의 성정(性情)을 말하듯 글씨체는 날카롭고도 깨끗한 데다 힘이 있어 여인의 것 같지 않았다.

(급한 일이 있어서 동정호로 가게 되었소.

가능하다면 최선을 다하여 뒤를 따라와 주시기 바라오.

만약 동정호에 도달하기 전에 따라잡지 못한다면 악양루에서 만나기로 합시다. 루에 사람을 보낼 테니 표기(標記)를 찾으시면 쉬 만날 수 있을 것이오.)

글은 간략하다.

서명 대신 끝에 구(仇)라는 글자 하나가 남겨져 있을 뿐이다.

자신의 이름 대신 보구회의 구(仇) 한 자만을 남겨놓은 것은 그녀가 복수라는 일념을 가슴에 새기고 있음을 말하는 듯하였다.

'동정호란 말인가?'

한효월의 안색이 묘하게 달라졌다.

동정호라니…….

제천교의 교주 또한 동정호로 남하하고 있다 하지 않았던가. 그런데 이젠 그녀마저 동정호로 가고 있다는 것이다.

과연 동정호에서 무슨 일이 벌어지고 있는 것일까?

잠시 생각에 잠겨 있던 한효월은 수중의 서찰을 구겨 버리곤 그 자리를 떠났다.

한효월이 화경루를 떠난 후, 사람들 틈에서 한 사람이 나타났다.

그는 주위를 둘러보다가 바람처럼 한효월이 버린 서찰을 낚아채 사라졌다. 누가 보고 있었어도 제대로 알아보기 힘들 정도로 빠른 신법이었다.

한효월이 이곳에 도착한 것은 밤을 도와 달려온 다음인지라 새벽녘이었다. 그러니 지켜보는 사람도 거의 없는 데다가 새벽 안개가 자욱한 터라 그의 그러한 행동을 지켜본 사람은 없다고 할 수 있었다.

그는 한효월의 모든 행동을 지켜본 터였다.

한효월이 사라지는 것을 보면서도 쉽게 나서지 못했던 것은 그 서신을 너무 쉽게 버렸기 때문이다. 한효월과 같은 사람은 결코 실수를 하는 법이 없다.

그런데 저렇게 아무렇게나……

그것이 그를 망설이게 했다.

하지만 한효월이 버린 서찰에의 유혹은 너무 컸다. 그래서 그는 마침내 그 서찰을 낚아챘다. 서찰을 손에 넣은 그는 바람처럼 한효월의 뒤를 따라 움직이기 시작했고 암중으로 그 서찰을 펴보았다.

'이럴 수가!'

서찰을 펴보는 순간에 그는 아연실색했다.

서찰이 그의 손 안에서 흔적도 없이 가루로 화해 흘러내렸기 때문이다.

손 안의 종이를 가루로 만드는 것은 그도 할 수 있었다.

그러나 그렇게 가루가 된 종이가 제 형상을 유지할 수 있다는 것은 그로서는 상상도 할 수 없는 경지인 것이다.

서찰은 아무렇게나 버린 것이 아니었다.

*　　　　*　　　　*

화산에서 동정호까지 남하하는 길은 수천 리 길이다.

가장 좋은 것은 배를 타고 수로를 따라 내려오는 것이다.

남선북마(南船北馬)라는 말 그대로 남쪽에는 수많은 하천과 호수들로 물길을 이루고 있다. 거기에다 그 물길을 잇는 운하들이 역대 왕조를 거치면서 끊임없이 건설되어 남쪽에서의 이동은 배가 더 빠르다는 말이 있다.

적벽대전(赤壁大戰)이라는 거대한 수전(水戰)은 남쪽이 아니면 이루어질 수 없는 일이었다.

그러나 한효월은 그러지 않았다.

배를 타고 가면 편하기는 하되, 그와 같은 절세고수의 경공보다는 빠를 수가 없기 때문이다.

하지만 그것의 문제점은 그렇게 해서 목적지에 달하게 되면 피로가 쌓여 강적을 만난다면 자칫 낭패를 당할 수가 있다는 것이었다. 게다가 한효월은 천생고질로 인해 장기간 무리를 할 수가 없다. 그래서 나온 절충안이 최대한 달리다가 힘들 때에는 배에 의탁하기였다.

무창(武昌)에 이르면 수십 개의 호수들 가운데로 물길이 동정호까지 이어진다.

한효월은 물길을 통해 무창에 이르러 있었다.

무창은 선인의 고사(故事)로 유명한 황학루가 있는 호북성의 요지(要地)다.

남북 교통의 요충지로써 역대로 병가에서 다투던 곳이 바로 무창.

무창의 서쪽에 있는 황곡산(黃鵠山)은 따로히 황학산이라고도 불리는데, 이유는 거기에 바로 그 유명한 황학루가 있기 때문이다.

황학루에는 다음과 같은 전설이 전해진다.

그 옛날 신씨(辛氏)라고 하는 사람이 황곡산에서 술을 팔았는데, 마침 지나던 한 사람의 도사(道士)가 와서 술을 마시게 되었다. 신씨가 그를 잘 대접하자 도사는 벽에다 학 한 마리를 그렸다. 그런데 그가 손뼉을 치자 황학이 벽에서 살아 나와 박자에 맞춰 춤을 추는 것이 아닌가!

그렇게 해서 수많은 사람들이 몰려들어 신씨는 거부가 되었다.

십 년이 흐른 후에 도사가 다시 와서 피리를 불자 황학은 벽에서 빠져나와 도사를 태우고 날아가 버렸다 한다.

그 뒤로 신씨가 이곳에다 루를 짓고 이름을 황학루라 하였으니 수많은 재자가인들이 이곳을 시제(詩題)로 삼아 끊임이 없었다.

가장 유명한 것이 바로 최호(崔顥)의 등황학루(登黃鶴樓)다.

석인기승백운거(昔人已乘白雲去)
차지공여황학루(此地空餘黃鶴樓).
황학일거불복반(黃鶴一去不復返)
백운천재공유유(白雲千載空悠悠)…….
옛사람 이미 흰 구름을 타고 가버렸거니
이곳에는 황학루만 홀로 남았구나.
황학은 한번 떠나 다시 돌아오지 않으니
흰 구름만 천 년을 두고 변함없이 유유하구나…….

한효월 또한 그 고사를 알고 있었고, 한번쯤은 황학루가 어떻게 생겼는지 보고 싶기도 했다. 하지만 지금 이 마당에 그런 곳까지 가볼 수 있도록 한가한 그가 아니었다.

어떻게 된 것인지 아직도 주자미를 만나지 못했다.

그럼에도 불구하고 한효월은 감회 어린 빛으로 황학루에 올라 주위를 둘러보고 있었다.

누가 본다면 정말 싯귀나 읊는 한가로운 유생과도 같은 모습이다.

사방에 휘갈겨진 수많은 명사들의 싯귀와 분주(奔走)하는 말과 같이 달려간 호방한 필체들…… 수많은 사람들이 이곳에서 고사를 떠올리면서 각자의 뜻을 남겨둔 흔적들이다.

한가로운 사람처럼 그렇게 사방으로 뻗어 나간 물길을 바라보던 한효월의 눈에서 문득 빛이 인다.

석양을 등지고 저 멀리 커다란 배 한 척이 정박하고 있음을 본 까닭이다. 그 배가 눈길을 끈 것은 배가 클 뿐 아니라, 이곳에서는 보기 힘든 범선(帆船)이었기 때문이다. 원양(遠洋)으로 나가는 배가 아니라면 저런 돛을 쓰는 법이 아니고 원양에서 온 배는 저런 모습으로 이런 내륙까지는 들어오지 않는 법이다.

결국 저 배는 특별한 목적이 있거나 아니라면 대단한 배경을 지닌 사람이 타고 있다고 볼 수가 있는 것이다.

'고관(高官)이 타고 있다는 건가?'

그 범선을 바라보던 한효월의 가늘게 뜬 눈에서 빛이 쏟아진다.

그렇다면 혹 주자미와 관련이 있을런지도 모른다는 생각으로 천조신안을 발동하여 그 범선을 살펴볼 생각인 것이다.

범선과의 거리는 백여 장이 넘지만 그의 안력이라면…….

그런데 그때였다.

"최호의 등황학루가 쓸 만하긴 하지만 어찌 이백의 고범원영벽공진(孤帆遠影碧空盡) 유견장강천제류(唯見長江天際流)에다 비길 수야 있겠습니까?"

옆에서 낭랑히 들려온 소리.

40대 후반의 유생이 옆에 뒷짐을 진 남삼인(藍衫人)에게 벽에 쓴 글들을 손짓하면서 말을 하고 있다.

"그렇게 따진다면 이백의 천재성 앞에서 빛날 시가 몇 편이나 되겠나? 세상에는 천재보다 평범한 사람들이 더 많은 법이니, 그렇기에 그들의 뛰어남이 돋보이는 게지. 우리야 그저 선인(先人)이 남긴 숨결을 느끼면 족하지."

남삼인이 담담히 웃으며 휘적휘적 섭선을 부친다.

나이는 마흔이 채 되지 못한 듯, 그러나 기이하게 전혀 얼굴에는 수염이 보이지 않는다. 하나 눈빛이 강렬하고 당당한 기풍이 그의 전신에서 느껴진다.

그런 그와 한효월의 눈이 마주쳤다.

그러자 그는 문득 웃음기 어린 얼굴로 한효월에게 묻는다.

"형제의 생각은 어떠하시오?"

그가 자신에게 물어올 줄은 뜻밖이다. 하지만 그 물음에 말문이 막힐 한효월은 아니었다.

"선인의 자취는 그 하나하나가 그분들의 심혈이니, 있는 그대로 보는 것이 옳겠지요. 평가야 자신이 가진 그릇만큼 할 수 있는 것이니 굳이 옥석을 가린다는 것이 무의미하지 않을런지?"

"핫하하하……."

남삼인은 섭선으로 손바닥을 두드리며 크게 웃음을 터뜨렸다.

"옳소! 옳아……. 과연 탁월한 식견이오! 작은 것 하나하나에서 시시비비를 가리는 것은 소인배들이나 할 일이지."

"그……."

처음 입을 열었던 유생의 얼굴이 우거지상이 된다.

그러나 그는 남삼인에게 꺼리는 점이 있는 듯 감히 입을 열어 항변하지는 못한다.

그때 한 사람이 급히 루에 올랐다.

"무슨 일이냐?"

남삼인이 그를 보았다.

날렵한 차림의 30대 무인은 환도를 차고 있는데, 눈빛이 날카롭다.

그는 남삼인에게 주먹 쥔 손을 수평으로 들어 보이며 한쪽 무릎을 꿇었다.

"무창 지부(知府)가 찾아와 뵙기를 청합니다."

남삼인은 미간을 찡그렸다.

"지부가? 내가 이곳에 있음을 그가 어찌 알고?"

"아마 대인(大人)의 배를 보고 사방으로 수소문을 한 모양입니다."

"할 일이나 하지 무슨 쓸데없는 짓을. 가서 공무나 보도록 이르라."

"옛!"

무인은 다시금 팔을 들고서 허리를 굽혀 보이고는 날듯이 아래로 내려갔다.

'군례(軍禮)……?'

그의 행동을 보던 한효월의 얼굴에 묘한 빛이 어린다.

그가 행한 것은 군에서 상관에게 행하는 군례다. 설마 하니 이 둥글

둥글하게 생긴 남삼인이 장군이란 말인가?

명조는 주원장 자체가 문인(文人)이 아니었기 때문에 초기에 권력을 잡았던 사람은 모두 무인(武人)이었다. 승상을 폐하고 만든 최고위직인 내각대학사는 명예직에 불과했고 실질적으로 가장 높은 문인의 직위는 한림학사였지만 그 품계는 겨우 정오품.

그러니 이 남삼인이 장군이라면 대단한 힘을 가졌을 수도 있다.

하지만 어디를 봐도 장군처럼 보이지는 않았다.

"잠시 쉴까 했더니 그도 쉽지 않군. 만나서 반가웠네."

남삼인이 한효월을 향해 미소를 지어 보였다.

고관이라면 보기 드물게 소탈한 사람이다. 관부에 줄만 닿아 있어도 거드름을 피우는 것이 보통임을 감안한다면.

"소생도."

한효월이 그를 향해 포권을 해 보였다.

그렇게 그는 사람들에 둘러싸여 황학루를 내려갔다.

일단 그가 움직이자 주변에 있던 사람들이 우루루 그의 주변을 둘러싸고 밖으로 나서자 또 여기저기에서 그를 따르는 사람들을 볼 수 있었다. 호위들임이 분명한데, 그 움직임에는 자로 잰 듯한 절도가 있다. 역시 간단한 사람이 아님이 분명했다.

그가 떠나고 조금 있다가 한효월도 황학루를 내려왔다. 그리고 그는 강안(江岸)에서 그를 기다리고 있는 배로 향했다.

갈대 숲 사이에 정박해 있는 그 작은 배는 그가 타고 온 것이었다.

그런 그의 모습을 갈대 사이에 숨어 지켜보고 있는 눈이 있었다.

중조산에서부터 그림자처럼 그를 따르고 있는 눈.

그는 한효월이 배에 오르는 것을 확인하자 옆에 있는 버드나무의 밑에 있는 돌을 힐끗 바라보곤 그 자리를 떠났다. 그 돌 밑에는 그가 남긴 것이 있었다. 일각 이내에 누군가가 그것을 찾아갈 것이었다.

그 자리를 떠난 그는 한효월의 배를 따라 움직이기 시작했다.

갈대 숲을 따라 움직이면 흔적도 없이 추적이 가능했다.

게다가 그는 열흘쯤은 자지 않을 수 있었고 사흘 정도는 쉬지 않고 걸을 수 있는 능력을 가졌다. 그의 추적은 귀신도 눈치 챌 수 없다고 하여 무흔(無痕)이라 하였다.

무흔은 소리도 없이 배를 따랐다.

배가 아무리 빨라도 그와 같은 추적의 고수에게는 느림보 거북과 토끼의 경주와 같다. 한효월이 전력으로 몸을 날릴 때 그를 따르는 것이 어렵지, 지금과 같은 경우라면 그야말로 놀고 먹기에 다름이 아니다.

그런데…….

갑자기 무흔은 전신이 팽팽히 긴장됨을 직감한다.

이것은 누군가가 자신을 지켜보고 있음을 느꼈을 때 절로 그의 감각이 반응하는 것임을 그는 알고 있었다.

"……."

그는 숨을 죽였다.

움직임도 멈추었다.

숨 막히는 긴장의 순간. 흐르는 물소리만이 들릴 뿐이다.

저 멀리서 사람들의 음성이 물을 타고 번지지만 이곳과는 상관없다.

그때였다.

"으으…… 망할 놈의 거북이 새끼. 어딜 가서 꼬랑지도 안 뵈냐?"

난데없이 투덜거리는 소리가 들리는 것이 아닌가.

앳된 음성인지라 무흔은 일순 어이가 없었다.

이제 보니 한 소년이 무명옷을 입고서 그의 앞쪽 가로누운 나뭇등걸에 걸터앉아 있었다. 허리춤에는 피리 하나를 꽂은 그 소년은 뭔가를 들고서 중얼중얼 읽다가 따분한 듯 기지개를 켜고 있었던 것이다.

'너무 긴장했었던 모양이군……'

무흔은 암중에 쓴웃음을 머금었다.

그런데 그때 들려온 중얼거림.

"그는 황학루에 올라 관부의 고관으로 짐작되는 자를 만났습니다. 그가 누군지를 조사토록 사람을 붙였습니다. 그는 다시 배에 올랐는데 그대로 동정호로 내려갈 것으로 보입니다. 무흔."

소년이 들고 있던 종이를 들여다보면서 뭔가를 읽어 내렸다.

그 소리에 무흔의 안색이 돌변했다.

그가 읽는 것이야말로 그가 조금 전에 은밀하게 묻어둔 보고서였기에.

순간, 소년이 고개를 들었다.

그의 눈과 무흔의 눈이 서로 마주쳤다.

소년이 씩, 웃었다.

잔광(殘光)으로 남은 노을 빛을 받으며 앉은 그의 눈빛은 맑고 찼다. 희미하게 땅거미가 지는 가운데 묻힌 그의 모습은 기이하기조차 하다.

"난 여기서 반 나절이나 무흔이란 놈을 기다리는데 이 더러븐 거북이 꼬랑지 같은 놈이 도통 나타나질 않네. 혹시 그놈 어디 있는지 아슈?"

아주 짜증난다는 태도로 머리까지 벅벅 긁어댄다.

그의 물음에 무흔의 눈빛이 묘하게 일렁였다.

상대는 그를 안다.

알 뿐만 아니라 그를 놀리기까지 하고 있었다.

그의 눈에 살기가 바람처럼 은밀히 전광처럼 빠르게 스쳐 갔다.

그의 심상치 않은 눈빛을 보자 소년의 눈이 휘둥그레졌다.

"아니, 갑자기 왜 그렇게 미친개 눈이 되는 게요? 혹시 미친개에게 물린 거북이라도 본 적이 있는 거요?"

다급하기 이를 데 없이 마구 손을 내저으니 그 손에 들린 편지가 금방이라도 찢겨져 나갈 듯 펄럭인다.

이런 모욕을 당하고서 참을 수는 없다.

하지만 무흔은 달랐다.

그 와중에도 그는 혹시라도 모를 매복을 생각하고 주위를 살폈다. 다른 흔적을 발견하기 어려웠다. 게다가 한효월을 태운 배는 그사이에도 계속해서 흘러 내려가고 있었다.

설혹 매복이 있다고 할지라도 그는 그 매복을 충분히 벗어날 자신이 있었다. 그가 평생을 두고 익힌 은형잠둔술(隱形潛遁術)은 어떤 경우에라도 스스로를 지킬 수 있으니 당연한 일.

결정을 내린 무흔은 소년을 덮쳐 갔다.

머뭇거릴 때와는 달리 일단 움직이자 그 움직임은 비할 바 없이 빨랐다.

한데.

"윽!"

앞으로 덮쳐 가던 무흔이 갑자기 무엇에 팅기듯 덮쳐 갈 때보다 더욱 빠르게 뒤로 물러나는 것이 아닌가.

"이건?"

그가 가슴을 움켜쥔 채로 신음했다.

그 모습을 보자 소년은 당황한 듯 물었다.

"저런…… 미친개를 잡으려고 묻어둔 덫을 밟았나 보네? 당신 정말 미친개요? 흠…… 그나저나 이 빌어먹을 무흔이란 놈은 어디서 꾸물거리느라고 아직도 안 기어나오는 거지?"

"넌…… 누구냐?"

소년을 노려보고 있던 무흔이 묘한 억양을 가진 어조로 입을 열었다.

그러자 소년은 피식, 웃었다.

"그건 알아서 뭘 하려고? 혹 모르지, 네가 무흔이란 거북이라면 이 어르신네의 존호를 알려줄런지도. 흐음, 네가 무흔이란 놈 맞냐?"

방금까지는 전혀 다른 태도.

정색을 한 얼굴로 빤히 쳐다본다.

"……"

무흔은 일그러진 눈빛으로 소년을 노려보았다. 웬만한 사람이라면 귓구멍에서 연기가 날 일이다.

그는 암중으로 운기하고 있었다.

방금 소년을 덮치다가 그는 가슴에 암기를 맞았다.

분명히 소년이 쏜 것은 아니고 갈대 숲 어디선가 날아온 것. 그것은 소년이 혼자가 아님을 의미하는 것이었다. 독이 있는지 알 수 없어 그는 운기를 하여 혈도를 막는 한편 주위를 살피는 중이었다.

문득 그가 입을 열었다.

"혹시, 네가 한효월의 시종인 유성이냐?"

그의 물음에 소년은 뜻밖이란 듯 눈을 크게 떴다.

"어라? 네가 그걸 어떻게 알지?"

쏴, 쏴아아……

물 흐르는 소리가 고요하다.

그러나 이 맹랑한 소년의 앞에 선 무흔은 심각하기 이를 데 없었다.

설마 했더니 정말로 눈앞에 나타난 놈이 한효월의 시종인 유성이라니!

그의 눈빛이 불안하게 흔들린다.

유성이 나타났다는 것은 그의 존재를 한효월도 알고 있었다는 것.

그것은 그의 처지가 대단히 위험하게 되었다는 것을 의미한다. 상대가 아무런 준비도 없이 나타날 리가 없지 않은가. 그것을 모를 리 없는 그인지라 이미 유성을 없애는 것은 포기한 상태였다. 가장 급한 것은 그가 살아남는 것이었다.

그리고 보니 주변 지세가 아주 묘하다.

앞으로는 쓰러진 커다란 나뭇등걸에 유성이 걸터앉아 있어 그를 타넘어가야만 한다. 그런데 그의 뒤로는 갈대가 우거져 있어 거기에 무엇이 있을지 짐작조차 하기 어렵다.

옆으로도 마찬가지.

갈대는 강 쪽을 제외하면 삼면을 모두 가릴 만큼 무성하다.

"흠? 눈알을 굴리는 걸 보니 도망갈 생각을 하나 보지? 이 어르신네가 그렇게 무서운가?"

유성이 소리 내어 웃었다.

그리고 그가 몸을 일으킴을 보자 무흔은 다급하게 뒤로 몸을 날렸다. 그는 천생 수영을 하지 못했다. 그렇다고 앞으로 덮쳐 가기에는 무엇인지 모를 암기가 겁난다. 그 상황에서 유성이 몸을 일으키자 그것이 신호라고 단정한 그는 냅다 도주하기 시작한 것이다.

싸우는 것은 그의 임무가 아니었다.

그런데 그가 몸을 날리는 순간.

"이제야 오는 건가?"

마치 기다렸다는 듯 침중한 음성이 들려오는 것이 아닌가.

동시에 무서운 도기(刀氣)가 일어 그를 덮쳐 왔다.

그 기세는 대단하기 짝이 없어서 마치 날벼락이 떨어지는 것만 같았다.

무흔은 대경했지만 이미 준비를 한 상태였던지라 급히 틀어 옆으로 날았다.

상대의 공격이 허탕을 치는 순간에 그의 옆을 통과할 생각.

평소라면 당연히 상대는 허를 찔릴 신속무비한 움직임이었다.

"핫하하하…… 쥐새끼라면 당연히 그럴 줄 알았다!"

천둥 같은 웃음소리와 함께 기다렸다는 듯이 가공할 도기가 다시금 그의 앞에서 쏟아져 오는 것이 아닌가.

놀랍게도 상대는 허장성세로 앞에서 한칼을 후려내고는 무흔이 도주하는 곳으로 와서 일도를 그어낸 것이다.

무흔의 안색이 창백해졌다.

저 가공할 상대의 공격에 정면으로 뛰어든 꼴이니 어찌 무사하기를 바랄 것인가.

"크윽……!"

섬광과 신음이 같이 일었다.

"대단하군……."

무흔을 막아선 사람이 말했다.

그는 손에 한 자루 장도(長刀)를 빗겨 들고 우뚝 서 있었다.

그의 장도는 세상에서 패도(覇刀)라고 일컫는다. 그 빗겨 든 패도의 끝에서는 방울방울 선혈이 흘러내리고 있다.

패도 감천형.

그가 여기에 나타난 것이다.

"……."

무흔은 가슴을 움켜잡은 채 얼굴을 일그러뜨렸다.

위기일발의 순간에 양손을 합쳐 패도를 막아내면서 뒤로 물러설 수 있었다. 그러나 그 가공할 도기(刀氣)를 온전히 피할 순 없었다. 가슴이 갈라져 피가 손가락 사이로 흘러내리고 있었다. 그럼에도 그는 신음 소리조차 내지 않았다. 튕기듯 바람처럼 뒤로 물러나고 있을 따름.

"저런! 하필이면 그쪽으로 갔나?"

그 광경을 보고 유성이 혀를 찼다.

그 말에 가슴이 섬뜩해진 무흔은 뒤를 돌아보려다 그만 비틀거리며 앞으로 고꾸라지고 말았다.

그런 그의 뒤에는 좌백이 우뚝 서 있었다.

그의 안색은 여전히 냉랭했다.

먼저 암기를 날린 것도 그였고 지금 무흔을 제압한 사람도 그였다.

"고기를 잡았으니, 흔적을 지워야겠군요. 그건 제가 하죠."

유성이 훌쩍 날아오면서 말했다.

"간혹 사숙의 의중을 알 수가 없을 때가 있습니다. 이자를 처리하려면 굳이 여기까지 끌고 오지 않았어도 될 텐데……."

문득 좌백이 중얼거렸다.

감천형이 미미하게 웃었다.

"너도 인정하지 않았더냐? 사숙이 우리보다 머리가 좋다고. 그렇다면 그 말대로 따를 수밖에. 뭔가 뜻이 있겠지."

"……"

좌백은 더 이상 입을 열지 않았다.

감천형은 말하지 않아도 사제의 심정을 짐작했다.

천하를 질타하던 신분에 있었던 그들 사형제였다. 그런데 이젠 불피풍우하면서 무슨 영문인지도 모르면서 시킨 일을 한다. 그가 존경하는 사숙이라 할지라도 평범한 사람이라면 견디기 쉬운 일은 아니었다.

감천형은 좌백의 어깨에 손을 얹었다.

"……"

그가 감천형을 바라본다.

짙게 그늘지는 노을 속에 두 사형제는 그렇게 서로를 보았다.

그리고 굳이 말하지 않아도 서로의 마음을 느낄 수 있었다.

"기다려 보자. 때가 오겠지."

아직 그들은 젊었다.

그리고 그들의 힘은 지금도 충분히 강했다.

마녀각성(魔女覺醒)

—마성이 눈을 뜨다
세상을 공포(恐怖)로 떨게 만들 겁난 시작되다

마녀각성(魔女覺醒)

큰 배는 아니다.

사공도 하나이고 노도 하나.

작은 배는 물길을 따라 둥실둥실 소리도 없이 흘러가는 중이었다. 어차피 흐르는 물길에 배를 맡겨두면 동정호에 이르게 되어 있었다.

한효월은 배 위에서 흘러가는 강물을 바라보고 있었다.

강물을 바라보고 있는 한효월의 눈빛은 깊은 생각으로 복잡했다.

조금 전, 유성이 보낸 신호를 보았다.

예정대로 미행자를 잡았다는 신호였다.

'내 뒤를 따르는 자가 있었다는 것은, 내가 제천교주의 행방을 알게 된 것이 우연이 아니라 일부러 흘려보냈다는 의미. 그가 자신의 행적을 나에게 흘린 것은 나를 그곳으로 유인하려는 의도일 것이다. 봉신지비를 미끼로 한 죽음의 함정을 파둔 것인가?'

한효월의 눈빛이 침잠히 가라앉았다.

함정이라…….

그다지 신빙성있는 추측인 것 같지 않았다.

그럴 바에야 차라리 자신의 행방을 짐작하고 수하를 보냈던 중조산에서 전력을 기울여 자신을 공격하는 것이 더 확실했을 터이다. 한효월의 무공이 아무리 대증(大增)했다 할지라도 중과부적의 상태가 되면 방법이 없을 것이기 때문이다.

그것을 모를 제천교주일 리가 없다.

그런데 왜 이렇게 심혈을 기울여 그를 동정호로 유인하려고 했을까?

'내가 감으로써 그에게 유리한 국면이 전개된다는 것인가?

어떻게?

아무리 생각해도 명확한 답이 나오지 않았다.

그렇다고 이렇게 된 마당에 동정호로 가지 않을 수도 없었다.

개방의 방주가 그곳으로 갔고 주자미마저 남행하고 있었다. 과연 이 일과 그 일들이 연관이 있는지는 모르겠으되, 무조건 아니라고 따로 떼어 생각하기도 힘든 일이었다.

함정일지라도 가야만 하는 길.

그러나 자신의 움직임 하나하나를 적이 모두 알고 있도록 할 수는 없었다. 비록 자신의 목적지를 적이 알고 있다 하더라도 언제 어떻게 움직일 것인지를 예측할 수 없도록 하는 것은 매우 중요했다.

그것이 그간 버려두었던 미행자를 처리한 이유였다.

미행자를 처리하는 것도 흔적을 남기지 말아야 했다. 그래야 상대방이 혼란을 일으킬 것이기 때문이다.

이제부터는 과연 제천교주가 무슨 생각을 하는지를 알아낼 차례였다.

가능한 주자미와는 빨리 만나야 했다.

마교의 대법은 너무도 무서워서 지금 이 순간에도 명옥대법은 진행이 되고 있을 것이니, 어떻게 하든 독고경을 만나 그녀를 구해야만 하는 것이다.

그런데 연락이 닿지 않으니 답답하기 이를 데 없는 일.

바로 그때였다.

생각에 잠겨 있던 한효월의 눈이 빛났다.

우연히 강변 쪽에서 갈대가 흔들리고 있음을 본 것이다.

그냥 흔들리는 것이 아니라 앞쪽을 향해서 일직선으로 쏠리는 형상.

무엇인가가 갈대 숲을 뚫고 놀라운 속도로 움직이고 있다는 의미다.

그것이 절고한 경공술을 가진 자가 달리고 있는 것임을 직감한 한효월은 천천히 숨을 들이키고는 그쪽으로 의념(意念)을 집중했다. 남의 눈을 거리끼지 않고 저렇게 달릴 수 있다는 것은 화급한 일이 있다는 의미일 것으로 짐작했기 때문이다.

그의 눈에서 빛이 일었다.

선창에 앉아 있는 그인지라 강변에서는 그의 모습이 잘 보이지 않았다.

'저 사람은?'

갈대 숲 사이로 얼핏 보이는 인영을 알아본 한효월의 눈이 빛났다.

날렵한 무복에 검 한 자루.

초상비(草上飛)의 절고한 경공을 시전하여 바람처럼 앞으로 내닫고 있는 사람은 다른 사람이 아닌 용천성, 주자미의 수신호위였던 것이다.

그처럼 찾아도 만날 수가 없더니…….

"……."

막 그를 부르려고 했던 한효월은 문득 입을 다물었다.

저렇게 남의 눈을 거리끼지 않고 급박하게 달리고 있음은 무엇인가 심각한 일이 발생한 것임을 짐작한 까닭에 생각을 바꾼 것이다.

"음? 아니……."

노를 젓고 있던 뱃사공의 눈이 휘둥그레졌다.

한효월에게 뭔가를 물어보려고 고개를 돌렸는데, 한효월의 모습이 홀연 사라져 버렸으니 어찌 놀라지 않겠는가.

배에서 7장가량 떨어진 강변으로 날아간 한효월은 용천선의 뒤를 따르기 시작했다.

용천성이 가는 길은 무창 방면, 오던 길을 되짚어가야 했다.

그러나 그것은 오래가지 않았다.

채 얼마를 가지 않아 그들의 앞에 배 한 척이 나타났기 때문이다.

'저 배는…….'

한효월이 배를 알아보고 중얼거렸다.

석양이 급격히 내려앉아 주위는 어두워지고 있었다.

그런데 그 석양을 등에 이고 우뚝한 그 거선이야말로 한효월이 황학루에서 보았던 커다란 범선이었던 것이다.

용천성은 바로 그 배의 앞에서 지키는 사람과 뭔가 이야기를 하고 있었다. 관원들로 보이는 자들이 그와 함께 급히 안으로 들어가는 것이 눈에 들어왔다.

'저 안에 형수님이 계신 건가?

한효월은 잠시 망설였다.

저 배 안에 누가 타고 있는지를 알 수 없기 때문이다.

어둠이 찾아들고 있는 가운데 정박하고 있는 커다란 범선.

그 범선은 보통의 배가 상상하기 힘들 정도로 컸다. 조금만 더 컸더라면 이런 강물로 운행하는 것 자체가 불가능할 정도.

그런 만큼 배 안의 규모도 컸고, 그 중심부라 할 자리는 일반 서민들이 생각하기 어렵도록 크고 호사스러웠다.

"정말 뜻밖이군. 태감(太監)이 여기까지 직접 올 줄은⋯⋯."

태사의에 앉은 주자미가 입을 열었다.

그의 앞에 앉은 사람이 미미하게 웃었다.

그는 당금 조정에서 가장 막강한 권력을 가지고 있는 사람 중 하나였다.

"황상께서는 이 일에 대해서 많은 관심을 가지고 계십니다. 소관(小官)은 그분의 뜻에 따라 잠시 살펴보러 온 것일 뿐이지요."

"아직 해외에 있을 줄 알았는데 언제 돌아온 건가요?"

남삼의 중년인은 다시금 웃었다.

"돌아온 지 얼마 되지 않습니다. 이 배 또한 그때 타고 갔던 배⋯⋯. 황상의 명을 받고 경사에서 다시 이곳으로 오게 되었습니다. 마마께서 하시는 일은 어떻게 되고 계신지 황상께서 매우 궁금해하십니다."

"아직⋯⋯ 명확하지 않아요. 제천교가 저들과 연관이 있다는 증거는 아직까지 어디에서도 찾아내지 못했어요."

남삼인이 미간을 살짝 찡그렸다.

"북원(北元)의 잔당들이 움직이고 있어 황상께서는 많이 신경을 쓰고 계십니다. 게다가 소관은 아직 맡은 바 책무를 다하지 못한 상태라 부담이 큽니다. 마마께서 이쪽을 맡아주셔서 정말 다행입니다."

주자미가 미간을 찌푸렸다.

"정말 그가 살아 있을 가능성이 있나요?"

그녀는 황실의 군주였다.

그런 신분의 그가 일개 환관에게 말을 놓지 못하고 있음은 그녀의 앞에 앉아 있는 이 환관이 평범하지 않음을 웅변하고도 남음이 있다. 환관의 신분으로 군주의 앞에 앉아 있을 수 있다는 자체가 평범할 수가 없기 때문이다.

"그가 죽었다는 증거가 어디에도 없으니까요. 만에 하나라도 그가 살아남아 정통(正統)을 주장하면서 사람들을 모으면 나라가 분열됩니다. 북원 또한 그 기회를 놓치지 않을 테니 내우외환(內憂外患)이 되겠지요."

"해외에서 그의 행적은?"

"찾아내지 못했습니다."

말을 끊은 남삼인은 잠시 생각을 굴리는 듯하다가 말한다.

"소관의 생각으로는 만약 그분이 살아 계신다면 해외로 도피했다기보다는 대륙 어디엔가 계실 것으로 생각이 듭니다. 후일을 도모할 생각이 있다면……."

"그럴 수도 있겠군요."

주자미도 고개를 끄덕였다.

그때, 밖에서 다급한 음성이 들려왔다.

"마마, 용 시위가 급한 일로 뵙기를 청합니다!"

문이 열리고 용천성이 급히 들어와서 그녀의 앞에 무릎을 꿇었다.

"마마!"

"무슨 일이냐?"

"소, 소저께서……."

"무슨 소리냐? 설마 경아에게 무슨 일이 생겼단 말이냐?"

주자미의 안색이 달라졌다.

"갑자기 사라지셨습니다."

주자미의 눈이 커졌다.

"사라지다니? 어떻게?"

"그걸…… 알지 못하겠습니다."

"알지 못하다니, 지금 그걸 말이라고 한단 게냐?"

주자미가 대노하여 탁자를 쳤다.

연약하고 부드러운 그녀의 손이지만 그 손의 내려침에 펑! 탁자가
그대로 반쪽이 나 내려앉았다.

"죽여주십시오!"

용천성이 머리를 떨구었다.

"자세한 상황을 말해 보라. 그렇게 말하면 상황을 알 수 없지 않은
가?"

남삼인이 상황을 눈치 채고 진화(鎭火)에 나섰다.

주자미는 급한 연락을 받고 급거 남하했다.

그 이유는 바로 그녀가 지금 만나고 있는 남삼인을 만나기 위해서였
다. 다른 사람도 아닌 그가 직접 움직였다는 것은 사안의 중대성을 의
미하기에 그녀로서도 지체할 수가 없었다. 그녀가 아무리 황제의 조카
라 할지라도 황제의 명을 거역할 수는 없는 것이기에.

그러나 일이 묘하게 꼬여 한효월과 만나지를 못했다.

독고해와 합류한 그녀는 점점 상태가 안 좋아지는 독고경을 데리고
움직이기가 거북했다. 그녀를 용천성에게 맡겨두고 그 자리에 독고해

를 남겨 그녀를 지키도록 한 주자미는 이곳으로 와 남삼인을 만났다.

그런데 그사이에 그녀가 사라지다니?

용천성과 독고경이 있던 곳은 멀지 않았다.

같은 무창성이었다. 객점은 외부의 눈길을 끌 수도 있고 하여 아예 무창성의 객관(客館)에 들어 관병들로 보초를 세웠다. 이렇게 되면 일반인들은 그 근처에 오지도 못하게 된다.

객관이란 곳이 공무차 오는 관원들을 묵게 하는 일종의 영빈관 같은 곳이기 때문이다.

그런데 그날 들려왔던 피리 소리가 다시 들려온 것이다.

긴장한 용천성은 급히 사람들을 배치하면서 주위를 살폈다.

독고경에게서도 아무런 이상을 발견할 수 없었다.

그런데도 계속해서 피리 소리가 들려오자 용천성은 불안하여 촉각을 곤두세우고 주위를 순찰했다.

그런데…….

"경아가 다시 움직였단 말이냐?"

"소관이 방으로 들어갔을 때 소저는 이미 계시지 않았습니다."

"없었다니? 언제 어떻게 사라진 것인지도 모른단 말인가?"

"예. 이부자리도 그대로 있고 누가 들어온 흔적도 없었습니다."

"아무도 같이 있지 않았단 말이냐?"

"시녀를 같이 두었었습니다만, 잠이 들어 있었습니다."

"잠을 잤다니?"

"잠을 잘 시간이 아닌지라 살펴보았으나 수혈(睡穴)을 짚이거나 어떤 약물에 중독된 증상도 발견할 수가 없었습니다. 본인은 자신이 왜,

어떻게 잠이 들었는지도 알지 못하고 있었습니다."

"말도 안 되는 소리! 밖에서 안에서 지키고 있었는데 어디로 사라진 것인지 알지 못하다니……."

주자미는 발을 구르고 일어섰다.

"가시겠습니까?"

남삼인의 물음에 주자미는 입술을 물었다.

"가봐야지요. 이야기는 다시 하도록 해야겠군요."

"알겠습니다. 소관도 같이 가보도록 하지요."

"태감이 직접 말씀인가요?"

"다른 사람이 아닌 마마의 일이니……."

남삼인이 고개를 끄덕여 보였다.

그렇게 해서 남삼인과 주자미는 급거 그 배를 떠나 육지로 올랐다.

주위는 이미 어둠이 내리고 있었지만 그들은 사람들의 눈을 거리끼지 않고 용천성과 더불어 십여 명이 날듯이 그곳을 떠났다.

'저 사람이 어떻게?'

그런 그들의 모습을 한효월은 놀란 눈으로 보고 있었다.

그가 나타나지 않았던 것은 사태가 급박하여 주자미가 금세 밖으로 뛰쳐나온 까닭도 있었지만 그녀의 뒤를 따른 남삼인을 보았기 때문이다.

그 사람이야말로 한효월이 황학루에서 만났던 바로 그 사람.

그러고 보니 간단한 사람은 아니었던 듯했다.

하긴 무창부의 지부가 접견을 청해도 간단하게 퇴짜를 놓을 수 있는 사람이라면 보통 사람일 리가 있을까.

'관부의 사람이란 건가?'

생각은 하면서도 한효월은 갈대 숲을 따라 그들의 뒤를 따랐다.

그들이 한 식경가량을 달려 당도한 것은 무창성 내의 객관.

가장 먼저 당도한 것은 주자미와 용천성이었고 남삼인과 그를 호위하는 사람들은 조금 뒤에야 당도할 수 있었다. 주자미가 성내에 들어와서도 남의 눈을 거리끼지 않고 경신술을 전개하여 지붕 위로 달려온 때문이다.

객관은 관병(官兵)들로 물샐틈없이 늘어서 있었다.

"멍청한……."

그들을 사납게 흘긴 주자미는 그녀를 맞는 사도준을 스쳐 지나 안으로 들어갔다.

무창성은 대시진인만큼 객관도 컸다.

그것은 주자미 일행의 숙소 또한 크고 넓다는 의미다.

대청 두 개에 방이 여덟이나 딸렸다. 거기에 정원이 있고 높은 담장이 있어 다른 곳과 격리된다. 요소요소에는 관병들이 관솔불을 밝히고 서 번을 서고 있으니 경계가 삼엄하기 이를 데 없었다.

그럼에도 그 내실에 있던 독고경은 감쪽같이 사라져 버렸다.

텅 빈 침상, 사색이 된 시녀가 구석에 얼어붙은 듯 서 있다.

침상은 누가 정돈이라도 해놓듯 깨끗했다.

"주변을 수색 중이고 무창지부에게 협조를 요청했습니다."

"협조는 무슨 협조! 당장 모든 관원들을 다 동원하여 수색에 나서도록 시켜. 어떻게 하든 찾아야만 한다. 찾지 못하면 책임을 묻겠다!"

사도준의 말에 주자미가 차갑게 꾸짖었다.

그야말로 서릿발 같은 서슬인지라 사도준은 황급히 밖으로 뛰쳐나갔다. 그때 남삼인이 안으로 들어섰다.

"들키지 않고 안으로 들어서기 힘든 곳이로군요."

방에 들어선 그가 주위를 둘러보면서 처음 뱉어낸 말.

"그렇다면 그 아이가 저절로 나갔다는 말인가요? 그건 불가능해요. 창밖에 두 명의 고수가 번(番)을 서고 있고 그 좌우로 다시 관병들이 늘어서 있기 때문에 그들의 눈을 피할 순 없어요."

"그렇긴 하군요……."

그때였다.

밖으로 나갔던 사도준이 뛰어 들어왔다.

"한 공자께서 뵙기를 청합니다."

"한 공자라니?"

주자미의 눈이 커졌다.

방으로 안내된 한효월이 그녀에게 포권한다.

"길이 엇갈려서 예정보다 늦게 뵙게 되었습니다."

"여길 어떻게 알고?"

"우연히 강변에서 용 시위를 보고 따라왔습니다."

"그렇군요. 하아, 내가 약속을 지키지 못하는 바람에 일에 차질이 생겼으니 어찌하면 좋을지……."

"소생이 한번 살펴봐도 되겠습니까? 짚이는 것이 있어서……."

"경아의 일에 관해서 말인가요?"

"그렇습니다."

그녀의 의혹에 찬 얼굴을 뒤로하고 한효월은 옆에 있는 남삼인에게 포권을 해 보였다.

"다시 뵙는군요."

"그렇소. 이렇듯 다시 만나게 될 줄이야……."

남삼인이 마주 고개를 끄덕여 보였다.

"아는 사이인가요?"

의아한 빛으로 주자미가 두 사람을 번갈아 보았다.

"낮에 황학루에 올랐다가 잠시 뵌 적이 있었습니다."

한효월의 대답에 남삼인은 미미하게 웃으며 말했다.

"그러고 보니 우린 통성명도 하지 못했구료. 나는 정화(鄭和)라고 하오."

"한효월입니다."

한효월의 말에 정화는 놀란 빛을 떠올렸다.

"음, 강호에 새로운 영웅 한 사람이 나타났다고 하더니 그 사람이 바로…… 허허, 난 그것도 모르고 기우가 헌앙한 선비인 줄만 알았군."

'그는 세상에서 삼보태감(三保太監)이라고 부르는 당금 황상의 권신 (權臣)이에요. 그는 이번에 모종의 일로 직접 황상의 명을 받고 이리 왔어요. 내가 여기까지 오게 된 것도 그 때문이에요.'

주자미의 전음을 받은 한효월은 내심 놀라지 않을 수가 없었다.

삼보태감 정화.

그는 운남(雲南) 사람으로서 원래의 성은 마씨(馬氏)였다.

태감(太監:환관의 최고위 직을 이름)이 된 다음 받은 사성(賜姓)이 정 (鄭)이라 정화라 한다. 그는 성조 영락(永樂) 3년(1405)부터 출사하기 시작하여 선종(宣宗) 선덕(宣德) 7년(1432)까지 전후 27년 간 모두 7차 의 해외 항해로 유명한 인물이다.

정화의 함대는 당시로써는 천하제일이라 할 만했다.

명사에 남은 기록에 근거하면 그 함대의 기함은 길이가 44장(132미터)이나 되고 폭이 18장이나 된다 하였으니 당시 서양 어디에서도 그런 거함은 찾아볼 수가 없었다.

게다가 한번 항해할 때마다 거느린 인원이 적게는 2만에서 많으면 3만이나 되어 행해 도중 교역국과 문제가 발생하면 언제라도 전쟁을 수행할 수가 있었다. 실제로 몇 군데에서는 전쟁을 일으켜 교역국의 국왕을 사로잡고 아예 그 나라의 왕을 바꾸기도 하였었다.

그런 그이니 이따금 돌아오더라도 다시 출항할 준비에 바빠 다른 일을 돌보지 못했고, 그에 대한 황제의 신임은 두텁기 이를 데 없어서 누구도 감히 그를 거스를 수 없는 막강한 권력자였다.

정화의 해외 항해는 영락제의 치적 중 가장 돋보이는 것 중 하나다.

그런데 그런 사람이 느닷없이 여기에 나타나다니.

"조정의 고관(高官)이심을 미처 몰랐었군요."

한효월이 다시 포권하자 정화는 가볍게 미소를 띠었다.

"한운야학과 같은 무림의 협사에게 조정의 고관이 무슨 의미가 있겠소? 사형이신 독고 맹주와도 그렇게 지냈으니 서로 편히 지내면 좋겠소이다."

여기에서 독고해가 언급될 것임은 미처 생각지 못한지라 한효월은 내심 멈칫했다가 고개를 끄덕여 보였다.

"명을 받들도록 하지요."

말을 하면서도 그의 눈은 침상에서 바닥 등을 세심히 살피고 있었다.

그리고 말.

"역시 경아는 천장을 통해 밖으로 나갔군요."

그 말에 주자미가 놀라 천장을 올려다보았다.

당시와 오늘날의 천장은 다르다.

지금은 천장이 편평한 상태로 막히지만 옛날에는 서까래와 대들보가 그대로 드러나 있다. 그렇기에 양상군자(梁上君子)라는 말이 생길 수 있었다.

"여기 침상 쪽에 보면 미세한 먼지가 떨어져 있습니다. 침상에는 거의 떨어지지 않았지만 이 아래로 보입니다. 이런 곳에서 청소를 제대로 하지 않을 리 없는데 이렇게 먼지가 떨어질 수 있다는 것은 다른 곳에서 가져왔다는 의미일 텐데, 먼지를 가져올 사람이 있겠습니까?"

말과 함께 한효월은 한 덩이 구름처럼 그대로 천장으로 솟구쳐 올랐다.

그가 아무런 움직임도 보이지 않은 채 소리도 없이 날아오르는 것을 보고 주자미와 정화의 눈에 놀람의 빛이 드러났다. 이런 청운직상(青雲直上)의 고절한 경공신법은 세상을 놀라게 하고 남음이 있는 것이다.

가볍게 날아올라 대들보 위를 살펴본 한효월은 거미가 떨어져 내리듯이 조용히 그 자리에 다시 내려섰다.

"역시 그렇군요. 사람이 디뎠던 흔적이 남아 있습니다."

그는 침상을 보면서 설명했다.

"경아는 깨어난 뒤, 침상에서 스스로 날아올라 지붕을 통해서 밖으로 나간 것 같군요. 사실은 제가 이미 지붕 위에서 기와가 벗겨지고 사람이 나온 흔적을 발견했습니다."

"……."

주자미는 놀란 빛으로 그를 보다가 입을 열었다.

"그럼 쭉 우리 뒤를 따르고 있었다는 말씀이오?"

"용 시위를 보고 대인의 배까지 따라갔었습니다만 그 자리에서 나타나기가 좀 이상해서 이곳까지 따라왔었습니다. 그리고는 잠시 주변을 조사해 보았을 따름입니다."

"과연 명불허전이군! 정말 감탄했소이다."

정화가 연신 고개를 끄덕였다.

"과찬의 말씀입니다."

"이해할 수 없는 일. 만약 그 아이가 누군가에 이끌려 나갔다면 몰라도…… 스스로 일어난 것이라면 시녀를 그냥 두고 나갔을 리가 없을 텐데……."

"용 시위, 하나만 물어봐도 되겠습니까?"

"말씀하십시오, 한 공자."

용천성이 허리를 굽혔다.

"그 당시 사형께 무슨 다른 동정이 있었습니까?"

"아닙니다. 전에 한번 비슷한 일이 있어서 유심히 살펴보고 있었는데 평상시와 다름이 없었습니다."

"역시…… 제 추측이 맞는 것 같군요. 경아는 스스로 깨어난 겁니다. 그리고는 누구에게 들키기 싫어서 조용히 빠져나간 것 같습니다."

"있을 수 없는 일이에요. 절대로 움직일 수 없도록 금제를 가했고, 더구나 사지대맥(四肢大脈)에는 금침자혈(金針刺穴)까지 되어 있는데……."

그녀의 말에 한효월은 길게 한숨을 내쉬었다.

"명옥대법의 무서운 점은 모든 금제에서 자유롭다는 점입니다. 몸을 마음대로 움직일 수 없었다 할지라도 경아가 움직이는 데는 지장이 없었을 겁니다. 제가 이 시녀에게 한 가지만 물어보겠습니다."

한쪽 구석에서 파랗게 질려 서 있던 시녀가 겁먹은 시선으로 그를 보았다. 그녀의 나이는 17, 8세가량으로 예쁘장한 생김이었다.

"겁내지 말고 내 말에 답만 하면 된다. 아무도 너를 탓하지 않을 것이니. 곰곰이 생각해 보아라. 혹시 잠이 들기 전에 뭔지 알 수 없는 아득한 느낌을 받은 적이 있는지."

"아득한…… 느낌이요?"

"뭔가를 보고 그 뒤로는 아무것도 생각나지 않게 되었을 것이다. 잘 생각해 보아라."

"……."

입술을 물고 눈을 깜박거리던 시녀가 갑자기 고개를 들었다.

"맞아요. 소비는 침상 위의 아가씨를 바라보고 있었는데 갑자기 까마득해지면서 아무런 생각이 나질 않아요. 깨어보니……."

손뼉이라도 칠 듯 말을 하던 그녀가 슬그머니 말꼬리를 흐렸다.

주위의 무거운 분위기를 느꼈기 때문이다. 시녀라는 신분이 눈치로 사는 것이니 그런 것을 느끼지 못할 리가 없다.

한효월이 굳은 얼굴로 주자미를 보았다.

"아무래도 명옥대법이 절정(絕頂)에 이른 것 같습니다."

"저, 절정이라니?"

주자미의 얼굴이 하얗게 질렸다.

"그렇지 않다면 스스로 움직일 수가 없었을 겁니다. 눈빛으로 시녀를 잠들게 하고, 조용히 이 자리를 벗어난 것은 아직 움직이기 거북한 상태였다는 뜻이고 그녀를 해치지 않은 것은…… 아직은 제정신을 가지고 있다는 의미로 보입니다."

"그, 그럼……?"

한효월의 얼굴이 어두워졌다.

"흡혈을 하게 되면 인성을 상실하게 되는 마지막 단계가 될 겁니다."

"흐, 흡혈이라니? 피를 마신단 말이오?"

주자미의 얼굴에서 아예 핏기가 사라졌다.

"……."

한효월은 말을 하지 않았다.

어찌 흡혈뿐이겠는가.

명옥마녀가 되면 인성을 상실한다.

남자를 후려 그 정기를 흡취하는 채양보음(採陽補陰)까지도 전혀 서슴치 않게 된다. 말 그대로 마녀가 되어 인간으로서 지켜야 할 모든 것을 버리게 되니 마녀라고 불리는 것은 단순한 의미가 아니다.

"어, 어떻게 이런 일이……."

이럴 줄 알았으면 아무리 황제의 명이 추상과 같다 할지라도 그 자리를 떠나오지 않았으리라.

그래도 설마 그렇게까지야 했었는데…….

"저도 나가서 경아를 찾아보도록 하겠습니다."

한효월이 굳은 표정으로 주자미에게 말했다.

"바, 방도가 없겠어요?"

평소의 그녀답지 않게 다급하기 이를 데 없는 모습, 고고한 그녀라 할지라도 자식을 괴이는 어머니의 마음이 다를 리 없다.

"흡혈하기 전에 찾아야만 합니다. 만약 피를 마신 다음이면……."

한효월은 말끝을 흐렸다.

"태감!"

주자미가 정화를 돌아보았다.

다음 말이야 듣지 않아도 무슨 뜻인지 알 수 있다. 이 마당에 그 말을 다 들어야 한다면 둔하거나 무슨 목적을 가지고 상대와 흥정을 하기 위해서일 뿐이다.

"예, 마마. 장백호(章百戶)!"

"부르셨습니까?"

그의 부름에 문밖에 서 있던 청삼인이 안으로 상반신을 내밀었다.

"사람들을 모두 풀어라. 무슨 뜻인지 알겠지? 가기 전에 용모파기를 얻어가도록 하거라."

"옛!"

깊숙이 허리를 굽힌 그가 바람처럼 사라졌다.

"제가 데려온 사람 중에는 금의위도 포함되어 있으니 그들이라면 뭔가 성과를 얻어낼 겁니다. 그들이야 사람 찾는 것이 전문이니……."

지금까지 그의 모습은 사람 좋은 이웃처럼 보였다. 하지만 일단 수하들 앞에서 명을 내리자 당당한 모습이 드러난다.

금의위는 당시 관리들에게 공포의 상징이었다. 그런 금의위를 간단히 부릴 수 있다는 것은 그가 어떤 위치에 있는지를 알고도 남음이 있게 하는 대목.

한효월은 방을 벗어나자 용천성의 소매를 잡아당겼다.

"……?"

용천성이 한효월을 쳐다본다.

'일대에 죽은 사람들이 있는지 찾아보도록 하시오. 특히 체내의 피를 모두 빨린 사람이 있는지⋯⋯.'

"그⋯⋯."

용천성이 뭐라고 입을 열려고 하자 한효월이 머리를 저어 보였다.

주자미가 남아 있는 방 쪽으로 한효월이 시선을 던짐을 보자 그 의미를 알아챈 용천성이 굳은 표정으로 머리를 끄덕여 보였다.

그때였다.

한 사람이 다급히 달려 들어왔다.

바로 사도준이었다.

"무슨 소식이라도?"

그의 기색을 본 용천성이 급히 물었다.

"침의(寢衣·잠옷)를 입은 사람이 하늘을 날아갔다는 목격자 몇을 찾아냈소⋯⋯."

*   *   *

어둠이 짙어졌다.

하늘엔 구름 몇 점이 보이긴 하지만 어둠은 이제 충분히 하늘을 덮고도 힘이 남아 대지를 누를 수 있었다.

금빛으로 출렁이던 물빛도 푸르다 못해 먹빛으로 잠들었다.

출렁이는 강물은 밤이든 낮이든 상관없이 흐른다.

강변에 우거진 버들의 우람한 그늘이 갈대의 흐드러진 숲으로 변해도 강은 그저 흐를 뿐이다.

주인 잃은 배 한 척도 그러한 물길의 흐름을 따라 출렁출렁 흘러

간다.

노도 없다.

그저 흘러갈 뿐이다.

그 주인이 저 앞쪽에서 흰자위가 사라진 눈을 부릅뜨고 강물에 얼굴을 처박고 있음을 배가 알 리 없기 때문이다. 사람이 물속에다 얼굴을 담근 채 일어나지 않는다는 것의 의미를 배가 알 필요가 없거니와 그의 가슴에서 흘러나온 핏줄기가 강물을 붉게 물들이는 것조차 어둠에 잠겨 보이지 않는다.

그저, 공포로 물든 그의 마지막 모습만이 거기 남아 있을 따름이다.

그것이 천하를 떨게 한 공포의 서막(序幕)이었음을 죽은 사람조차 알지 못했다.

＊　　　　＊　　　　＊

머리가 깨어질 것만 같다.

하지만 어느 사이인가, 아픔은 사라지고 몽롱하기만 하다.

나는 누구일까.

나는 왜 여기에 있는 것일까?

희미한 기억 속에서 한 사람이 그녀를 측은히 바라보고 있다.

나이답지 않게 우뚝한 사람. 수려하다는 말로도 부족하여 잘 깎아 명공이 다듬어놓은 옥과도 같은 사람.

그의 눈빛이, 그의 얼굴 모습이 점점 또렷하게 자리한다.

"사숙……?"

그녀가 문득 신음을 흘렸다.

몽롱하던 정신이, 어딘지 모르게 가슴이 답답하여 뭔가를 해야만 풀릴 것 같았던 갈증이 조금 약해지면서 정신이 든다.

갈대 숲이다.

주위를 둘러보니 어둠 속에서 보이는 것은 아무것도 없다.

그저 갈대 숲 밖으로 흘러가는 강물이 보일 따름.

자신의 행색을 내려다본 그녀는 아연해졌다.

하늘거리는 비단 침의.

그나마 흙이 묻고 아래쪽은 강물에 젖어 늘어졌다.

옥과도 같이 투명히 빛나는 다리가 허벅지까지 드러나 고혹적인 빛을 뿜고 있다.

"대체 이게?"

놀란 그녀는 황급히 옷깃을 여미다 안색이 돌변했다.

손에 묻은 피…….

어디서, 왜 묻었는지도 알 수 없다.

선혈이 그녀의 투명하리만큼 아름다운 손을 물들이고 있었다.

"대체 무슨 일이……."

그녀, 독고경은 창백한 얼굴로 신음을 흘렸다.

그녀는 배 한 척 위에 앉아 있었다. 어선은 아니고 앞쪽이 날카로운 것으로 미루어 빨리 달릴 수 있는 쾌속선이다. 이런 배를 사용하는 사람들은 평범한 사람일 리가 없고 배를 버릴 리도 없다.

문득 무엇인지 불쾌한 기억이 뇌리를 엄습한다.

달려들던 사내들의 모습들이 몽롱한 꿈처럼 떠오른다.

"뭐야, 뭐야! 이게 뭐야……."

그녀는 머리를 움켜쥐고서 갑자기 소리쳤다.

겁이 나기 시작했다.

그녀는 누구보다도 똑똑한 여자였다.

영웅인 아버지와 뛰어난 어머니의 소생인 그녀가 둔할 리가 있을까, 제압당한 상태로 있으면서 그녀는 자신의 처지를 대강 짐작케 되었다.

그런데, 그런 자신이 왜 여기 혼자 이렇게 이러고 있단 말인가.

"사숙이 온다고 했었는데…… 내가 왜 여기 있는 거지?"

독고경은 자신에게 말하듯 다시 중얼거렸다.

꿈이라면 깨어버리길.

바로 그때였다.

"저기다!"

웅성거리는 소리가 들렸다.

그리곤 철썩거리는 물살을 가르는 소리와 함께 배 몇 척이 나타났다.

아주 빠르게 물을 가르며 달려오고 있는 배의 생김은 지금 그녀가 앉아 있는 배와 아주 흡사했다.

'그래, 저들에게 물어보면 내가 왜 여기 있는지 알런지도…….'

독고경은 꿈을 꾸듯 몽롱한 자신의 정신을 다잡으려고 중얼거리면서 머리를 흔들었다.

바로 그때였다.

"네가 본 왕자의 수하들을 죽였느냐?"

그녀의 뒤에서 차가운 음성이 들려왔다.

내심 깜짝 놀란 독고경이 뒤를 돌아보았다.

섭선을 쥔 금삼의 청년 한 사람이 흔들리는 갈대 위에 우뚝 서 그녀를 바라보고 있었다.

배를 타고 오던 그가 몸을 날려 갈대를 밟으면서 이리 달려왔다는 것은 그가 고절한 경공을 펼칠 수 있는 고수라는 의미다.

"당신은……."

그를 본 독고경은 그가 어디선가 본 듯함을 깨닫고 미간을 찡그렸다.

그리고 금삼의 청년 또한 그녀를 보고 묘한 빛이 되었다.

"설마……?"

그는 자신의 눈을 확인하려는 듯이 그녀를 다시 살펴보았다.

"혹시…… 독고 사매?"

믿기지 않는 듯 금삼의 용포청년이 그녀를 보았다.

"당신이 어떻게 여기에……."

그를 보는 독고경의 눈에 의혹의 빛이 어렸다.

"그건 내가 묻고 싶은 말이오. 사매가 어떻게 여기에? 대체 무슨 일이 있었길래 그런 모습……."

그가 말끝을 흐리자 독고경은 깜짝 놀라 몸을 돌렸다.

그제서야 자신의 처경(處境)에 생각이 미친 것이다.

잠자리 옷, 그것도 물에 젖어 몸에 달라붙어 있으니 벗은 것이나 진배없다. 제아무리 무림의 여인이 활달하다 하더라도 이런 마당에는 몸 둘 바를 모르게 되는 것이 정상.

하지만 몸을 돌린다고 나신과 다름없는 몸이 가려질까.

잘록한 허리에 풍만한 둔부의 곡선이 더 선명하게 눈을 찌른다.

'으음…….'

금삼의 청년은 내심 침을 꿀꺽 삼켰다.

그의 눈에 욕정의 빛이 순간적으로 스쳐 갔다.

하지만 상대의 신분이 신분이니만큼 감히 그것을 드러낼 수야 없다.

상대는 남해 관음초 절진 신니의 제자, 자신은 남해용왕의 손자인 신분. 우연히 관음초에 들렀던 그는 독고경을 보고 반해 몇 번이나 찾아가 구애(求愛)를 하였지만 성정이 차가운 독고경은 그를 본 척도 하지 않았었다. 그런데 여기에서 저런 모습의 그녀를 보게 될 줄이야!

"모두 물러가거라!"

금삼청년, 소용왕 부해교가 갑자기 소리쳤다.

갈대 숲을 헤치며 다가오던 물질 소리가 멎고 사람들의 소리가 들려왔다.

"전하, 아무 일 없으십니까?"

소용왕 부해교의 신형이 훌쩍 솟구쳐 갈대 위로 올라갔다.

하늘거리는 갈대 위에 올라선 그는 다가오던 수하들에게 준엄하게 소리쳤다.

"너희들은 이 자리를 물러나 주위를 경계하여 잡인들이 접근할 수 없도록 해라! 알겠느냐?"

"존명!"

급히 갈대밭에서 배들이 뒤로 빠져나갔다.

한 수 능공답위(凌空踏葦)의 상승경공을 시전하여 보인 부해교는 슬쩍 몸을 날려 뱃전에 올라섰다.

그가 올라섰음에도 배는 미동도 하지 않는다.

"대체 어떻게 된 일이오? 사매가 여기에 어떻게 이런 모습으로……."

"날 보지 말아요!"

날카로운 질타.

찔끔한 소용왕 부해교는 아쉬운 눈빛으로 시선을 돌렸다.

"수하들을 시켜서 옷을 구해오도록 하겠소. 그때까지 우선 아쉽지만 내 옷이라도 걸쳐 몸을 가리도록 하시오."

그는 허리띠를 풀고 금삼을 벗어 그녀에게로 던져 주었다.

철썩……

물살이 배를 흔든다.

등을 돌린 독고경과 그녀를 보고 선 부해교.

둘 사이에 잠시 침묵이 흐른다.

일단 그의 금삼(錦衫)을 받아 위에다 걸쳐 위는 대강 가릴 수 있었다. 그렇지만 아래까지 가릴 수는 없어 종아리가 그대로 드러나 있어 그것을 보는 부해교는 가슴이 뛰었다.

"여긴 어떻게 온 거죠?"

독고경이 몸을 돌리며 입을 열었다.

"어떤 여인이 수하들에게 독수를 쓴다고 하여…… 그런데 그것이 사매라니……."

"내가 말인가요?"

"그럼 아니란 말이오?"

"그래요."

"아니라고?"

얼떨떨한 빛으로 부해교가 그녀를 보았다.

"내 말을 믿지 못하는 건가요?"

"그, 그럴 리가! 내가 어찌 사매의 말을 믿지 않겠소?"

독고경은 미간을 찡그리며 그를 쏘아보았다.

"당신과 나는 아무런 사승(師承) 관계가 없어요. 나를 사매라고 부르지 말아요!"

"하하, 당신의 사부이신 절진 신니와 우리 할아버님은 오랜 친구 사이니 사승 관계와 뭐가 다른 점이 있겠소? 양가(兩家)는······."

"그렇다면 당신은 나를 사숙이라고 불러야겠군요."

독고경의 빈정거림에 부해교는 태연히 웃어 보였다.

"정식 사승 관계가 아니니, 서로의 나이로 따짐이 옳지 않겠소, 사매?"

"······."

그를 쏘아보던 독고경은 문득 미미하게 웃음을 떠올렸다.

눈이 웃는다. 입술 끝에서 흐르기 시작한 선의 움직임은 얼굴 전체로 번져 갔다. 희다 못해 빛을 뿜는 치아가 붉은 입술 사이로 살짝 드러난다. 아름답다 못해서 요기롭기조차 한 웃음이었다.

그 웃음에 부해교는 숨이 가쁘고 가슴이 진탕되었다.

정신이 아득해지고 전신이 공중에 붕 뜬 듯이 아무것도 생각나지 않았다. 그저 천지지간에 그녀가 웃는 얼굴만이 가득 찼다.

"사, 사매······."

부지간에 가쁜 숨이 그의 입에서 새어 나온다.

"나를 좋아하나요?"

문득 독고경이 물었다.

"그, 그렇소. 그것은 이미 오래전에 이야기하지 않았소?"

"그렇던가요?"

감미로운 음성과 함께 독고경은 가슴팍을 여미고 있던 손을 놓았다. 금삼이 그녀의 발 아래로 흘러내렸다.

"사, 사매······."

부해교가 신음을 흘렸다.

하늘에는 달이 떠 있다.

그 달빛 아래 독고경이 조용히 서 있었다.

옷을 입었으되, 젖은 침의는 없는 것보다 못하여 어깨의 선이 그대로 드러났다. 가슴의 풍만한 선도 뚜렷하고 곤두선 유두가 올연(兀然)하게 눈을 쏘아온다.

그 모습으로 그녀는 그를 향해 웃고 있었다.

"나를 가지고 싶은가요?"

"그, 그런……."

일순 당황한 빛이 부해교의 얼굴에 드러났다.

정말 상상할 수도 없는 말이 독고경의 입에서 흘러나왔기 때문이다.

독고경은 손을 들어 부해교의 손을 잡았다.

그리곤 그 손을 들어 자신의 가슴에다 올려놓았다.

뭉클 하는 감각이 부해교의 전신을 전뢰(電雷)와 같이 관통했다.

바로 그 순간, 독고경이 팔을 뻗어 그의 목을 휘감더니 앵두 같은 입술을 열어 그의 입을 덮쳤다.

"욱?"

부해교의 눈이 다시 커졌다.

그의 입술을 빨던 독고경이 그의 입술을 깨물었기 때문이다.

통증과 함께 피가 흘렀다. 그 피를 독고경은 소리도 없이 조용히 빨았다. 아주 맛있다는 듯, 그의 눈을 들여다보면서. 그 눈은 요기롭게 웃고 있었다.

"사, 사매……."

뭔가 이상함을 느낀 듯 부해교가 그녀를 밀어내려 했다.

그때 독고경이 그의 귀에다 속삭였다.

"나를 가지고 싶다고 하지 않았던가요?"

그 말은 참으로 괴기하고도 끔찍한 힘으로 그의 뇌리를 온통 휘저어 버리고 말았다.

"사매!"

괴성과도 같은 신음. 그가 그녀를 덮쳤다.

그에게 깔린 채 그녀가 뒤로 넘어졌다.

배가 금방이라도 뒤집힐 듯이 출렁거렸다.

깔깔깔!

그녀의 웃음소리가 출렁이는 파도를 타고 낮게 깔렸다.

피가 흐르는 입술로 부해교는 그녀의 입술을 탐했다.

그리고는 두 손으로 그녀의 침의를 좌우로 잡아당겼다.

그까짓 잠옷이 무슨 힘이 있으랴. 가벼운 소리와 함께 그녀의 우윳 빛 상반신이 달빛 아래 그대로 드러났다.

드러난 그녀의 유방이 부해교의 손 안에서 뭉개졌다. 떨리는 부해교 의 손이 그녀의 옷을 밑에서 걷어 올렸다.

독고경이 미끈한 두 다리를 들어 그의 허리를 휘감았다.

"사, 사매……"

격한 숨이 부해교의 입에서 토해졌다.

그의 떨리는 손은 그녀의 고의를 벗겨내는 중이었다.

침의 속에 남아 있는 단 하나의 장애물.

독고경은 그에게 자신을 맡겨놓고서 눈을 감았다. 차마 눈을 뜨지 못하겠다는 듯. 부해교의 손길이 사납게 그녀의 전신을 헤집었다.

"사매, 사매! 사랑하오. 난, 사매가 이처럼 나를 사랑하고 있는 줄 몰랐소. 사매……."

부해교는 중얼거리면서 입술을 미끄러뜨려 그녀의 유방을 물었다.

찰나, 독고경의 전신이 갓 잡아 올린 생선처럼 떨림이 인다.

그녀가 감았던 눈을 떴다.

그 눈에 서린 것은 경악(驚愕)과 불신(不信)의 빛.

대체 이게 무슨 일인지 알 수 없다는 그런 빛인 듯싶었다. 자신의 앞가슴을 빨고 있는 그의 모습에 그녀의 눈에 분노가 폭염(暴炎)처럼 일었다. 하지만 그것은 너무도 찰나간의 일로 끝났다. 이내 그 눈에서는 사악하고도 섬뜩한 웃음이 요기롭게 피어나 그것을 대신했다.

그녀는 입가에 묻은 피를 혀로 핥았다. 소름이 끼치는 모습.

그리고 그녀는 손을 뻗어 그를 감싸 안았다.

다리를 벌렸다.

"사매!"

부해교의 눈에서 핏발이 섰다.

잠옷은 그녀의 팔에만 걸쳐져 있을 뿐, 활짝 젖혀져 이제 그녀의 나신을 가리고 있는 것은 아무것도 없었다.

그 적나라한 모습을 내려다본 부해교는 미친 듯 바지를 까 내렸다.

배가 출렁거렸다.

그녀의 발 끝에 걸렸던 고의가 떨어졌다. 출렁이는 뱃전 아래, 강물 위에 떠 있던 달이 그 고의에 이지러졌다.

바로 그 순간이다.

"휘이이익~!"

긴 휘파람 소리[長嘯]가 들려와 뱃전을 친다.

장소성의 위력은 놀랍도록 강해 금방이라도 배가 뒤집어질 듯 파도가 일었다.

　마지막 순간으로 가려던 부해교의 전신이 흠칫, 굳어졌다.

　"경아! 경아—"

　낭랑한 음성이 저 멀리서 들려왔다.

　그 소리에 독고경의 전신이 벼락을 맞은 듯 부르르 떨렸다.

『대풍운연의』 제8권으로…

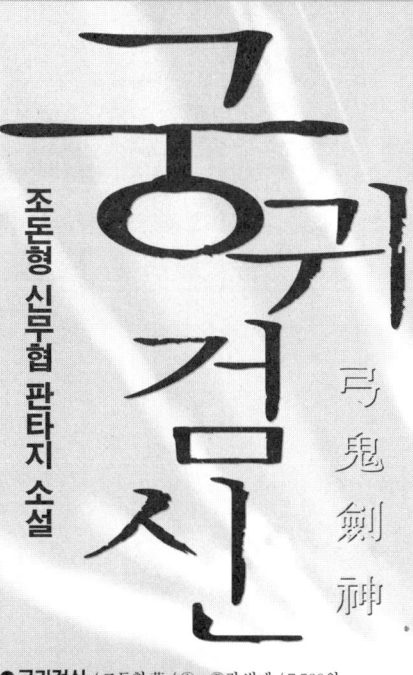

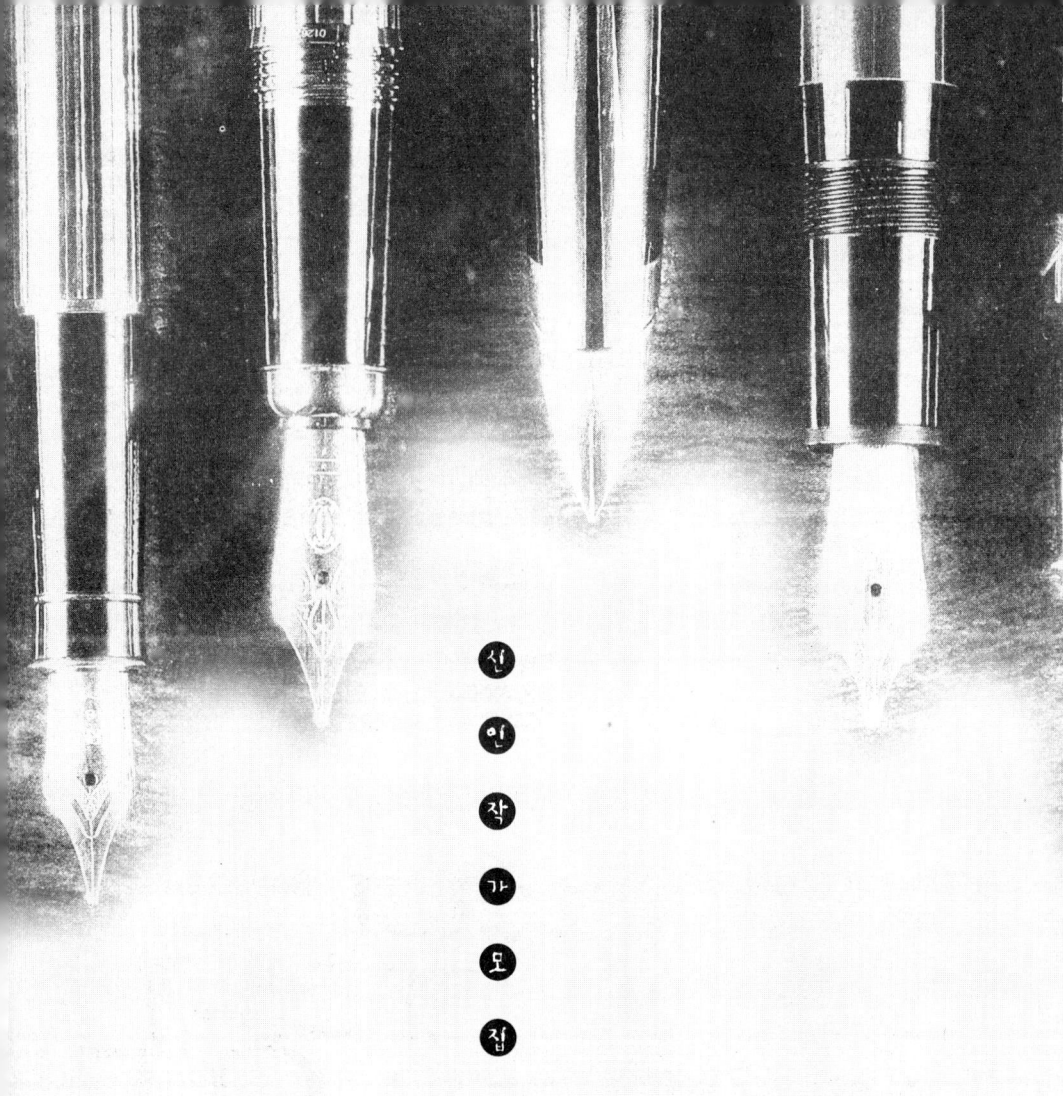

신인작가모집

**시작이 반이라고 했습니다.
작가의 길에 대한 보이지 않는 벽을 과감히 깨뜨리십시오!
청어람은 작가 지망생 여러분들의
멋진 방향타가 되어드리겠습니다.**

저희 도서출판 청어람에서는
소설 신인 작가분들을 모집합니다.
판타지와 무협을 사랑하시는 분들의 많은 참여를 바랍니다.
소정의 원고(A4용지 150매)를 메일이나 우편으로 보내주시면
검토 후 출판 여부를 알려드리겠습니다.

주소:경기도 부천시 원미구 심곡1동 350-1 남성B/D 3F 우편번호420-011
TEL:032-656-4452 · **FAX**:032-656-4453
http://www.chungeoram.com
e-mail:chungeoram@chungeoram.com